연해주(沿海州)의 눈물

임승수 소설집

오늘의문학사

연해주(沿海州)의 눈물

서언

　이 책에 나오는 「연해주(沿海州)의 눈물」 「골령골의 호곡 소리」 「부산항 갈매기」는 지나온 과거사를 엮은 소설이다. 하도 서러워 잊지 않고자 물증을 확보하고 현지 조사를 통하여 썼습니다. 피맺힌 민족 한을 젊은이들의 가슴속에 심어주고 싶었습니다. 우리는 우리의 아팠던 과거, 역사를 바로 알고 그 쓰라림을 거울삼아 분연히 일어서야 합니다.
　"시베리아 벌판 위에 손수건 흔들면서 잘 있소. 잘 가오."
　사실이 그랬으며 피를 토하고 죽을 슬픈 노래입니다. 조국이 해방되자 소련 사할린, 연해주에서 영영 돌아오지 못하고 젊은이들은 소련 시베리아 벌판으로 끌려가야만 했습니다. 일본이 망하자, 소련의 횡포였습니다.
　이 얼마나 통탄할 일입니까? 소련 사할린 섬에는 지금도 우리 동포 일부가 살고 있습니다. 늙어 죽어가는 몸으로 향수의 정을 그리면서 말입니다. 할 수 없이 그들은 그곳에서 정착했습니다. 다시 있어서는 안 될 슬픈 과거사! 일제 강점기 때 우리의 아픔을 되새김질해 보고 싶어 「연해주(沿海州)의 눈물」을 썼습니다.

6.25 한국전쟁 당시 동족상잔의 비극의 극치였던 대전 산내 낭월동 '골령골의 호곡 소리'도 그렇습니다. 전쟁의 참화 속에 억울하게 죽어간 사람도 많이 있었습니다.

이질적인 성격일까? 자작 소설 속에 파묻히면 못난 소생은, 자잘한 인생사의 시름을 잊습니다. 사건의 전개에 파묻혀 아찔한 순간을 대하면 내가 주인공인 양 눈물을 흘리고 분노에 젖어 주먹을 쥘 때가 있습니다. 이래서 펜을 드는지도 모르겠습니다.

앞길이 양양한 젊은이들이여! 책을 가까이합시다.
'책을 열자. 그곳에 미래가 있다.'
청년들이여, 자신의 전공과목 말고도 교양서적 같은 책자를 통하여 세상을 가까이하고 지식을 넓힙시다. 물론 손 전화기가 흥미롭고 더 재미있다고 합니다. 책도 사 들고 쓰러져 가는 서점에 더운 바람을 불어 넣어 줍시다.
독서의 즐거움! 책 든 손 예쁘고 귀한 손이랍니다. 책을 많이 읽은 자가 대화의 폭도 넓고 세상을 잘 압니다. 형설(螢雪)의 공을 되새겨 봅시다.
인도의 아버지 간디는 물레를 저으면서도 한 손에 책을 놓고 읽었다고 합니다. 전쟁의 광인이었던 나폴레옹은 전쟁터에서도 책을 읽었답니다.

學而時習之 不亦說乎(학이시습지 불역열호)라, 배우고 익히면 또

한 기쁘지 아니한가? 이 모두가 책을 통해서가 아닐까요?

그리고 우리말도 사랑합시다.

공주 금강 변에는 아름다운 시인 셋이 있습니다. 공주의 자랑 나태주 시인, 청람 곽호영 시인, 일청 이내섭 시인은 문화의 창출자이자, 공주 금강 변을 노래하는 아름다운 시인들입니다. 심오한 그들의 시를 읽으면 세파에 찌든 혼탁한 마음이 맑아집니다. 그래서 오늘도 읽고 감사를 드립니다.

일청 시인이 피력한 글을 쓰고 싶은 욕구는 '자전거를 타고 시골길을 달리고 싶다.'입니다. 옥구슬 같은 시인의 속마음처럼 책 한 권 손에 쥐고 씽씽 달리다가 아무 데나 주저앉아 책을 들고 싶습니다.

"요즈음 스마트폰 세상에 누가 책을 읽느냐? 미련한 놈이나 읽지."

깜짝 놀랄 말이지요. 문화의 변모에 그 말이 수긍도 가지만 뒷맛이 구립니다. 작자가 계도적인 말만 해서 미안합니다.

"나라를 짊어지고 나갈 젊은이들이여!"

우리 모두 책을 가까이합시다. 누구나 교양 있는 사람이 되고 싶고 문화인으로서의 인격을 갖추려면 그렇지 않을까요? 자아실현에 불멸의 상아탑(象牙塔)을 쌓으려면 더욱 그러할 것입니다. 독서를 통하여 민족혼을 되살리고 나라의 정신문화를 높이 기립시다.

오늘은 내 가까이에서 문학을 얘기하고 인생을 논하던 문우(文友)들의 이름을 죽기 전에 점찍고 싶어요. 수십 권의 주옥같은 동화책을 발간한 작고 문인 이영 님, 삼천 궁녀의 애환이 깃든 부여 백마

강의 강현성 시인님, 경기도 수원에 둥지를 튼 참 신앙인 송현 김병억 시인님, 한글 사랑에 앞장서는 양태의 괴짜 시인님, 계룡산 줄기에서 유유자적 자연을 즐기는 건암 윤수남 수필가님, 진지한 인생을 논하고 자연을 풍미하는 서정의 수필가 묵해 김종천 수필가님, 서녘 하늘에 저녁노을 좋아하는 공주 금강 변의 일청 이내섭 시인님, 망망대해 오대양을 누비던 지극한 애처가인 공주의 청람 곽호영 시인님, 한 시대의 위대한 교육자인 홍사숙 수필가님, 공자 왈 맹자 왈이라, 공자님의 일대기인 대하(大河)소설을 집필한 우쾌재 소설가님, 교육 이론가이자 대통령께 정책 방향에 대하여 진언하기를 좋아하던 용기 있는 인설현 작가님, 한국인의 정서이자 사랑이 담긴 '워낭소리'의 작가 우성 윤덕순 시인님, 그는 위대한 사진 예술가라고 찬양하고 싶소. 참 신앙이자 위대한 만화가인 임청산 명품 칼럼니스트, 온양 민속촌의 도예가이자 수필가인 김병억 작가님, 또, 해학이 넘치는 명사회자 온양의 김금중 수필가님. 이 모두가 위대하고 한 시대를 풍미하던 자랑스러운 이름들이었소. 또한 그대들은 이 졸부의 참 스승이었기에 잊지 못하여 서언에 담아 보는 것이오.

아참, 이미 고인이 된 만남의 철학자! 지산(智山) 박종호 교수를 빼어놓을 순 없소. 그는 너무 일찍 갔다오. 그를 만나면 의리와 정의(正意)의 길을 얘기하던 '길'의 작가인 명수필가였소. 그를 만나면 가슴이 마구잡이로 뛰었소. 대전일보 한밭 춘추에 칼럼을 기고하던 충남 교육청 장학관 황규홍 수필가 생각도 간절하외다. 이렇듯 우리 공주 사범 8회 동창생들은 기고만장하였다오. 참 인간 공주 내섭 친구의 해지는 '저녁노을'을 바라보며 생활 전선에서 한걸음 물러설 때가 온 것 같습니다. 괜한 넋두리인 것 같지요?

끝으로 졸작을 출판해 준 출판계의 산실 대전 '문학사랑협의회' 리헌석 회장에게 감사하며, 문학계의 끊임없는 정진과 힘찬 거보를 딛는 《문학사랑》에 칭찬을 아끼지 않습니다.

2024. 4. 15.
임승수

•• 목차

서언 ································· 05

연해주(沿海州)의 눈물 ········ 13
낙동강 강바람 ················ 51
부산항 갈매기 ················ 66
진남포집 ························ 102
두 어머님 ······················ 127
사형수의 눈물 ················ 138
골목길 이발사 ················ 162
증권 파동 ······················ 177
입양아 순이 ··················· 192
상속 이변 ······················ 212
사랑의 열정 ··················· 226
골령골의 호곡 소리 ·········· 234
불효자는 웁니다 ·············· 254

연해주(沿海州)의 눈물

"두만강 푸른 물에 노 젖는 뱃사공."

두만강 건너 타타르 해협을 사이에 둔 소련의 사할린 섬과 마주하는 오호츠크 근해의 소련 연해주는 우리 땅이라고 지금도 말하는 사람이 있다. 역사적으로 만주의 북간도(北間道)처럼 고구려나 발해의 범주에 속했기 때문이다. 사실 원통한 일이며 실제도 그러한 것 같다.

이 소설은 1945년 8월 15일 우리가 해방된 직후의 일과 일제 강점기 때의 얘기이다. 쓰라렸던 과거사를 재조명해 보는 실화 같은 한 편이라 하겠다.

일본에 강제로 징용, 징병으로 끌려가서 죽기 아니면 살기로 엄청난 고생을 했던 우리 젊은이들의 피맺힌 이야기다. 소련 사할린 섬은 지형이 기다란 고구마 모형이고 기둥이 하얀 자작나무 숲이 많아 가라후토, 또는 화태(樺太)라고 불렀다.

왜정 시대에 그곳으로 끌려가 지금까지 돌아오지 못하는 동포가 엄청나다. 이젠 이 세상 사람이 아니다. 철천지한을 품고 살아왔던 그분들이다. 망향의 한을 가슴에 안고 살아왔다. 강제징용(徵用)이 대부분이었다. 일본 북해도 위쪽에 사할린 탄광, 일본 본토에 있는 후쿠오카의 미쓰비시 탄광, 혼슈의 토마라 탄광, 군수공장, 항만시설, 방공호 파기, 도로공사 등에 조선의 젊은이들은 강제 동원됐다. 군수공장이나 전쟁터의 간호원으로 일한다는 명분으로 조선의 처녀들도 끌려갔다. 정신대(挺身隊)라는 명분이었다. 실제는 전쟁터의 위안부였다. 일본 땅에 가까운 영남, 호남, 충청도 청년, 처녀들이 60%는 차지했다.

이곳은 충청도의 한적한 시골 마을이다. 해 저문 석양 길에 솔바람이 차다. 달수는 내일이면 고향을 떠나 일본으로 가야 한다. 영영 돌아오지 못할 불귀의 객이 될지도 모른다. 생과 사의 교차로였다. 달수와 한동네 사는 달덩이 같은 처녀 정옥이는 마지막이 될지 모르는 달수의 넓은 가슴에 얼굴을 묻었다. 흐느끼면서 좋아하던 동요를 불렀다. 이들은 약혼한 사이였다.

"뜸북뜸북 뜸북새 논에서 울고
뻐꾹뻐꾹 뻐꾹새 숲에서 울 제

우리 오빠 말 타고 서울 가시면
비단 구두 사가지고 오신다더니"

노래는 애처롭게 고랑으로 울려 퍼졌다. 그 시절 아이들이 부르던 이별의 전주곡이었다.
"달수 씨, 꼭 살아서 돌아와야 해요. 돌아올 쩨 비단 구두 사 갖고 와요. 그리고 돌아오면 결혼식을 꼭 올려요."
"정옥이, 꼭 살아와서 결혼식을 올리고 말구. 날 꼭 기다리라고."
남녀는 손잡고 눈물을 흘리며 밤 가는 줄을 몰랐다. 내일이면 헤어지는 날이다. 엊그제도 이 자리에서 멀어져 가는 달그림자를 보며 고뇌에 찬 얘기를 나누었다. 달수는 시국이 원망스러웠다. 둘이선 밤이 깊어 산비탈을 내려왔다. 달수는 방으로 들어왔다. 부모님도 기다려 주셨다. 오늘이 고향에서의 마지막 밤이 될지 모른다. 잠은 안 오고 방안의 천정만이 빙글빙글 돌아갔다. 차라리 정옥이와 만주 북간도로 도망쳐서 화전(火田)이나 일구고 살 것을 후회막급이었다. 그러나 노부모님을 집에 두고는 대의 명분상 가당치 않은 일이었다.
"일본에 가면 급료도 넉넉히 주고, 2년 보장으로 고국에 돌아온다."
우리 조선인들은 왜놈들의 감언이설에 속고 있었다.
'이 몸이 살아서 돌아올지? 죽어서 올지?'
하늘이나 알 것만 같다. 이웃 4촌 이랬지만 왜놈들은 가깝게 할 수도 없고 멀리할 수도 없는 불가근불가원(不可近 不可遠)의 원수이다. 고려 말 왜구(倭寇)들의 노략질, 임진왜란 등이 증명한다. 앞으로도 그러하리라.

1910년 7월 27일 강제로 이루어진 한일합방 후에 왜놈들의 만행은 극에 달했다. 서울에 조선 총독부, 동양척식회사를 두고 온갖 찬탈 행위와 만행을 저질렀다. 창씨개명(創氏改名), 조선어의 말살 정책, 곡식과 물자의 수탈 행위, 젊은 남녀의 강제 징용과 징병 등이다.

달수는 중등 공립학교를 졸업했다. 면사무소라도 근무하려고 한문 공부도 했으며 서당에서 공자 왈 맹자 왈도 익혔다. 주경야독에 매진한 모범 청년이었다.

격동기, 일제 강점기의 암흑시대에 조선인들은 두만강 건너 북간도나 소련 연해주에서 유랑 생활을 했다. 조국을 등진 것이다. 태평양 건너 중남미의 멕시코까지 끌려가 사탕수수밭에서 노예 생활도 했다. 피맺힌 조국의 한을 어찌 풀어헤칠 수 있단 말인가? 그러나 우리는 굳세게 살아왔다.

건장한 조선인 청년 최 달수의 인생역정(人生歷程)이 시작된다. 달수는 시대를 잘못 만났다. 한일합방 이후 6.25 한국전쟁까지 겪는 민족의 수난기 중에 태어난 것이다. 지금의 나이 구십, 백 세 되는 분들이 그러했다. 시국을 잘못 만나 지긋지긋한 고난의 인생 역정이었다.

"대체, 나라님은 하늘에 무슨 못된 짓거리를 해서 나라를 요 모양 요 꼴로 망쳤단 말이요?"

그 당시 고종 임금을 지칭하는 말이다. 임금이 원망스러웠다. 임금은 국가관이 투철하고 똑똑하고 바르며 판단력 있게 올바른 정치를 해야 한다. 그 당시 들으면 큰일 날 소리이지만 임금은 국가관이 부족했으며 고관대작 대신(大臣)들은 마음이 흔들렸다.

애국이냐? 친일이냐다. 일본은 그만치 문명이 앞서 있었으며 청일 전쟁, 러일 전쟁에서도 승리했다. 그래서 만주, 연해주, 사할린 일부 땅을 점령했을 무렵이다. 남양 군도(群島)를 침공했다. 미국 땅 하와이 진주만을 선전포고 없이 기습 폭격했다. 죽음을 담보로 한 일본 '가미카제 특공대'의 맹활약상은 자못 심금을 울린다. 잠자는 사자, 미국을 생쥐 같은 쬐꼬만 일본이 물어뜯은 꼴이다. 자멸을 자청했다. 그 뒤에 일본은 히로시마를 비롯한 또 한 도시에 원자폭탄 세례를 받았다. 피해는 컸다.

그래서 일본은 항복하고 우리는 1945년 해방을 맞이한 것이 아닌가?

대동아 전쟁이 절정일 무렵 남쪽 바다 부산항, 여수항, 목포항은 눈물의 항구였다. 삼남 지방의 군산항은 곡물의 수탈장(收奪場)이었다.

한반도에 근접한 시모노세키나 후쿠오카의 하키다항은 부산과 일본을 오가는 부관(釜關) 연락선의 관문이자 이별의 항구였다.

"쌍고동 울어 울어
　연락선은 떠난다
　잘 있소 잘 가오
　눈물 젖은 손수건"

연해주(沿海州)의 눈물　17

부산 항구는 늘 눈물바다였다. 그래서 이 노래는 만인의 심금을 울렸다. 작사 작곡의 연대를 잘 모르겠다. 이별의 부산 항구는 고국을 등지고 죽음의 땅으로 떠나는 징병자와 징용자들로 연일 북새통을 이루었다. 일본으로 가는 조선인은 머리를 깎고 국방색 국민복에 가슴에는 고유번호와 명찰을 달았다.

"달수 씨, 우리 멀리 도망가서 살면 안 돼요?"
정옥의 간곡한 청이었다.
"그건 안 돼요. 붙잡히면 둘이 다 총살이야. 돌아와서 행복의 꽃을 피울 수 있어."
달수와 정옥의 진지한 대화였다. 엊그제까지의 일이다.

충청도 청년 최 달수가 일본으로 징용 가는 날이다. 어디로 끌려가는지? 어디로 죽으러 가는지? 도무지 알 수가 없다. 일본 본토 아니면 북해도, 소련의 사할린 섬, 동남아의 남양 군도로 징발돼 간단다. 그야말로 죽어서 영혼이라도 살아 돌아올지 하늘이나 알 일이다.
"일동, 대열 정비, 대열 정비!"
부산항 부두이다. 왜놈 관원이 조선말로 구령을 부치는데, 풀이 죽은 젊은이들은 부산항 부두에서 놈들의 지시대로 꼭두각시처럼 움직였다. 실이 죽은 누에 같다. 왜놈 헌병의 군홧발로 정강이를 차이며 신상 확인과 인원 점검을 위한 도열을 했다. 정신을 바싹 차려야 했다. 처음부터 기강을 잡는다는 것이다. 어물어물했다가는 큰 코다쳤다. 놈들은 커다란 배 앞에서 맹수로 돌변했다. 긴 칼을 찬 기마 헌병대, 왜놈 경찰관, 담력이 센 최 달수도 얼얼했다. 놈들의 엄포가 대포 탄 터지는 소리보다 더했다.

"덴노이까, 천황 폐하 만세! 여러분은 대일본 제국의 번영과 세계 평화를 위하여 영광스럽게 징발되었다. 충성을 다하기 바란다."

콧수염을 기른 우두머리 격인 녀석이 단상에 올라 거드름을 피우며 일장 연설을 했다. 넉살 좋은 열변이다.

매국노 조선인이 통역을 했다. 오만불손하기 짝이 없다.

"양양한 앞길을 / 바라볼 때에 / 혈관에 파도치는 애국의 깃발 / 넓고 넓은 사나이 마음 / 생명도 다 버리고 희망도 없다."

왜놈들에게 몸 바쳐 충성하라는 군가인가? 망해가는 내 조국을 곧게 지키라는 군가인가? 분명히 우리의 가락이다. 부산항에서 확성기를 통해 흘러나온 이 곡이 달수의 가슴을 달구었다. 식자우환(識字憂患)이라 했다. 감성이 풍부한 달수가 노래 가사를 되뇌는 순간 도열 상태가 불량하다 하여 왜놈 헌병한테 정강이를 호되게 차였다. 달수는 참을 수 없었다. 가까이서 보고 있는 정옥의 눈길 때문에 잠깐 심사가 흩어졌기 때문이다.

"이 개새끼가!"

달수의 다리를 걷어찼다. 의협심이 강한 달수도 응징하여 왜놈의 정강이를 걷어찼다. 대단한 용맹이었다. 놈이 길가의 도랑에 빠져 뒹굴더니 중인환시 속에 거꾸러졌다. 놈은 체면이 말이 아닌 듯 흙먼지를 떨고 멋쩍게 일어섰다. 참으로 장하고 영웅적인 달수의 애국적인 응징이었다. 그 바람에 부두에서 잠시 소동이 일었지만, 왜놈들은 달수의 주먹심에 주눅이 들었는가? 잠잠했다.

나라가 망하려 드니 부산항 부두에 왜놈들의 앞잡이 조선인도 많다. 말이 안 통하니 조폭 비슷한 조선인들을 선발하여 그들의 하수인 역할을 했다. 파렴치한(破廉恥漢), 매국노들이다. 도열 상태에서 달수 옆줄에 서 있는 청년 하나가 재채기를 하고 땅에 가래를 뱉었다. 정신 상태가 글렀다고 "빠가야로" 욕설을 퍼부으며, 청년의 앞정강이를 군홧발로 난타질을 하는 것이다.

가해자 그놈도 영락없는 조선인이었다. 달수는 참아야 했다. 놈들의 처사에 당위성(當爲性)을 따질 수도 없었다. 가까이에 서 있는 정옥이 때문이었다. 정옥이는 애를 태우며 달수의 일거일동을 지켜보고 있었던 것이다.

"정옥이, 꼭 살아서 돌아올게, 울지 말아요."

"달수 씨, 백 년이 가고, 천 년이 가도 꼭 살아와야 돼요. 꼭 기다리겠어요."

달수가 도열해 서 있는 옆에서 정옥 아씨는 소리 없이 울어댄다.

"이 가시나야, 재수 없게 비켜나지 못해?"

일인 헌병 놈이 밀어젖혔다. 그 바람에 정옥의 옷자락이 먼지투성이다.

일제 강점기 후반 대동아 전쟁이 절정일 무렵이다. 일본은 공출이란 명분으로 곡물은 말할 것 없고, 조선 땅의 기(氣)를 빼간다는 뜻으로 산야의 중심 맥에 쇠꼬챙이를 꽂았다. 야산의 송진을 채취케 하고 무쇠솥이나 숟가락 같은 쇠붙이도 수탈해 갔다. 일인들은 삵처럼 눈이 뻘건하여 동네를 샅샅이 뒤졌다. 달수도 피할 길이 없었던 것이다. 그런데, 어쩐 일인지 정옥이는 정신대에서 용케 빠졌다. 주재소 일본 놈 닥오께 지서장한테 예쁘게 보였기 때문이다. 애첩 감으로 눈독을 들이고 있었다. 원흉 이등박문이 배정자를 수양딸 겸 애첩으로 삼은 거와 같았다. 삵 같은 눈길이었다.

"탄광이나 군수(軍需) 공장에 가면 일당도 많이 받는단 말이여."

부두에서 노무자들의 솔깃한 얘기에도 달수는 마이동풍이었다. 오로지 정옥이 생각뿐이었다.

'돈 벌어 장가들 밑천을 불알에 달고 와야지.'

달수에게 가난을 면하려는 한 가닥 희망도 있었다. 보릿고개에는 삼순구식(三旬九食)을 면치 못하던 그때였으니까 말이다.

부산항 부두에 학교 건물 크기의 시커먼 유개(有蓋) 화물선이 파도에 넘실대며 이들을 맞이했다. 소, 돼지를 잡아 싣는 배의 형상이다. 연신 무거운 뱃고동을 울리며 고래 등처럼 서 있었다. 생과 사의 각축전을 벌이는 인간들의 비애를 실어 나르는 배이다. 달수가 배 안에 입실하려는 순간, 육지와 해양의 기류 차이로 부산항 부두에 회오리바람이 일었다. 돌풍이었다. 부두에 널브러진 종이쪽지와 흙먼지가 하늘을 덮는다. 흉조(凶兆)일까?

철저한 인원 점검을 마치고 달수는 마구간 같은 유개 화물선의 밑칸에 몸을 실었다. 퀴퀴한 돼지 똥 냄새가 코를 찌른다. 배의 밑바닥은 때 묻은 매트가 깔려 있고, 교실 서너 칸 정도의 공간이었다. 배 한구석에는 내 나라에서 수탈해 가는 곡식 더미가 노적가리처럼 쌓여 울분을 토하게 하였다. 또 한쪽에는 가마솥, 쟁기, 놋대야, 요강 단지, 호밋자루 등 쇠붙이가 고물상처럼 쌓였다. 유기, 놋그릇은 탄피 만드는 재료란다.

조선인이 일본 가서 돈을 벌어온다는 건 새빨간 거짓부렁이었다. 놈들의 기만(欺瞞)에 속는 것이다. 무정한 밤배는 구주 지방 후쿠오카의 하카타항과 시모노세키항 쪽으로 간단다. 나이 많은 동행자가 알려주었다. 배의 바깥에서 철썩거리는 검은 파도 소리는 밤의 적막을 깨뜨리고 있었다. 달수는 처음 타는 배이다. 출발 때부터 속이 뒤집힐 것만 같았다. 한 시간쯤 항해를 했을까? 예서제서 객객, 토악질이다. 새우젓 비린내가 선실에 진동이다. 선창을 비집고 들어선 보름달 빛이 선창에 떠오르는 정옥이의 하얀 낯빛 같다. 왜놈 인솔자 놈은 삵 같은 눈빛을 잠시도 떼지 않는다.

"바다에 투신할지도 모르니 경계를 철저히 해라."

달수는 뱃멀미가 심했다. 나눠 준 신문지에 먹은 걸 토하여 바다로 던졌다. 먹은 것이라야 고작 정옥이가 싸준 간식거리와 일본 놈이 배에서 나눠준 주먹밥에 단무지 서너 조각이었다.

왜놈의 앞잡이 노릇을 하는 조선인이 더욱 앙칼지었다. 이른바 '꼬스까이'이다.

"달수 오빠, 꼭 살아서 돌아와야 해요."

정옥의 아련한 목소리가 철썩거리는 부산항 파도에 4박자의 음률 같다.

'붕붕' 밤배는 떠나갔다. 성난 검은 밤바다는 부산항에서 멀어져만 간다. 항해한 지 서너너덧 시간이 지났다. 새벽에 먼동이 틀 무렵에 안개 낀 부두에 정박했다. 조선에서 가까운 일본의 시모노세키항이란다. 새벽 갈매기는 끼룩끼룩, 부두에서 오가는 언어가 일본 땅임이 분명했다. 현해탄을 헤엄쳐 고국으로 도망칠 수도 없다.

"우리는 어디로 가는 거요?"

달수는 용기를 내어 물었다. 임꺽정 같은 눈알이 부리부리한 놈은 각진 육모 방망이를 들었다. 그놈이 조선인이라는 걸 알고 의연하게 말을 건넨 것이다.

"야, 이놈들아, 나라 잃은 돼지 새끼들 주제에 어디를 가든지 알아서 뭣 하노? 대 일본 제국 천황 폐하 곁으로 온 걸 영광으로 여겨라."

피가 거꾸로 솟을 말이다. 우리말을 서슴없이 말하는 걸 보니 그는 분명히 조선인이었다. 늑대의 매서운 눈깔을 부라리며 놈은 달수의 볼때기를 후려치는 게 아닌가! 눈에서 번쩍 불이 났다. 시건방지다는 뜻이다. 순간 달수의 코에서 선혈이 낭자했다.

"건방지게 구는 조센진 놈들은 기를 죽여야 해, 몽둥이 뜸질로 매운맛을 보여 줘야지."

달수의 흐르는 코피를 보고 재미있다는 듯 옆에서 깔깔거리는 놈도 있었다. 이놈도 일본의 앞잡이로 길들여진 미짱이란 이름을 가진 조선인이 분명한 듯하다.

달수 일행은 새벽녘에 배에서 내려 시커먼 트럭에 실렸다. 트럭이 부두에 나래비를 했다. 트럭에 짐승처럼 실려 몇 시간을 갔다. 일본 땅의 기차역에서 내려 유개 화물 열차에 실려 달리고 달렸다. 기차가 지나는 곳이 어느 메인 줄 도무지 알 수 없었다. 화물 열차의 환기통으로 빼꼼히 보이는 일본의 농촌 풍경은 우리나라와 비슷했다. 그러나 농지는 말끔히 경지정리도 됐다. 시골에 가로등도 반짝

반짝, 흰 벽에 검은 게 집이다. 양철 지붕에 단정히 흰 페인트가 칠해져 있었다. 우리보다 잘 사는 것 같아 부러웠다. 끌려가는 우리 조선 청년들은 여독에 지쳐 있었다.

며칠을 달려 산 밑의 시커먼 막사 앞에 도착했다. 여기가 어디인지도 모르고 또 알려고 하지도 않았다. 모두가 파김치가 되어 메고 온 짐 보따리를 걸머지고 4열 횡대로 28명씩 도열했다. 점호 취할 때 복창을 해야 했다. 복창해야 하는 자신의 신상 번호가 틀리거나 더듬거리면 가차 없이 몽둥이 뜸질이다. 금세 아비규환의 나락(奈落)이요. 생지옥 같았다. 그 바람에 마음 나약한 우리 청년 하나가 기절초풍하여 점호를 취하다가 놀래서 쓰러졌다. 놈들은 준비했던 찬물을 조선 청년의 몸에 퍼부으니 물에 젖은 생쥐가 된다. 일인들은 사나운 늑대로 변신했다. 그 모양이 재미있다고 하하거린다.

"조센진 놈들, 처음부터 기를 팍 죽여야 해."

비수 같은 파열음이다. 달수가 도착한 곳은 눈이 많이 오는 일본 북부 지방의 '아오모리' 탄광이라 했다. 하늘이 놈들의 만행에 분노한 걸까? 도착하던 그 시간에 먹구름이 쫙 끼더니 우레를 동반한 천둥이 요동을 친다. 우르릉 쾅쾅!

모두가 노배기를 했다. 시커먼 판자로 된 막사에 분대별로 20명씩 배정되었다. 일본 말 그대로 다다미방에 사물함이 배정되고, 담요 두 장, 수건과 비누, 갈아입을 속옷과 작업복 한 벌에 불알만 가릴 광목천이었다. '훈도시'란 말을 처음 들은 달수였다. 실내에 들어와 점호를 또 취하고 길고 긴 여독으로 세상모르게 죽어 잤다.

매점이 없어서 돈이 있어도 쓸 수 없단다. 이튿날 징용자들을 모아 놓고 작업 교육에 들어갔다. 일본 전역에 제1의 석탄 캐는 탄광이라 했다. 땅이 시커멓게 덮여 있다. 그날 아오모리 탄광으로 끌려온 자는 조선인들로 줄잡아 백 명은 될 것 같았다.

"미쓰비시 탄광으로 안 간 것이 다행이요."

누군가 말했다. 며칠 새에 달수는 뱃가죽이 등에 붙었다. 아침저녁 희멀건 쌀죽 한 대접에 두부 한 쪽, 단무지 세 조각이 전부였다. 탄광에서 신참 노무자를 환영한다는 뜻으로 첫날은 찹쌀떡 한 개가 얹어있었다. 쌀 한 톨도 남기지 않고 강아지처럼 핥았다.

유독 달수를 눈독 들여 지켜보던 주방일 하는 여인 하나가 있었다. 여인은 미남이고 건장한 달수를 예의 주시했다. 군계일학(群鷄一鶴)처럼 달수의 눈에도 번쩍 띄었다. 고국에 두고 온 정옥의 얼굴을 본 것 같았다. 운명의 장난일까? 두 남녀는 이렇게 해서 운명의 행로가 바뀌게 된다. 비운의 전초전이다.

아오모리 탄광에서 3일간의 직무교육은 일본 천황 폐하에 대한 충성과 탄광에서의 집단생활 규범, 채탄 요령, 갱내에서 죽탄이 밀려왔을 때의 대처 요령, 탄 차에 적재 요령, 선탄(選炭) 방법, 발파 순간의 대처 요령 등 말하자면 막장에서 죽는 예행연습과 같았다. 교육받다가 꾸벅 존다고 동료 하나가 맨 뒤에 서 있던 왜놈 감독한테 몽둥이로 머리통을 호되게 맞았다. 광부 생활에서 문제는 인격적인 문제였다. 짐승 취급이다. 나라를 빼앗겼으니 개, 돼지 취급이다. 교육이 끝난 뒤에 새벽에 기상하여 현장 투입을 한단다. 입갱 첫날이다.

"야, 이놈들이 정신 못 차려, 갱 안에서 30분 점심시간에, 밤 아홉 시까지 채단 작업을 한다. 번갯불에 콩 튀겨 먹듯 오줌똥 싸라."

그것도 조선인의 간악한 언사였다. 갱 안에 도착하니 음습하고 금방이라도 탄 더미가 무너져 몰사 죽임을 당할 것 같다. 으스스했다. 처음으로 채탄의 일이 시작되었다. 도시락 한 개씩을 지급받고 갱차로 입갱한다. 덜덜덜 좁은 갱구로 들어가면서 떠오르는 생각이 하나 있었다.

'이 세상에 왜 태어난 건가? 일본 놈 탄광에서 죽으려고 태어난 걸까? 탄광에서 죽어 뼈도 남지 않을 것 같았다. 시국을 잘못 만났다. 입갱하기 전에 엄밀히 인원 점검을 한다. 누런 작업복에 불빛이 달린 묵직한 헬멧을 썼다. 일제 점호와 함께 호랑이 아가리 같은 갱(坑) 속을 괘도 차로 들어갔다. 머리통이 쭈뼛쭈뼛하며 악어 이빨처럼 내민 암벽에 부딪혀 죽을 것만 같았다. 광차에서 내려 공간에 놓여 있는 삽자루, 곡괭이를 들고 "약진 앞으로." 꽥 소리를 질렀다.

낮은 포복으로 수직과 수평, 경사면을 헤치고 갱도 안으로 들어간다. 거미줄 같은 미로(迷路)였다. 달수는 탄광 일이 처음 시작이다. 현장에서 제일 두려운 것은 순식간에 흘러나오는 죽탄이요. 감독자의 인정사정없는 몽둥이 뜸질이었다. 죽탄은 화산의 용암, 마그마와 다를 바 없었다. 공포의 대상이었다. 시커먼 갯벌 같은 진수렁 속에 말려들면 빠져나올 재간이 없다. 그래서 꼭 2인 1조가 필수였다.

"쥐가 다 있네."

검은 막장을 헤집고 다니는 검은 쥐 떼가 옛 친구를 만난 듯 반가웠다. 갱 안에 산소가 충분하다는 증표란다.

"조센진 놈들, 죽어 자빠지면 똥구멍 파먹으려고 쥐새끼들이 모인단다."

도깨비 같은 왜놈 감독자 놈이 한마디 뱉는다. 말끝마다 조센진이다. 그놈은 왜놈의 이름을 딴 조선인이라 했다. 벼락을 맞을 놈이다. 이런 놈이 있으니 내 나라가 요 모양, 요 꼴이 된 게 아닌가? 고참 격인 조선 노무자가 두 손가락을 입에 대며 귀띔해 준다.

탄광 노동자 중에 일본 죄수들도 많았다. 중국, 동남아인, 러시아인도 있었다. 일본 사람은 죄수의 신분이라 했다. 감옥에 안 가고 탄광에서 복역 중이란다. 그러나 그들의 대우는 조선인보다 월등했다. 일하기 쉬운 선탄부(選炭夫) 역할이다. 선탄부는 안전지대인 갱 바깥에서 하는 일이다. 석탄의 크기에 따라 고르는 작업이다. 일인 여자 죄수들은 식당, 간부들의 세탁, 막사의 청결 활동이었다. 섞음섞음 여성들이 있어서 사나이들 세계에서 중성세제 역할을 한다. 여인들 때문에 탄광의 분위기가 느긋하고 삭막하지 않았다. 일인 특유의 인사성이 바르고 싹싹한 여인들이었다. 그런데 이런 여인 중에 달수에게 눈독 들인 여인이 있으니, 달수의 꿋꿋함 탓일까? 자못 귀추(歸趨)가 주목된다.

막장은 문어발식이다. 더운 여름은 냉기가 강하고 겨울은 덥다. 몸이 옴츠러들며 식은땀이 줄줄 흐른다.

"더우면 옷은 훌러덩 벗고 훈도시만 차라. 호마 같은 알 불알을 자랑해도 좋다. 자기의 소피는 받아 마셔도 좋다."

감독자의 지시였다. 훈도시는 광목천으로 불알만 가리는 일종의 일본 팬티란다. 달수는 언젠가 변강쇠의 괴물 같다는 친구의 농담이 생각나 바람을 쐬고 싶었다.

"새벽 여섯 시부터 밤 아홉 시까지 채탄 작업을 한다. 지금은 대일본 제국의 전쟁 중이다. 책임 완수를 다 하기 바라겠다."

호된 작업 지시였다. 점심시간은 고작 30분, 똥 싸고 밑 닦을 시간도 없을 것 같다. 못 먹고 잠 못 자고 일이 고되어 뼈만 남았다. 배가 고픈 게 문제였다. 미증유(未曾有)의 세계 아닌가? 작업 중에 잠시라도 눈을 팔거나 곡괭이질이 느슨하면 몽둥이가 춤을 춘다. 폭약을 장착하여 발파하는 사람은 왜인들이었다. 그러니까 팔과 허리 운동을 하는 육체노동자들은 조선인이었다. 묵직한 갱목을 어깨에 메고 비지땀을 흘리며 나르는 자도 조선인이었다. 가죽 채찍으로 마구 패댄다.

일본 북해도에서 바다 건너 남단이며 일본 본토에서는 북단인 아오모리 탄광 얘기이다. 마스크도 못 쓰게 하여 "캑캑" 진폐증(塵肺症) 걸리기에 십상이다. 우르릉 쾅쾅, 산천을 뒤흔드는 낙반 사고는 비일비재하였다. 허깨비 같은 깡마른 몸체가 마른 잠자리처럼 천장에 붙을 듯하다. 사흘이 멀다 하고 빈발하는 돌발 사태로 팔다리가 부러지고, 죽탄 속으로 빨려 들어갈 것만 같다. 죽탄 속에 묻혀 뼈마디가 앙상한 미라가 될 수밖에 없지 않은가?

점심은 혼합곡인 주먹밥이 지급된다. 간에 기별도 안 간다. 배가 고파 몸이 말을 안 듣는다. 그러면서 곡괭이나 삽질은 바람개비처럼 날렵하게 하란다. 조선인들이 견디기 어려운 건 작업 환경보다도 놈들의 비인간적인 대접이었다.

　어디서 모집했는지? 조선의 신참 노무자들이 또 실려 왔다. 모두가 풀이 죽어 수양버들처럼 목줄기가 늘어졌다. 주눅이 들어 낯빛이 노랗다. 달수는 한동네에 살던 고향 후배 영구를 만나 고향 소식을 들을 수가 있었다. 가족 얘기와 보고 싶은 정옥이 안부도 들었다. 그러나 달수는 모든 것에 대한 자포자기 상태라 고향 소식도 귀에 안 들렸다.

　"너희들은 1회용 인간 소모품이야."

　기회 있을 때마다 왜놈들은 이렇게 엄포를 놓는다. 갱내에서 무서운 자는 '사키야마'의 직종이다. 이들은 남색 헬멧에 노란 테두리를 했는데 육모 방망이와 기다란 쇠꼬챙이를 들고 다닌다. 탄맥을 발굴하는 자들이다. 요놈들이 쥐 잡아먹는 시궁창의 삵 못지않다. 지독한 악종이었다. 조선인 젊은 노무자들은 배움이 부족하여 쉽게 언어 소통이 안 될 때가 많다. 그럴 때면 용서 없다.

　"빠가야로."

　욕설을 퍼부으며 들고 있는 쇠꼬챙이로 조선 광부의 등을 긁고 몽둥이로 쥐어 팬다. 이렇게 짐승처럼 다스려야 일을 한다는 얘기였다.

　"살려 주세요. 살려 주세요."

　매질에 겁을 먹고 바위에 머리를 치쳐 자결을 생각하는 자도 있었다.

　"어머니 배가 고파요. 어머니 배가 고파요."

　암벽에 누군가 굵은 글씨로 낙서를 했다. 놈들은 낙서한 자를 집요하게 색출하여 작살을 냈다는 얘기를 듣고 달수는 치를 떨었다.

'산 김 씨가 죽은 최 씨를 못 당한단다. 네놈들 두고 보자? 아무도 안 보는 밤에 몇 놈 작살을 내고 도망쳐야겠다.'

몇 놈 점을 찍었다.

달수는 오로지 탈출 생각뿐이었고 생니를 갈았다. 허기질 때 막장의 탄맥에서 흐르는 맑은 물을 마시고 힘을 축적했다. 죽기 아니면 살기로 이를 갈았다.

어언 일본 아오모리 탄광에서 2, 3년의 세월이 흘렀다. 달수는 채탄부의 일에 숙련공이 되었다. 광산촌에서 서로가 서로를 알게 됐다. 말하자면 고참 격으로 인맥이 형성된 것이다. 젊고 아름다운 식당 여인 요노꼬와의 대화도 나누게 된 것은 큰 수확이었다. 아오모리 탄광 막사 주위의 은밀한 장소를 눈여겨봤다. 요노꼬, 보면 볼수록 아름다운 여인이었다. 아오모리 탄광 주위의 버스 편과 기찻길도 살폈다. 탈출을 결심한 것이다. 노무자들의 합숙소 주변에는 광부들의 탈출을 막기 위한 철조망이 처져 있고, 요소요소에 황소만 한 세퍼드 사냥개가 눈을 부라리고 있었다.

달수는 주방에서 일하는 요노꼬의 호감을 사려고 노력했다. 기회만 닿으면 눈인사를 건넸다. 서로가 그러했다. 고국의 정옥과 같은 살구꽃 냄새가 난다. 약혼녀 정옥이에 대한 대리 만족으로 깊은 정이 갔던 것이다. 채탄장에서 돌아온 늦은 밤에 배식을 받을 때면 요노꼬가 정옥이처럼 환각되었다. 사막의 신기루(蜃氣樓)처럼 말이다. 달수보다 연상의 여인이란다.

"누님, 많이 주세요."

왜놈 안 들을 때 농담 삼아 말을 건넸다. 사키야마에게 들키면 매 맞아 죽을 일이다. 그녀는 누님의 소리가 싫지 않은 것 같다. 때로는 눈치채지 않게 쌀죽을 한 국자 더 떠서 주었다. 이는 순전히 달수의 남아다운 기상에 푹 빠져 있었던 것이다. 도쿄에 살았다는 요노꼬는 상습 절도죄로 복역 중이다. 인력이 모자라 탄광의 취사장에서 복역한단다. 그녀는 한국말도 능소능대했다. 노부짱이란 남편과 이혼하고 무자식에 외로운 신세라 했다. 달수가 그녀와 가깝게 지낸다는 소문이 퍼져 탄광에 요주의 인물로 각인됐다.

"요노꼬는 취사장에서도 물건을 훔치는 버릇이 있다지? 여인들의 행사인 월경(月經) 날에는 절도의 충동을 굉장히 느낀다네. 그 얘길 들었어."

쑥덕공론이다.

"제 버릇 개 못 준다고 그 버릇을 고치지 못한다네."

달수는 요노꼬에 대한 별의별 추잡한 말도 주위에서 듣게 됐다. 그러나 치지도외했다.

"그런 말을 어디서 들었다나?"

"다 듣는 수가 있지랑."

건장한 남자를 여우처럼 홀린다는 등 고참 노무자들 사이에 요노꼬에 대한 별의별 지저분한 소문이 자자했다. 달수는 듣기에 괜시리 불쾌했다. 달수는 탄광에서 죽을 고생을 하는 동안 자살도 생각했다. 그러나 요노꼬가 곁에 있어 참고 참았으며 그녀는 버팀목이 돼 주었다.

하루는 이런 생각을 했다. '내 영혼은 목석이요. 육신은 썩은 고기와 같도다.' 새벽하늘에 달빛이 고고하다. 육신이 고달파 부모님과 정옥이를 생각할 겨를도 없었다. 육신은 깽 마른 참나무 도막이 돼 가고 있었다. 아오모리 탄광 주변에 얕은 계곡이 있었다.

광산에서 매달 두 번씩은 철조망 넘어 나가 발도 담그고 밀린 빨래를 한다. 물론 단체 행동이었다. 달수는 그날을 기다렸다. 주위를 면밀히 염탐했다. 빨래를 계곡의 바위 턱에 널면서 달수는 이를 갈았다. 가을 하늘을 보니 흰 구름은 무심히 흐르고 냇둑에도 노란 들국화와 코스모스가 피었다. 내 고향 마당에도 코스모스꽃들은 피었겠지? 꽃들 사이를 맘껏 나니는 벌 나비가 부럽다.

"요놈들 두고 보자, 언젠가는 몇 놈 때려잡고 도망치는 것이다."

절치부심(切齒腐心) 이를 갈았다. 바로 일본 감독 놈 '사까오'이다. 그놈을 죽이는 것이 애국이리라. 그놈한테 맞지 않은 자가 거의 없다. 충청도 소년 정도영 동료가 있었다. 그는 몸이 쇠약해서 채탄부 일을 제대로 못 했다. 보통학교도 못 나오고 언어생활에 장애가 많았다.

"너 같은 바보 놈은 죽탄 속에 처박혀 뒈져라."

도영 동료는 '사까오'에게 이런 악담을 듣고 구타도 당했다. 반신불수가 되어 죽탄 속에 빠져 죽었다. 달수는 조선인 동지를 모아 폭동을 생각했다. 죽을 각오를 하니 두려울 일이 없을 것 같았다. 그러나 여력이 없어 좌절되고 만다. 그러할 틈도 없었다. 아오모리 탄광에 온 지 3년이 지났다. 죽지 않고 살아 있는 게 다행이었다.

"아오모리 탄광에서 건장한 자로 사십여 명을 뽑아 남사할린 탄광으로 보낸단다."

말이 번졌다. 그쪽에 인력이 부족한 이유였다. 지원자도 받았다. 달수와 요노꼬는 강제 추방 대상이었다. 요주의 인물로 지목됐기 때문이다. 다행히 요노꼬도 지원한단다. 달수는 기뻤다. 이념적으로 정반합(正反合)의 일체였다. 그곳으로 가려면 북해도를 거쳐야 한다. 그러나 쉽게 결행되지는 않았다.

늦가을의 궂은 비가 추적추적 내리는 일요일, 신참 노무자가 또 온다는 날이었다.
'어젯밤 꿈자리에서 어머님을 뵈었는데, 고향 소식이라도?'
저녁 늦어서야 신참 노무자들이 도착했다. 모두가 기가 죽어 있었다. 호루라기를 불어 대고 막사 주변이 시끄러웠다.
이번엔 충청도 한동네 사는 전 준구 후배를 만났다.
"달수 형 아니요?"
"준구 아닌가?"
둘은 할 말을 잊은 채 반가워 손잡고 울었다.
"준구 아우, 웬일인가?"
"조센진 간나새끼야."
옆에서 이를 지켜본 일본 내무반장 야마오한테 준구는 발길로 채였다. 다께오 놈도 거들었다. 옆에서 미짱이란 왜놈은 껄껄 웃었다. 조선인 노무자들은 이렇게 피박을 받으며 피멍이 들었다. 준구는 고향 소식을 귀띔해 주었다.
"부모님은 달수 형 걱정 속에 나날을 보내시지만, 정옥이 누나가 요즈음 미쳐서 동네를 돌아다녀요. 형이 그리운 상사병이라나요?"

"뭣 미쳐?"

그 소식을 들은 달수는 제정신이 아니었다.

며칠을 어떻게 보냈는지 모르겠다. 일요일 어쩌다 쉬는 날이었다. 막사 귀퉁이에서 요노꼬와 마주쳤다.

"사할린, 화태로 꼭 가십시다. 내가 인사 책임자를 삶아 놨으니 청을 들어줄 거예요."

요노꼬는 아무도 안 듣게 달수에게 의견을 건네 왔다.

"사할린 탄광은 작업 조건이 좋고 소련 땅 연해주로 탈출할 기회가 있을 것 같아요."

그러나 쉽사리 결정할 문제가 아니었다. 사할린은 조선 땅에서 멀고 감시가 심하기 때문에 탈출하다 발각되면 그 자리에서 작살이란다.

아오모리에서는 북해도 사이의 쓰가루 해협을, 북해도에서는 소야 해협을 건너야 한다. 1905년 러일 전쟁에서 승리한 일본이 남사할린을 차지한 것이다. 그 무렵 사할린에도 조선인들이 강제 노역을 하고 있었다.

달수와 요노꼬는 일본 내무반장과 스즈끼 감독에게도 미운털이 박혔다. 요노꼬가 자기의 청을 들어주지 않는다는 얘기이다. 그러나 스즈끼는 함부로 둘을 넘보지 못했다.

요노꼬가 비록 죄수의 신분이었지만 스즈끼 감독은 요노꼬를 짝사랑하고 있었다. 사랑의 열병을 앓고 있는 것이다. 하지만 그녀는 콧방귀만 날려 스즈끼에게 미운털이 박힌 것이다. 그래서 먼젓번에도 가고자 하는 사할린행이 좌절되고 만 것이다. 칼바람은 불고 어둠이 먹물처럼 깔린 탄광의 밤이다.

　1월 1일, 그날은 일본의 양력설이었다. 혼슈의 북단 아오모리 탄광에도 잠깐 자유가 왔다. 엄청나게 눈발이 퍼부어 댔다. 오랜만에 쇠고깃국과 쌀밥, 사과 한 개와 찹쌀떡이 배분된 날이다. 특식이었다. 오늘따라 식판을 들고 배식 창구에서 차례를 기다리는 시간은 잠깐이나마 즐거웠다. 바깥에 눈발은 퍼붓고 불빛 속에서 요노꼬를 보는 게 달수의 낙이었다. 앞치마를 두르고 하얀 스카프를 쓴 그녀가 나풀나풀 달수에게 다가설 것만 같다. 흰 장미꽃 같았다. 정옥이는 잊고 그녀에게 정이 가는 달수의 심정은 어쩔 수 없었다.

　새봄이다. 일요일, 그날은 추웠다. 냇물에 나가 얼음을 깨어 송사리도 잡고 빨래도 하며 숙소에서 낮잠도 즐길 수 있었다. 저녁 시간에 요노꼬가 쌀죽을 퍼줄 때 그 속에 쪽지가 숨겨져 있었다.

　"달수 씨, 밤 아홉 시에 식당의 제2 창고 좌측 옆으로 오세요. 화장실 가는 척하고요."

　달수는 기회를 엿보아 탈출할 길을 염탐할 즈음이었다.

　"북동쪽 철조망을 뛰어넘어 산 밑에 마을로 가다 보면 버스 정류장과 기차역 뒤편에 노란색으로 된 대문이 있어요. 그 집이 저의 고모님 댁이어요. 그 집을 찾아가면 뒤쪽 창고 밑에 방공 굴이 있지요. 그 속에서 며칠만 숨어 지내요. 저도 탈출을 하겠어요."

　이런 쪽지를 요노꼬한테 넘겨받았다. 둘이서는 탈출에 대한 맹약이 벌써부터 돼 있었다. 그 뒤로 달수는 철조망 창고 구석에 굵은 대나무 장대를 구하여 숨겨 놓았다. 이래 죽으나 저래 죽으나 생사자(生死者) 운명의 판결이다.

봄이 왔다. 봄철이 되어 전쟁은 막바지에 이르고 탄광은 바빴다.
아오모리 합숙소의 화장실에서 난투극이 벌어졌다. 달수가 자정 넘어 용변을 보러 나왔을 때의 일이었다. 그때 막장의 악마 스즈끼가 오줌을 깔겨대고 있었다. 달수는 보이는 게 없었다. 이때다 싶었다. 뒤에서 엉덩방아를 걷어찼다. 오줌 지린내 풍기는 시멘트 바닥으로 넘어지면서 스즈끼의 코가 깨졌다. 달수에게 그런 용기를 하늘에서 내려준 것 같았다. 달수는 나동그라져 있는 각목을 주워 스즈끼를 개 패듯 팼다. 그리고 점찍어 놨던 철조망을 비호같이 뛰어넘었다. 이때다 싶어서이다. 장대높이뛰기 선수는 저리 가라였다. 탄광 막사를 벗어나면 산비탈로 이어져 있다. 어둠이 깔린 숲속을 헤쳐 요노꼬가 말했던 기차역 쪽의 윗마을로 도망쳤다. 탄광에서 파낸 석탄을 대도시로 운반하기 위하여 간이 기차역이 있었던 것이다. 철조망을 지키던 사냥개도 잠이 들었나 끽소리 없었다. 그러나 몇 분 안 가서 조명등이 켜지고 호루라기 소리가 콩 볶듯 했다. 다행히 쫓는 자가 없었다. 달수에게 어디서 그런 힘이 났는지? 괴력이었다. 조선 놈 광부 하나쯤이야 죽든 살든지 대수롭지 않다는 얘기이다. 달수는 으슥한 산 고랑으로 기어 올라가 잠시 숨을 몰아쉬었다. 땅바닥에서 봄 내음이 물씬하다. 먼동이 트기 전에 요노꼬가 알려 준 이모님 댁을 찾았다. 간이역 뒤의 노란 대문, 하얀 벽면에 검은 기와집이었다.

요노꼬의 이모님이 아오모리 탄광으로 요노꼬 면회를 왔을 때에 감시인의 눈을 피해 쪽지로 건네준 일이 있었다. 면회실에서 이모님과 요노꼬가 상담할 때에 일본인 입회인이 딴전을 필 때였다. 요노꼬가 식당에서 일인들을 음식으로 매수를 해놓은 상태라 봐주는 것이다. 어쨌든 요노꼬는 달수를 신랑감으로 꽉 붙들어 맬 심산이었다.

"곤니찌와."

탈주범 달수는 요노꼬의 이모님한테서 따뜻한 대접을 받았다. 전형적인 일본 여인의 표상이었다. 독신녀 이모님은 인간미가 있었다. 3일째 되는 날 깜깜한 밤에 요노꼬가 혜성처럼 나타났다. 바깥에 새어 나가지 않을 정도로 둘은 붙잡고 울었다. 식당 책임자와 탄부들의 먹거리를 준비하러 시장에 나왔다가 감쪽같이 몸을 숨겨 피신했던 것이다. 그날은 밤새도록 이야길 나누었다.

둘은 영락없는 부부가 된 것 같았다. 이모님이 방도 깨끗이 치워주시고 새 이불도 깔아 주셨다. 모처럼 껴안고 잤다.

"날씨가 개면 북해도로 가십시다요. 쓰가루 해협을 건너 '하코다테'에서 '삿포로'를 지나 바다 건너 사할린으로 가는 거예요. 저만 믿고 따라오세요."

둘은 만반의 준비를 했다. 요노꼬의 이모님 댁에서 여비도 얻어 나왔다. 북해도로 가는 길도 만만치 않았다. 대장정이었다. 그날은 보슬비가 내렸다.

그러나 운이 따르지 않아 북해도 북단 '왓카나이'로 가는 기차 안에서 탈주범 조선인 광부라는 신분이 노출되어 열차의 공안 경관에게 붙들리고 말았다. 기지(奇智)도 발휘할 수 없었다. 달수가 일본말을 제대로 못 하기 때문이다. 요노꼬도 지명 수배자로 운 사납게 잡혔다. 어쩔 수가 없었다.

둘은 일본 경찰에 끌려갔다. 탈주 경위에 대한 심문을 받고 조서를 작성했다. 둘은 바로 구금시키지 않고 둘이 원하는 대로 사할린 탄광으로 유배시킨다는 것이다. 관대한 처분이었다. 일본 북해도에서도 범법자들을 모아 탄광으로 보내는 것이다. 잘된 일이었다.

멀고 먼 유배길이다. 소야 해협을 건너 남사할린 섬 유즈노사할린스크항에 도착했다. 그곳엔 큰 배도 많고 선착장이 넓었다. 달수는 조국이 그리워 뜨거운 눈물을 흘렸다.

남사할린 섬 치쿠호 탄광으로 이송되었다. 소련 땅 사할린은 어둡고 칙칙한 땅이었다. 키라 코 족이 원주민이며 기둥이 하얀 자작나무 숲이 우거져 일본에서는 화태(樺太) 지방이라고 부른단다.

달수는 일본에 와서 두 번째로 사할린 치쿠호 탄광의 채탄부가 되었고, 요노꼬도 같은 탄광의 급식소에서 일하게 되었다. 잘된 일이었다. 이곳엔 조선인 징용자가 더욱 많았다. 반가웠다. 달수는 탈주범이라서 감옥에 가지 않은 것만도 천운이었다.

다음 목적지는 연해주로 밀항이었다. 일하면서 늘 그 생각이었다. 연해주는 조선 광복군 사령부가 있는 곳이다.

'연해주만 가면 고국으로 쉽게 갈 수 있겠지?'

뜻이 있으면 길이 트일 것만 같았다.

달수와 요노꼬는 지긋지긋한 아오모리 탄광이 생각났다. 탄광 생활에 전례가 있어서 달수는 광부 일에 익숙한 편이었다. 환경 조건은 아오모리와 비슷했다.

소련 땅 사할린은 1905년 러일 전쟁에서 승리한 일본이 남사할린을 장악했다. 사할린은 군사의 요충지역이며 목재, 석탄, 철광, 석유 등 광산자원이 무진장이란다.

치쿠호 탄광에서의 생활 규칙은 아오모리 탄광과 비슷했다. 그러나 일본 간부 녀석들은 어디를 가나 악랄하고 포악했다. 이곳도 배곯아 노무자들은 뼈만 앙상하다. 눈물이 절로 난다. 사할린 치쿠호 탄광은 일교차가 심하여 낮에는 기온이 높고 밤에는 맹추위였다. 혼슈의 아오모리 탄광처럼 분대가 편성되고 2인 1조로 새벽에 기상하고 밤 아홉 시까지 혹사를 당했다. 달수는 여지없이 채탄부로 지명을 받았다. 훈도시 하나만 걸치고 뱀장어 같은 불알만 달랑, 허리 펼 시간도 없이 삽질, 곡괭이질을 바람개비 돌리듯 해야 한다. 동작이 굼뜨면 노란 헬멧을 쓴 감독에게 곡괭이 세례다. 모두가 피멍이 들었다. 개구리 뒷다리 뻗듯 사지가 늘어져 기절을 한다. 조선인 광부들은 깽 마른 뼈다귀에 시커먼 석탄가루 범벅이다. 아오모리 탄광과 같았다. 다행히 길게 뻗은 사할린 오호츠크 연안에 수산물이 풍부하여 일요일이면 뭇국 속에 전갱이 한 마리가 누워 있어 눈뜨기가 부드럽다.

  전쟁 중이라 식량 사정이 좋지 않아 아침저녁 쌀죽 한 그릇과 두부 한 쪽은 아오모리와 다름없었다. 이곳 탄광 식당에서 일하는 요노꼬와 눈치껏 눈인사를 했다. 의지가 되고 든든했다. 조선의 젊은 광부들은 시커먼 산 귀신이다. 눈까풀이 천정에 붙은 것 같았다. 배가 고프고 매를 맞기 때문에 갈비 뼈대만 앙상했다.

  '이놈들 원수를 갚아야.'

  늘 그 생각이다. 사할린 치쿠호 탄광은 매장량도 많았다. 달수는 채탄 경험을 쌓았다 하여 발파부의 2인 1조 조장이었다.

  "고노야로, 조센진 간나새끼야!"

연해주(沿海州)의 눈물

잘해도 욕설, 못해도 욕설 바가지이다. 왜놈들은 욕설을 퍼붓지 않으면 주둥아리에 곰팡이가 서는 모양이었다. 요노꼬는 여전히 식당에서 일한다. 치쿠호 광산 식당에서 다섯 명의 일본 여인 중에 요노꼬가 퍼 주는 순번이 되면 달수는 옆 사람 눈치채지 않게 죽을 반 국자라도 더 얹어준다. 둘은 치쿠호 탄광에서 모르는 척하고 지냈다. 눈빛만 의도적으로 마주칠 정도였다. 밀회의 장소를 염탐했지만, 기회가 주어지지 않았다.

칙칙하고 어두운 사할린에서 긴긴 겨울을 보냈다. 한 송이 눈을 봐도 고향 눈이다. 내 나라의 시골집 아랫목에서 가족들이 모여 동치미랑 고구마 구워 먹던 일이 절절히 그리웠다. 갱목 운반으로 달수가 광구 바깥에 나왔을 적 일이다. 탄광은 요즈음 앙탈이 더 했다. 전쟁이 막바지에 달했기 때문이다.

아, 멀어져만 가는 부모님에 얼굴, 사랑하는 정옥이여! 운명의 장난인가? 어쩔 수 없이 달수는 일본 여인 요노꼬와의 사랑이 깊어져 갔다. 사랑이 어디 국경이 있겠는가? 원수의 나라 일본 여인을….

동토(凍土)의 땅 사할린에도 뜨거운 여름이 왔다. 1945년 8월이다.
아! 조국 땅에 해방이 왔단다. 해방이란다. 연합군이 승리하고 일본이 패망했단다. 아, 그토록 열망하던 조국 땅에 해방이 왔다.

"조선 독립 만세!"

사할린의 길거리엔 연일 만세 소리만 가득했다.

'해방된 역마차에 태극기를 날리며' 길거리에도 성난 파도 같은 태극기의 물결이었다. 사할린의 조선인들이었다. 감격하여 실성한 자처럼 날뛰었다. 모두가 얼싸안고 춤을 추었다.

"일본은 망했다. 일본은 망했단 말이야! 이젠 고국으로 돌아가는 게다."

일본은 항복했다. 세계 2차 대전의 종말이 온 것이다. 그런데 이를 어찌한단 말인가! 사할린에 뜬소문이 자자했다.

"일본인은 본국으로 돌아갈 수 있지만 조선인은 고국으로 돌아갈 수 없답니다."

소문이 자자했다. 사실이었다. 소련과 일본이 협약을 맺은 것이다. 소련이 부족한 노동력을 보충하기 위한 술책이었다. 이 웬 날벼락인가! 나라 없는 서러움이었다. 조선인 노무자들은 붙들고 탄식했다.

징용 나갔던 조선인들은 일본 북해도에 가까운 사할린 유즈노 항구로 벌 떼처럼 몰렸다. 혹시나 북해도를 경유하여 고국으로 돌아가는 배를 탈 수 있을까? 하는 막연한 기대감 때문이었다. 그러나 조선인 노무자는 돌아갈 수 없었다. 철저한 국적 확인으로 어림없는 일이었다. 사할린 유즈노 언덕의 등대가 있는 바위 절벽에서 몸을 던져 죽는 자도 있었다. 망국의 서러움이 이다지도 클 줄이야? 인간은 누구나 귀소본능(歸巢本能)이 있다. '새는 죽을 때 울음소리가 슬프고 사람은 죽을 때 그 말이 착하단다.'라는 옛말이 있다. 고향의 푸른 하늘, 흙냄새와 뒷동산의 꽃향기, 뻐꾹새의 울음소리가 그리운 것이다.

2차 대전의 승리로 소련은 사할린섬을 되찾았다. 김일성의 사주를 받은 스탈린이 일본인들은 사할린에서 본국으로 추방하고 조선인들은 출국을 금지했다. 인력이 모자라 조선 광부들을 사할린 탄광에 잔류시키고 사상이 불순하며 건장한 자들은 죄를 뒤집어씌워 시베리아 벌목장으로 보낸다는 것이다. 말하자면 유형(流刑)이다. 광활한 시베리아 벌목장은 소련의 죄수들을 유배시키던 곳이다.

해방의 기쁨, 만세 소리도 잠시, 사할린 징용자들은 붙들고 울기만 했다. 출국 감시가 엄격했다. 조선인 여자 중에 일본인과 결혼한 자는 출국이 허용됐다.

"이번에 사할린을 벗어나지 못하면 망국의 귀신이 됩니다."

사할린 바로초크에서는 태극기를 흔들며 기뻐하던 조선인을 왜놈 경찰들이 소련의 첩자로 몰아 학살하여 생매장을 했단다. 천인공로할 만행이다. 이래서 불귀의 객이 된 사할린 동포가 부지기수였다.

달수가 일하던 사할린 '토마라'와 '치쿠호' 탄광에서 소련 연해주가 가깝단다. 일본은 연합군에 항복한 뒤에 탄광에서 일하던 징용자들을 사할린에 붙들어 매었다. 소련에 갈 일부 젊고 건장한 자들을 분리하여 강제 수용했다. 사상이 불순하고 이념적으로 문제가 있다고 못 박았다.

다행히 달수는 요노꼬의 수완으로 탄광에서 도망 나와 사할린을 들개처럼 방황하는 신세가 되었다. 천만다행이었다. 요노꼬의 지참금으로 사할린에서 방 한 칸을 얻어 숨어 생활했다. 요노꼬는 형기(刑期)의 잔여기간 때문에 고민이었다. 잡히면 감옥행이 뻔한 일 아닌가? 그렇다고 일본으로 가기는 싫었다. 자나 깨나 달수를 갖고 싶었다.

달수 생각도 마찬가지였다. 기왕지사 고국으로 돌아가지 못할 바에는 요노꼬와 연해주에 가서 여생을 보내고 싶었다. 조국이 가까운 연해주에서는 푸른 꿈을 마음대로 펼칠 수 있을 것만 같았다.

"좋아요. 계획을 짜봅시다. 뜻이 있으면 행운을 안겨다 주겠지요."
 요노꼬도 웃는 낯으로 응해 주었다. 요즈음 달수는 오직 연해주로 밀항 생각뿐이었다. 두만강 건너 조선 경원 땅이 연해주와 이웃 아닌가?
 '가자, 가자. 연해주로 가자.'
 소련 땅 연해주는 해삼위(海蔘威)로 불리던 블라디보스토크 외곽 지대에 조선인들의 집단 거주촌이었다. 조선인에게 제2의 고향과 같았다. 독립운동의 전초기지였다.
 최재형 선생은 연해주에서 사업을 하여 독립자금을 지원했단다. 이를 달수가 세세히 아는 것은 아니었다.
 밀항의 길을 찾아봤다. 해결사인 중개인이 소개되었다. 오십 대의 '이르바초프'라는 소련인이다. 자금을 건네고 결전의 순간이 왔다.
 둘은 민간인 트럭의 운전석 뒤편 화물 속에 몸을 숨겨 밤새도록 북사할린 쪽으로 이동했다. 북사할린에서 타타르 해협을 건너면 연해주가 가깝기 때문이다. 해협이 가장 좁은 쪽으로 이동했다. 달빛에 비친 사할린 들판은 반짝거리는 하얀 자작나무 숲이다. 검은 밤이다. 갈대숲이 우거진 이름 모를 해변의 늪에 도착했다. 8톤 정도의 밀항선이 톡탁거리며 다가섰다.
 "순찰 중인 소련 첩보대에 발각되면 총알 세례입니다."
 밀항선 선주 소련인은 어떻게 조선말을 익혔는지 그 말만 해놓고, 함구무언이었다. 돈이 있으면 이렇게 쉽게 해결되었다. 바닷가에 해무(海霧)가 자욱한 칠흑 같은 밤이다. 연해주와 사할린 사이의 북단 타타르 해협은 8마일의 남짓한 가까운 거리일 것 같다. 둘은 배

안에서 숨을 죽이고 죽은 듯 엎드려 있었다.

드디어 연해주 땅이다. 갈댓잎이 빽빽한 곳에 둘을 내려놓자, 밀항선은 아무 저항 없이 오던 항로를 쏜살같이 돌아갔다. 지형 이름도 모른다. 밀항선 선주는 소련 첩보 대원과 짜고 이 짓을 하는 상습범인 것 같았다. 둘은 내리자마자 커다란 바위 절벽 밑에 오소리 새끼처럼 몸을 숨겼다. 먼동이 터서 둘러보니 여름인데도 바람이 세고 허허벌판이었다.

그토록 갈망하던 연해주에 온 것이다. 대성공이다. 귀국선 타고 고국에 돌아온 것 같다. 쉽게 고국으로 돌아갈 것만 같다. 어쩔 수 없이 찾아든 외딴집은 운 좋게 조선인의 집이었고, 함경북도 경원 땅이 선조 대들의 고향이라 했다.

"이웃 마을에 가면 조선인이 살고 있으니 맘 놓고 쉬십시오."

노부부는 온갖 친절을 베풀어 주었다. 그 무렵 소련에서는 중앙아시아 쪽으로 조선인의 강제 이주가 계속되고 있단다. 조선인 집에서 숙박비를 지불하고 며칠을 묵기로 했다. 밤에는 기온이 내려가 '뻬치카'라는 난방장치가 더없이 고맙다. 신혼부부처럼 문간방에서 붙어 지냈다. 이들에게 신혼의 단꿈 같은 행복한 최고의 나날들이었다. 마음은 둘이어도 몸은 하나였다.

"배가 고프고 왜놈들의 학정에 못 이겨 두만강을 건너 이주했답니다."

집주인 연해주 교민은 이곳으로 온 연유를 말했다. 며칠을 지내다 달수는 이웃의 소개로 '스로고파'라는 연해주의 소도시로 나왔다. 일자리를 찾으면서 함경도 경원 땅으로 돌아갈 기회를 찾기 위함이었다. 요노꼬가 일본 지폐를 소련 돈으로 환전하여 쓸 수가 있었다. 이곳의 교민들에게도 해방의 기쁨은 컸으나 불길한 소문이 속속 들어왔다.

연해주에서는 1937년부터 조선인들의 강제 이주가 벌써부터 자행되고 있었다. 스탈린의 이주 정책이었다. 그걸 몰랐다. 척박한 내륙 중심부 소련의 '카자흐스탄' '우즈베키스탄' 같은 곳으로 강제 이주시키는 것이다. 조선인 이주는 소련 공산당 내부 인민 위원회에서 치밀한 계획으로 실행에 옮기고 있었다. 인구의 분산 정책과, 노동력 착취가 목적이었다. 조선인들 대부분이 왜놈들의 첩보원 역할을 했다는 기가 찬 명분이었다. 이들을 고려인이라 지칭한다. 조선인들은 연해주에서 피땀 흘려 일궈 놓은 농토를 내놓았다. 수확도 제대로 못 하고 시베리아 횡단 열차를 타야만 했다. 여기서도 나라 없는 슬픔을 또 겪어야 했다.

달수는 사할린에서 밀항하여 연해주로 온 것을 후회했다. 이럴 줄 알았으면 차라리 사할린에서 요노꼬와 눈 맞추며 살 걸⋯. 만시지탄(晚時之歎)이었다. 까만 밤에 연해주의 아무르강 호랑이가 물어갈 것만 같이 주위는 불안했다. 구더기 무서워서 장 못 담그랴! 이판사판 요노꼬와 손잡고 연해주 시장 구경을 하던 중에 대게인 킹크랩을 먹었다. 보드라운 하얀 속살이 입안에서 살살 녹았다. 살아 있음에 감사했다. 요노꼬의 덕분으로 생전 처음 먹는 호사였다. 일생일대의 행복한 순간이었다.

두만강 건너 지척이 고국인데 부모님 생각이 간절하다. '정옥아

그립다. 그리고 미안하다.'

소련 첩보 대원에게 붙잡혀 언제 시베리아로 끌려갈지 그게 걱정이다.

'죄과가 있는 젊고 건장한 조선인들을 골라 시베리아 벌목장으로 보낸단다.'

흉흉한 소문이었다. 나라가 없으니, 길가에 쏴 돌아다니는 들개를 잡아들이듯 소련 첩보원들의 막된 짓이 자행되고 있었다. 그렇다고 조선 땅으로 밀항하는 길도 만만치 않았다.

시베리아는 겨울이 길고 영하 50, 60도의 맹추위가 다반사, 배고프고 얼어 죽는 동토(凍土)의 땅이란다. 죽음을 담보로 가는 땅이다.

달수와 요노꼬가 연해주에서 은거하고 있는 동안 사할린에서 밀항 온 자라는 것이 밀고되어 첩보대로 잡혀갔다. 심히 불행한 일이었다. 심한 문초는 말할 수 없고.

"하늘이 우리의 사랑을 시샘하는가 봐요."

요노꼬는 본국인 일본으로 갈 수 있었으나 달수는 조선인 밀항자로 지목되어 어쩔 수 없었다. 달수는 멀고 먼 남쪽의 항구도시 블라디보스토크의 페르바야레츠카의 간이역으로 이송되었다. 그물코에 걸린 물고기가 된 것이다. 요노꼬는 바로 풀려났다. 발을 동동 구르며 달수를 살려낼 궁리를 했지만 어쩔 수 없었다. 밀항이 큰 죄였다.

둘이 헤어지면서 눈물을 흘리며 나누던 말이다.

"전, 일본으로 갈 수 있지만, 달수 씨는 어찌할 방법이 없군요. 행운을 빌겠어요."

요노꼬의 목멘 말이다.

"요노꼬, 꼭 일본으로 돌아가 새신랑 만나 새 삶을 찾아야 해요."

달수의 피맺힌 말이다. 요노꼬는 달수를 놓지 않으려고 동분서주했다.

"저는 형기(刑期)가 아직 남았잖아요. 일본으로 돌아가 잡히면 감옥소 생활을 해야만 돼요. 일본으로 가지 않고 연해주에서 달수 씨를 기다릴게요. 살아만 오세요."

요노꼬는 연해주에 그대로 주저앉고 싶다는 얘기였다. 그리고 달수를 구하기 위한 요행수를 찾는다는 것이다. 소련 첩보원들은 왜놈들에 비하면 사람 대하는 게 신사였다. 몸이라도 팔아서 달수를 꺼내고 싶었지만 길이 없었다.

"신고가 들어왔으니, 우리도 어쩔 수 없습니다."

소련 첩보원들의 대답은 냉랭했다. 그 뒤에 통역관을 사이에 두고 요노꼬는 달수의 안부를 수시로 탐지했다. 검은돈도 내밀어 봤다.

"블라디보스토크 임시 수용소에 있다가 시베리아로 갈 것입니다."

소련은 시베리아 벌목장으로 보낼 인력 확보에 혈안이다. 사할린의 탄광 못지않게 참혹한 노역 생활이며 대부분 소련 죄수란다. 병들거나 일하다 죽으면 시신을 한데 모았다가 흙구덩이 속에 던져버린단다. 이래서 달수는 조선인 밀항자로 체포되어 시베리아로 끌려가게 된 것이다. 나라 없는 설움이었다.

"요노꼬상, 연해주에 남지 말고 꼭 일본으로 건너가시오. 남은 형기를 채우고 좋은 사람 만나 행복하게 살기 바라오."

달수는 헤어지면서 그 말밖에 할 수가 없었다. 달수는 고국으로 돌아가지 못할 바에는 정옥이를 잊고 요노꼬와 결혼하여 연해주에서 살고 싶었지만 남가일몽(南柯一夢)의 꿈이었다.

요노꼬는 달수가 없는 연해주에서 살 의미가 없었다. 요노꼬는 수소문 끝에 달수가 시베리아로 떠나는 날짜와 시간, 장소를 확인했다. 그리고 일본으로 돌아갈 길을 찾고 있었다. 시베리아 횡단 열차는 연해주의 남쪽 항구도시 블라디보스토크의 페르바야레츠카역에서 시발점이다.

요노꼬는 임시 수용소가 있는 그곳으로 달려갔다. 블라디보스토크는 제법 큰 항구 도시였다. 달수의 얼굴이라도 마지막 보고 싶었다. 날짜에 맞춰 페르바야레츠카 간이역에 도착했다. 인간의 고뇌를 가득 실은 시커먼 열차는 검은 연기를 뿜으며 피익 피익 어쩔 수 없는 인간의 속죄를 토하고 있었다. 하바로스코프를 거쳐 유형장 시베리아 벌판으로 가는 여정이란다.

요노꼬는 파리 떼 같은 인파를 헤집고 역구내 플랫폼으로 들어갔다. 시베리아로 끌려가는 노무자들은 소련 죄수, 조선인 노무자들로 꽉 차 있었다. 조국 잃은 약자들의 피맺힌 눈물이 차창을 적신다. 콩나물시루 같은 열차 내에 달수는 쉽게 보이지 않았다. 목을 빼고 찾아봐도 보이지 않았다. 뻥 뚫린 차창 너머로 하얀 손수건을 흔드는 요노꼬가 기적같이 눈에 띄었다.

"요노꼬, 요노꼬상!"
"달수 씨, 달수 씨!"

둘은 이별의 플랫폼, 역구내가 떠나가도록 이름을 불렀다. 요노꼬는 하얀 손수건을 흔들었다. 달수의 눈에 쉽게 들어오라는 표시였다. 서로는 마지막 손목이라도 잡고 싶었다. 아, 서글픈 이별이여!

"달수 씨, 잘 가요. 부디 살아서 돌아와요. 사랑해요."

요노꼬는 일부러 웃는 얼굴을 보였다. 용기를 잃지 말라는 저의였다. 그러나 가녀린 여인의 엷은 가슴은 소리 없이 울고 있었다. 마지막 상면이었다. 요노꼬는 달수가 이 지경이 되기까지 자신의 죄 같았다.

고국 땅 부산항을 떠나올 때에 정옥은 달수를 꼭 기다린다 했지만, 이국(異國) 여인 요노꼬는 기다린다는 여운을 남기지 않았다.

열차와 거리를 두고 요노꼬는 시베리아행 기차가 떠날 때까지 달수한테서 눈길을 떼지 않았다. 영원한 작별이 될 것 같았다. 사실 그렇다. 열차는 꽥꽥 늙은 거위의 울부짖음처럼 괴로운 기적을 토하고 있었다. 연해주도 늦가을이 되었다. 허허벌판 러시아 땅, 연해주의 칼바람이 요노꼬의 헤진 옷깃을 흔들었다.

"연해주의 벌판 위에 손수건 흔들면서 잘 있소. 잘 가오."

비련 영화의 한 장면 같았다. 요노꼬는 차창을 향해 '사요나라'를 외치며 눈물범벅이다. 정든 자들의 이별이 이렇게도 슬플 줄이야! 길고 긴 대륙의 여정, 검은 시베리아의 횡단 열차는 한 많은 기적을 울리며 무정하게 떠났다.

요노꼬는 열차가 보이지 않을 때까지 발을 동동 구르며 목메어 울었다. '기회를 봐서 일본으로 돌아가야지.' 오로지 그 생각뿐이었다. 달수가 없는 연해주는 요노꼬에게 의미가 없었다.

조선의 애국 청년 달수는 때를 잘못 만나 조국 잃고 목숨마저 잃을 기구한 운명의 주인공이 됐다. 요노꼬란 일본 여인을 잘못 만난

연해주(沿海州)의 눈물   49

탓도 있지만 이 모든 게 시국을 잘못 만난 탓이다. 풍진세상을 만난 것이다.

"아, 달수 청년이여, 두 여인이 애타게 기다리고 있어요. 시베리아에서 꼭 살아 돌아와야 돼요."

그러나 조선의 애국 청년 최 달수는 해방을 맞이하고 잘 사는 대한민국이 되기까지 돌아오지 않고 있다. 시베리아 벌판에서 죽었는지 살았는지 감감무소식이다.

달수 씨여! 하늘이 도와 러시아 땅에서 장가들어 잘 살고 있기를 바래요. 이젠 백발의 노익장이 되었겠지?

조국은 잘 사는 대한민국이 되었다오. 이 무렵 시베리아 벌목장이나 사할린 탄광에서의 징용자들 대부분의 생사를 모른단다. 유해라도 찾아 조국의 품 안에 모셨으면 얼마나 좋을까? 천안 망향(望鄕)의 동산 같은 곳도 좋다. 조국의 산하(山河)여 이들의 원혼을 잠재워 주소서. 잠재워 주소서. 단재 신채호 선생은 가르쳤다. '역사를 잊은 민족은 미래가 없다'라고. 그렇지만 우리의 미래는 밝다. 가신 님 못내 그리워 이름 한번 불러 봅니다.

"달수 씨여, 강남 제비는 돌아오는 데 당신은 왜 못 돌아오나요?"

낙동강 강바람

"낙동강 강바람에 치마폭을 스치며 군인 간 오라버니 소식이 오네 큰 애기 사공이면 누가 뭘 하나 늙으신 부모님 내가 모시고 에헤야 데헤야 노를 저어라 삿대를 저어라"

구수한 이 노래는 남녀노소 가릴 것 없이 낙동강 주민들의 애창곡이다. '군인 간 오라버니 소식이 없네.' 낙동강 변 설래위 마을에 선영이라는 착한 소녀가 군인 간 오라버니를 그릴 때면 이 노래를 불렀다. 6.25 낙동강 전투 때이다. 주민들의 애환이 담긴 곡이다.

낙동강은 길이가 천삼백여 리. 남한에서 제일 긴 강이며 국민의 사랑을 받는 강이다. 낙동강 칠곡군 왜관읍 근처 설래위 마을에 해 오름이라는 고즈넉한 나루터가 있었다. 몇 가구 안 되는 마을에 오늘도 나룻배 한 척이 강물에 출렁이며 목을 빼고 오가는 손님을 기다리고 있었다.

해 오름 나루터에는 주막집 주인 오십 대의 김 종팔 씨와 뱃사공인 박 철보 씨가 아랫집 윗집 사이의 형제처럼 살고 있었다.

철보 씨는 3대째 토박이 뱃사공이다. 낙동강 강바람을 쓸어안고 산다. 나루터 뱃사공으로 돈 벌어 외아들인 무영이를 고등학교에 보내고 그림같이 살고 있었다.

철보 씨의 외동딸 선영이는 초등학교 4학년, 심성이 바르고 착한 효녀였다. 철보 씨의 부인은 생활력이 강한 현철한 남율 댁이다. 강바람을 많이 쐬어 성격이 거칠고 거친 말도 뱉어 더러는 주위의 지탄을 받곤 했다. 그러나 의리 하나는 꽝이었다. 이들 부부는 50대 중반의 한창 일할 나이, 금슬도 괜찮았다.

낙동강은 강원도 태백 황지에서 발원하여 경북 안동 하회 마을을 휘돌아 왜관을 거쳐 남으로 흐른다. 상류의 중심은 경북 안동과 영주요, 중류는 왜관 쪽이며 하류는 남쪽 김해 지방으로 빠진다. 6.25사변 같은 민족의 애환을 쓸어안고 어머니의 젖줄 같은 생명의 강이다.

"낙동강아 잘 있거라 우리는 전진한다 원한이야 피에 묻힌 적군을 무찌르고서 … 화랑담배 연기 속에 전우야 잘 자거라"

밀리고 밀며 치열했던 6.25 낙동강 전투 때에 부르던 군가이다.

"낙동강을 사수하라. 낙동강을 사수하라. 빼앗기면 다 죽는다."

군부에서는 이렇게 외쳤다. 난리 때에 대한민국의 온 국민은 죽기 아니면 살기였다. 인민군이 낙동강을 건너면 대구가 함락되고, 부산까지 쳐내려와 온 국민은 부산 앞바다에 몸을 던져 바닷물의 산 귀신이 될 판국이었다.

낙동강 변 주민들은 유유히 흐르는 강물을 바라보며 하천 부지에 보리도 갈고 수박 참외도 가꾸며 쏘가리, 잉어 등 매운탕 거리도 낚았다. 지금도 경부선 열차를 타고 대구, 부산 갈 때는 차창 넘어 낙동강 물줄기를 바라보며 잊었던 옛일을 반추한다.

정이 들고 자연 풍광이 좋은 낙동강 변에서 철보 씨 내외는 낙동강 변 고향을 지키며 뱃사공 일을 즐겁게 했다.

지난날 나룻배 타고 낙동강을 건너던 때의 이야기이다. 마을 뒤에는 산, 산자락 앞에는 인심 좋은 설래위 마을, 해 오름 나루터에 대여섯 가구가 수박 덩이처럼 모여 둥글둥글 살았다. 아침저녁이면 통학하는 학생들이요. 강 건너 구미나 왜관의 장날이면 장꾼들로 줄을 섰다. 배를 탔다 하면 손가락으로 가는 물살을 가르며 신바람이 날 때였다. 인산인해가 따로 없었다.

"낙동강 강바람에 치마폭을 흔들며 군인 간 오라버니 소식이 없네"

배를 탄 사람들은 뱃전에 걸터앉아 박수를 치며 합창도 했다.

"아, 너무나 멋있어. 한 폭의 산수화야!"

낙동강을 찾는 사람들은 해 오름 나루터의 자연 풍광을 극찬했다. 강가에 늘어진 능수버들 사이로 스멀스멀 피어오르는 물안개에 심취했다. 저 멀리 은은히 보이는 유학산 산마루의 저녁 햇살은 손에 잡힐 듯 멀기만 하다.

나루터 뱃사공 철보 씨의 집과 종팔 씨의 주막집에 저녁연기는 모락모락 구름을 헤쳐 주객을 모으고, 겨울철의 굵은 눈발은 더뿍더뿍 강가를 적신다. 주민들은 목재로 된 떡메로 꽁꽁 언 얼음장을 깨어 민물고기를 낚아 올린다. 그리고 종팔 씨 주막집에서 매운탕과 얼큰한 막걸리 한 잔은 헌 마누라와도 바꿀 수 없었다.

뱃사공 철보 씨의 왼팔 하나가 바람처럼 사라진 것은 6.25전쟁 때, 낙동강 전투가 안겨준 선물이자 훈장 같았다. 미군 폭격기의 파편에 맞아 감쪽같이 팔 하나가 날아갔다. 잘린 팔뚝은 오리무중이었다. 그러나 철보 씨에게 노 젓기에는 큰 지장이 없었다.

그러니까 주막집 종팔 씨와 뱃사공 철보 씨는 한날한시에 사지 한 쪽씩이 날아갔다. 종팔 씨는 다리 한쪽이 날아갔다. 그래서 둘은 생사자 운명이 같았다. 그래서 둘은 한 동네에서 더욱 각별했으며 동병상련(同病相憐)으로 위로하고 허허거린다. 살기 위해 불구의 신세타령은 접었다.

그뿐만이 아니었다. 6.25전쟁으로 철보 씨는 초등학교에 다니던 딸 하나를 잃었고, 금쪽같은 아들까지 잃었다. 고교 3학년에 다니던 외아들 박무영(朴武英) 군이다. 애국청년 무영 군은 학도병으로 지원했다.

"양양한 앞길을 내다볼 때에 혈관에 파도치는 애국의 깃발 넓고 넓은 사나이 마음"

노래 가사처럼 피 끓는 애국심으로 군가를 부르며 지원 입대했다. 백척간두에 조국의 존망지추를 앉아서 볼 수 없다는 의기였다. 무영 군은 낙동강 다부동 전투에서 장렬히 순국했다. 불어라 강바람아 사연 많은 낙동강이다.

아군이 북진 뒤에 아들의 전사 소식을 듣고 철보 씨는 반 미친 사람 같았다. 다부동 격전지를 뒤졌다. 걸레 조각처럼 찢어진 아들의 시신을 왜관(倭館) 다부리 산자락 방공호에서 찾았다. 그것만도 다행이었다. 아들의 시신은 군부대의 협조를 얻어 화장했으며 집 가까이 낙동강에 뿌렸다. 철보 씨는 이렇듯 금쪽같은 아들을 잃었으니 어찌 사는 재미가 있겠는가? 한동안은 매일 술타령이었다. 낙동강 강바람 탓이었다.

무영 군이 낙동강 전투에서 죽자, 가정에 괴이한 일이 생겼다. 말 짱하던 철보 씨의 외동딸 선영이가 느닷없이 사지를 비틀고 입에서 거품을 토했다. 처음 보는 일이었다. 방바닥에서 금방 죽을 것만 같았다. 속된 말로 지랄병이라는 간질병이었다.

의술이 발달한 요즈음은 뇌전증(腦電症)이라고 한다. 죽은 오빠의 혼령이 여동생한테 씌었다는 것이다. 무당을 데려다가 살풀이를 했다. 그리고 절에 가서 아들의 천도재를 지냈다. 그러나 마음이 깃든 정성이지 딸의 병치레에는 소용없는 일이었다.

"천애의 고약한 지랄병이지. 고칠 수 없는 간질병이야. 오빠의 혼령이 씐 것이 틀림없어?"

주민들은 돌아서서 수군거렸다. 선영이는 시도 때도 없이 간질 증세가 발작했다. 입에 거품을 내면서 땅바닥을 뒹구는 것이다. 그러다가 바로 회복되면 언제 그랬느냐는 식이었다.

간질병을 앓는 선영이가 낙동강 강물에 빠져 죽는다. 어린 것이 병세를 비관하여 투신자살했는지? 강가에서 봄나물 뜯다가 찰진 흙에 미끄러져 빠져 죽었는지 오빠의 혼령이 강물로 끌어 잡아당겼는지? 의문 투성이었다. 선영이가 물에 빠져 죽은 날은 일요일이었다. 부모가 집을 비운 사이에 나물 캐러 나간 것이다. 선영이의 시신은 머리를 밑으로 향한 채 강물이 휘돌아 드는 여울의 왕버드나무 가지에 걸레 조각처럼 늘어져 있었다. 처참했다.

"강가에서 나물 뜯다가 미끄러져 물에 빠진 것 같아."

모여든 사람들이 한마디씩 했다. 대성통곡할 일이었다. 선영이의 시신을 건져 색동옷 입혀 뒷동산에 묻었다. 가엾은 애장묘였다. 철

낙동강 강바람　55

보 씨 댁의 환난이었다.

간질은 현대의학에서 뇌전 증세이다. 착한 선영이가 그 병에 걸렸으니, 하늘도 무심했다. 애지중지하던 두 자식을 낙동강 강바람에 잃었으니, 철보 씨 내외는 반미치광이 될 지경이었다. 낙동강을 떠나고 싶었다.

사연 많은 해 오름 나루터에 먼동이 텄다. 오늘도 낙동강 강바람이 강모래를 떠안고 하늘하늘 인다. 낙동강의 수면은 해가 뜰 때면 물고기의 은비늘처럼 햇빛에 반사되어 빤짝 반짝, 빨강 노랑 파랑 삼원색의 범벅이다.

"사공의 뱃노래 가물거리면 삼학도 파도 깊이…."

철보 씨는 흥얼거리며 생명줄과 같은 나루터로 나갔다. 지난날 선영이가 잘 부르던 낙동강 강바람 대신이었다.

"여보게 상준이, 인수 친구 어서 오게."

걸걸한 소 장사 어성꾼들이다. 이들은 낙동강을 내 집처럼 넘나드는 장사치들이다.

"오늘 재수가 옴 붙었네. 매운탕 끓여서 코가 비뚤어지게 한잔함세."

"암암, 그렇게 하자구."

월요일이다. 희뿌연 강모래를 날리며 등굣길의 학생들이 메뚜기 떼처럼 뱃전으로 뛰어온다. 왜관과 구미를 오가는 통학생들이었다. 장꾼들도 지레 나선다.

오늘은 동네 유지 송차섭 교장 내외도 동승했다. 차섭 씨의 영애(令愛), 종숙 양도 배에 올랐다. 선영이와 단짝 친구였다. 송 교장과 왜관 외갓집에 간다고 했다. 철보 씨는 종숙 양을 보니 죽은 딸 선영이 생각이 물큰하다. 짐짓 훔친 눈물을 베잠방이에 닦았다.

"잘 다녀오시소."

사람 사는 얘기이며 정담으로 뱃전은 이야기꽃이다.

올해 나이 마흔일곱, 철보 씨는 여름이면 베잠방이에 두건을 눌러 쓰고 노를 젓는다. 뱃삯은 단골 주민 말고는 현금 거래였다. 선객이 뜸한 한나절에는 낮잠 한숨 자고 강에다가 그물을 친다. 매운탕으로 동네잔치를 벌이고 남은 물고기는 이웃 종팔 씨의 주막집에 싼값으로 팔아넘긴다. 종팔 씨의 친한 친구는 임 춘웅 씨이다. 술좌석에 꼭 부른다.

일제 강점기 때에는 해 오름 나루터를 건너 구미나 왜관 쪽으로 왕래하는 자들이 벌 떼 같았다. 왜정 시대 낙동강 교량이라야 육교와 철교 한두 곳뿐이었을 때였다. 그래서 다리에서 멀리서 사는 주민들은 철보 씨의 나룻배 이용이 불가피했다. 차량 통행도 적었다. 그래서 나루터는 문전성시를 이룬 것이다.

낙동강 변 주민들은 관에 허가를 받아 민물고기를 잡거나 하천 부지에 농작물을 가꾼다.

"엄마야 누나야 강변 살자 뜰에는 반짝이는 금 모래빛 뒷문밖에는 갈잎의 노래 엄마야 누나야 강변 살자"

김소월의 시에 곡을 붙인 죽은 선영이가 좋아하던 노래이다.

낙동강은 6.25 전쟁 때에 피아의 격전지였다. 낙동강 건너 대구가 함락되면 부산까지 밀릴 수도 있고 조국은 백척간두의 위기 상태였다. 그러나 우리는 승리했다. 인민군들은 북으로 후퇴하고 패잔병들은 지리산으로 도망쳐 빨치산이 되었다. 거창 양민 학살 사건도 이래서 발발한 것이다. 지리산 주민이 낮에는 국군의 편, 밤에는 빨치산의 편이라 하여 양민 학살 사건이 벌어진 것이다.

낙동강 전투에서 승리한 맥아더 장군은 인천 상륙작전을 편다. 급기야 서울을 수복했다.

"전우의 시체를 넘고 넘어 앞으로 앞으로 낙동강아 잘 있거라 우리는 전진한다"

국군은 의기 당당한 모습으로 북진했다.

"낙동강을 사수하라."

지금도 백선엽 장군의 버럭 같은 불호령이 천지를 뒤흔드는 듯하다. 낙동강 다부동 전투에서 죽은 무영 군의 호주머니에서 수첩으로 된 일기장이 나왔다. 화장 직전에 태우지 않고 군부에서 보관했던 것이다. 찢어진 일기장을 유물로 받았다. 철보 씨 내외는 아들의 일기장을 들춰 보고 대성통곡했다. 무영 군의 전선 일기장은 부모님을 그리는 내용이다.

'오늘도 미군 폭격기가 낙동강 변 하늘을 누빈다. 머리 위에서 구름 뭉치 같은 융단 폭격을 가했다. 적군은 낫자루에 수수 모가지 베어지듯 고꾸라진다. 우리는 단군의 한 자손, 우리 형제는 왜 피 흘려 싸워야만 하는가? 부모님이 보고 싶다. 어머니, 내일도 일기를 쓸 수 있을지 모르겠어요. 길가의 풀섶에 예쁜 코스모스 한 송이가 사랑하는 내 동생 선영이의 눈빛인 양 나를 반긴다.'

가족들은 일기장을 밥상 위에 올려놓고 밤새도록 울었다. 이렇게 낙동강은 한 많은 강이었다. 철보 씨는 아들이 죽은 뒤 술이 늘고 '석탄 백탄 타는데' 훙얼거리기를 좋아했다. 석탄처럼 자신의 가슴속도 펑펑 탄다는 것이다. 가슴 아픈 사연은 무영 군의 죽음뿐이 아니었다. 낙동강 전투 중에 철보 씨의 거룻배는 방공호에 깊이 숨겨두고 나루터에서 멀찌감치 산골 동네로 잠시 피난을 갔다.

낙동강 전투가 끝나고 인민군이 북으로 밀릴 무렵이다. 집이 궁금하여 동네에 내려왔다가 미군 비행기의 마지막 폭탄 투하에 파편에 맞았다. 종팔 씨도 맞았다. 종팔 씨와 둘이 앉아 얘기하다가 종팔 씨는 왼쪽 다리 하나를, 철보 씨는 왼팔 하나가 공중으로 방패연처럼 솟구쳤다. 피난처에서 조금 늦게 집에 내려올 걸 잘못했다. 전쟁의 부산물이었다. 운수 사납게도 똑같이 당한 피해였다. 동병상련(同病相憐)이라 이들은 이래서 병신이 되었으며 서로 위로하며 산다. 낙동강 다리가 끊어져 나루터로 고향 찾는 사람이 폭주했고 종팔 씨의 주막집에 들러 술 한 잔 들며 전쟁의 참화를 통탄했다.

1951년 난리 통의 낙동강 겨울은 유난히 날씨도 차갑고 얼음도 두꺼웠다. 철보 씨 내외는 목재로 된 떡메로 쇄빙 작업을 하며 나룻배 일을 했다. 팔 하나가 없어도 지장은 없었다.

중공군이 인해전술로 남침했다. 한반도는 다시 피난 행렬이 시작됐다. 1951년 1.4 후퇴였다. 철보 씨의 부인 남율 댁이 어쩔 수 없이 뱃일을 도왔다.

그런데 큰일이다. 철보 씨의 생활 태도가 치매 환자처럼 시시각각으로 돌변했다. 노인네 망령 들린 것 같다. 뱃일은 저리 가라이고 자식 죽고 팔 한쪽이 없는 관계로 세상을 비관하였다.

"선영이 아버지, 퍼뜩 정신 좀 차려요. 산 사람은 살아야 하지 않겠소?"

부인의 성화이다. 그러나 소귀에 경 읽기, 소용없는 일이었다. 성격이 들개처럼 난폭해졌다. 철보 씨는 비위가 틀어지면 상다리를 둘러엎고 부인에게도 횡포를 부렸다. 밤낮 술 속에 사는 남편이 혐오스럽고 지긋지긋했다. 겨울의 모진 낙동강 강바람 탓일까? 그래서 남율 댁의 성격도 덩달아 늑대로 변해가고 있었다. 남편을 어르고 달래도 소용없었다.

"이놈의 영감탱이가 주막집 포남년을 좋아하더니만 제 마누라가 허깨비로 보이는가?"

엉뚱한 소리를 퍼부어 댔다. 밤낮 부딪혔다. 두고 보라는 식이었다. 포남 댁은 이웃 주막집 종팔 씨 부인이다.

"임자, 서방님 들어간다."

그 소리를 남율 댁이 포남 댁의 부엌에서 군불 때 주다가 우연히 들은 적이 있었다. 그렇게 진한 농담까지 하는 줄 몰랐다. 그 뒤부터 남율 댁은 자기의 남편을 의심하기 시작했다. 자잘한 일로 남율 댁, 포남 댁 두 여인이 머리끝을 채며 안고 뒤집기를 한 적이 있다.

"다리병신, 팔 병신 벼락 맞아 뒤어져라."

별놈의 포악한 말이 쏟아졌다. 이것도 낙동강 강바람 탓일까?

"오늘도 그년하고 붙어살지 집구석에 왜 왔소? 팔 병신 주제에."

할 말 못 할 말 남율 댁이 바가지를 긁어대니 철보 씨도 이판사판이었다. 성격이 더 포악해졌다.

"에이 죽을란다."

말이 씨가 되어 철보 씨도 사는 게 싫었다. 자식 따라 죽음을 생각

한다.

"석탄 백탄 타는데, 내 가슴은 연기만 퐁퐁."

철보 씨는 심사가 괴로울 때면 술 한 잔에 늘 그 노래다. 마누라 등쌀에 몸살이 났다. 주막집 포남 댁하고는 볼썽사나운 일이 없는데 마누라의 오해가 극치에 달했다. 심한 의부증이었다.

"뜸북뜸북 뜸북새 논에서 울고 뻐꾹뻐꾹 뻐꾹새 숲에서 울 째 서울 가신 오빠는 비단 구두 사가지고 오신다더니"

뒷동산에서 뻐꾹새가 종일 운다. 죽은 선영이의 노래 같다.

"틀림없이 죽은 무영이가 동생을 데리고 갔어."

세월이 갔어도 동네 사람들은 선영이의 죽음을 안타까워했다.

'제 병을 알아채고 강물에 몸을 던진 걸까?'

사람들은 세찬 낙동강 강바람을 지금까지도 원망했다. 선영이는 허망하게 하늘나라로 가버렸다. 낙동강 강바람 탓인 것 같다.

"뻐꾹뻐꾹 뻐꾹새 숲에서 울고"

선영이의 시신은 설래위 뒷동산에 있다. 낙동 교회 이 내국 목사님이 십자가를 만들어 묘 앞에 세워주셨다. 선영이의 단짝 동무 종숙이가 달려와 어찌나 슬피 우는지 산천도 울었다.

선영이의 나이는 죽기 전 열세 살. 선영이는 종숙이와 나물 캐는 바구니와 아버지의 나룻배가 오로지 친구였다.

"그래라, 좌로 우로, 어이쿠 잘 젓는다."

철보 씨의 나룻배는 부녀지간의 놀이터요. 노래방이 되곤 했었다. 무정세월 지나간 그리운 일들이다.

철보 씨는 선영이가 죽자, 술을 억 배기로 마셨다. 시름을 달래기 위해서이다. 그럴 때 부인 남율 댁은 삿대를 잡는다.
"석탄 백탄은 불길에 잘도 타는데, 이내 몸은 왜 아니 탈까?"
삶에 권태를 느낀 철보 씨는 황천길을 생각한다. 선영이가 하늘로 간 지 그럭저럭 두 해가 되었다.
철보 씨는 주막집에 들른 동네 유지 송차섭 어른을 만나 따뜻한 위로의 말을 들었다.
"이보게 자식은 울타리일 뿐이야! 울을 걷어내도 집은 멀쩡한 것이지. 잊어버리게. 잊어버려."
"퍼뜩, 죽고 싶습니다."
그러면서 머리를 꽉꽉 긁었다. 철보 씨는 그날도 늦게야 어두운 집에 들어갔다.
"아이고 징글징글한 인간아, 나가요."
마누라의 악담이 귀를 훑는다.
"그래 요년아, 내가 나가기를 원하면 나가 줄게. 네년은 다리병신 종팔이와 붙어살아라."
할 소리 안 할 소리 서로가 악담이다. 철보 씨는 엊그제 왜관 석적장에 가서 사 온 소주 댓 병을 혼자서 깠다.
그리고 사랑하던 배에서 삿대를 끌어안고 죽었다. 술이 과한 데다가 심장마비로 죽은 것이다. 이것도 낙동강 강바람 탓이 아닌가 모르겠다.
남율 댁은 망연자실했다. 원수니, 악수니 해도 이웃사촌 종팔 씨 내외가 초상집 일을 맡았다. 철보 씨는 동네 뒷산에 묻혔다. 남편이 죽으니, 남편의 빈자리를 알 것만 같았다.

'유인정(有人情)이면 필유경(必柳慶)이라' 했던가. 맞기는 맞는 말이다. 설래위 주민들은 착했던 철보 씨에게 꽃상여를 태워 주고 봉분 앞에 '의인 박 철보 선생 지묘'라는 조그마한 표석을 세웠다. 동네 유지인 송 차섭 교장이 앞장서서 추진한 일이다.

"이제 가면 언제 오나? 나루터야 잘 있어라. 나룻배도 잘 있어라. 어헝 딸랑."

상두꾼의 요령 소리는 구슬펐다. 개관인식(蓋棺認識)이라, 사람은 죽어야 그 사람을 바로 안다는 말이 있다. 철보 씨는 걸걸하고 정 많은 사람이었다. 낙동강 강바람이 세차게 분 것만 같다.

"아이고 여보, 제가 잘못했어요."

소복단장에 꽃상여 뒤를 따르는 남율 댁의 뒷모습이 자못 처량하였다. 남율 댁이 잘 해줬으면 철보 씨는 안 죽었다. 철보 씨가 죽으니 막역했던 주막집 종팔 씨도 사는 재미가 없었다.

남율 댁이 속사정이 있거나 몸져누웠을 적에는 이웃사촌 종팔 씨 내외가 보호자였다. 죽은 친구 철보 씨를 생각하는 순수한 우정이었다. 요즈음 남율 댁은 몸이 쑤시고 전 같지가 않았다.

"엄마 방에 들어가도 돼요?"

가끔 선영이의 환영이 이따금 나타나 밤이면 방문을 두드린단다. 으스스한 일이다. 선영이의 밤도깨비가 머리를 풀어 헤치고 강에서 출몰한다는 말에 동네 아이들은 밤에 화장실도 못 간단다. 낙동강 설래위 해 오름 나루터에 첫눈이 내렸다. 서설(瑞雪)이었다.

남율 댁은 동짓날 술 한 잔 준비해서 송 차섭 교장, 이장 김 관수 씨를 모셨다. 낙동강 민물고기로 유명한 붕어와 쏘가리 매운탕으로 거나한 술상이다.

"퍼뜩, 드시소."

남율 댁의 다른 의도는 아니었다.

"땅문서를 동네에 공탁하겠으니 아들 명의로 장학금 제도를 제정하고 싶어요."

죽기 전에 표나는 일을 하고 싶었다.

"또 하나 부탁이 있습니다. 돈에서 얼마를 꺾어 해마다 동네 경로잔치를 해주세요."

신신당부였다. 그 뒤에 그 일은 남율 댁의 뜻대로 실천되었다. 그녀 명의의 전답을 면사무소에 공탁해 놓고 일 년 농사지은 돈으로 그녀의 아들 이름을 딴 무영(武英) 장학금을 주었다. 값진 일이었다. 장학금을 타려고 설래위 마을 학생들은 눈에다 불을 쓰고 공부했다. 애국 학도 박무영 군은 하늘나라에서 이를 지켜보리라. 독지가요, 남율 댁의 위상이 높이 뜬다. 그 뒤부터 선영이의 환영은 나타나지 않았다.

덧없는 세월은 흘러 흘러 남율 댁도 죽고 종팔 씨도 포남 댁도 죽었다. 이젠 해 오름 나루터에 거룻배는 무용지물이 됐다. 옛이야기가 되고 말았다. 배가 멈췄던 나루터에는 썰렁한 모래바람만 인다. 그 언제 낙동강 강바람은 잠재워지려나?

모두에게 정이 든 해 오름 나루터도 문명의 이기에 몰려 사라졌다. 낙동강의 가교 설치와 육상 교통의 발달 때문이다. 낙동강에 경부선 교량이 설치되어 구미와 왜관 사이를 주민들은 이웃집 마실 다니듯 한다. 참으로 편리한 세상이다. 조석으로 낙동강 백사장에 물안개가 일고 어두운 밤이면 교교한 달빛이 교각에 걸려 미려(美麗)한 자태를 뽐낼 뿐이다. 사연 많은 낙동강 강바람이었다.

"낙동강 강바람에 치마폭을 적시며 군인 간 오라버니 소식이 없네 큰 애기 사공이면 누가 뭘 하나 늙으신 부모님 내가 모시고 에헤야 데헤야 노를 저어라 삿대를 저어라"

그 누가 불러주는 걸까? 못다 한 한을 품고 강물에 빠져 죽은 어린 선영이의 혼령이 왕버들 가지에서 앉아 불러주는 걸까? 장가도 못 들고 죽은 무영 군의 혼령이 낙동강 강바람 타고 날아온 걸까?

"인생은 일장춘몽이요. 남가일몽(南柯一夢)이야. 나룻배 타고 막걸리 한 잔에 시름을 달래던 그때가 좋았지."

송 교장의 식견 있는 말이다. 지난 일은 다 그립다 했다. 주민들은 지난날들을 말한다. 황혼의 저녁 해가 설핏하다. 낙동강의 물안개가 모락모락 해 오름 나루터를 감돈다. 그리운 철보 씨의 나룻배는 사라졌다.

"낙동강 강바람에 치마폭을 적시며 군인 간 오라버니 소식이 없네"

그 누가 또 불러주는 걸까? 낙동강 강바람이 불러주는 것이야.

부산항 갈매기

대한민국의 관문 부산 국제시장은 김봉운의 삶의 터전이 됐다. 그는 경의선 극과 극이 달리는 평북 압록강 강가에서 태어났으며 공산 괴뢰 인민군 출신이다. 그는 지금도 압록강 철교의 사진을 가슴에 달고 다닌다. 일종의 향수병이다. 그까짓 전쟁터에서 초개 같은 목숨, 죽으면 죽고 살면 사는 건데 그게 아니었다. 악착같이 살고 있다. 그는 성공했고 어엿한 부산 시민이 됐다.

"아, 압록강 철교여 어찌 잊으랴, 6.25전쟁의 비극을!"

인민군 장교 상위 출신, 김봉운의 나이는 25세, 잘생긴 피 끓는 청년 장교이다. 현재는 패전자였다. 그의 고향은 평북 용천군 초성면 운해리, 신의주를 옆에 끼고, 중국 단둥(丹東)을 사이에 둔 압록강 변에서 살다가 징집되었다. 고학력자로서 인민군 5사단 소속의 보병 부대 장교였다. 이북 고향을 떠나오니 자나 깨나 압록강 변을 잊지 못한다.

6.25 한국전쟁 때에 경북 칠곡군 다부동(多富洞) 전투에서 열세에 몰려 서울·부산 국도변을 따라 후퇴 중에 충남 조치원에 못 미쳐 학질(瘧疾)에 걸렸다. 말라리아였다. 무더위 여름철이라 그런 자가

많았다. 인민군 차량은 대낮에는 미국, 호주 등 유엔군 비행기의 표적물이다. 그래서 어두운 밤에만 부대가 이동했다. 대낮에는 이동을 피했다. 북으로 후퇴하던 인민군들은 미 공군의 제트기와 호주기의 집중 사격이 두려웠다. 악전고투였다. 열세의 악순환을 피할 수 없어 김봉운의 소속 부대원들은 국도변에서 차량을 세워 불을 지르고 옆의 산속 마을로 도피했다. 진퇴양난이요. 불가항력이었다.

"최후의 결전을 맞으러 가자."

패잔병 인민군들에게 맥 빠진 군가였다. 봉운은 더는 거동할 수 없어 죽기 아니면 살기로 민가를 찾아 들었다.

"이 못난 장교 놈아, 너 혼자 피신했구나. 인민 해방을 위해서 피를 흘리지 않고 어떻게 통일의 대업을 이룬단 말이냐?"

염치 불고하고 봉운이가 찾아 든 집의 방에 공산당의 괴수 소련 스탈린과 북한 김일성의 초상화가 나란히 붙었다. 후퇴 전까지 인민군 치안 본부 책임자들이 쓰던 방이다.

봉운은 홧김에 괴수들의 면상에 진한 가래침을 뱉구었다.

"이 사지를 찢어 죽일 놈들아!"

욕설을 퍼붓고 나니 가슴이 후련했다.

이때가 1950년 8월 말이다. 처서도 지나고 밤이면 귀뚜라미가 운다. 인민군들이 38선을 향하여 북쪽으로 후퇴하고 늦더위가 기승을 부릴 때쯤이다. 전세가 우리에게 유리하게 돌아가고 있었다.

인민군 장교 김봉운이 신세를 지고 있는 주인집 마당에는 가을의 전령사 코스모스와 빨간 고추잠자리가 가을의 첫정을 모으고 있었다. 봉운은 본인이 이끌고 온 인민군 트럭을 정차시키고 불을 질렀다. 애석하지만 할 수 없었다. 도로변에서 폭약 터지는 굉음과 시커먼 불빛이 하늘을 덮는다. 차량에 군수 물자가 대거 적재되어 이적(利敵) 행위는 안된다. 인민군 패잔병들은 도로변 산속의 험한 길을 두더지처럼 찾았다. 숨어서 북으로, 북으로 발걸음을 옮길 작정이었다. 활로를 찾기 위함이었다. 동부전선 태백산 줄기는 멀고도 멀었다. 후퇴하는 인민군들의 목표는 38선만 월경하면 살 것만 같았다. 물에 빠진 자가 지푸라기라도 잡는 격이다.

'타 당 타 당, 십 리 뻗친 도로변에 인민군의 군용 차량에서는 검은 연기와 불빛이 하늘을 덮는다. 그 무렵 충남 대평리 금강 다리에서부터 군청이 있는 조치원까지 불바다였다. 하늘은 진종일 빨간 불빛이다. 동족상잔의 비극이 이런 걸까? 날이 새자, 동네 사람들은 인민군들이 먹다 남은 건빵 조각이라도 찾으려고 아귀다툼이었다. 밀고 밀치며 아우성이었다. 봉운은 벌떡 일어나 스탈린과 김일성의 사진이 박힌 붉은 선전문의 사진 벽보를 짓밟고 갈기갈기 찢었다. 멍든 가슴이 터질 듯 후련하다. 적색분자가 옆에 있다면 봉운은 당장 총살감이다.

"원수와 더불어 싸워 죽은 쟁쟁히 가슴속 울려온다. 동무야 잘 자거라."

나직이 소리 죽여 군가를 불렀다. 어저께까지 부락에서 사상교육을 시키던 간부급 인민군들도 줄행랑을 쳤다. 동네는 텅텅 비다시피 하였다. 이 무렵 주민 중에는 공산당에 추종하는 자들도 있었다. 대부분 빈민 소외계층의 소작인들이었다. 공산당 간부 놈들은 자연부락 단위로 공작원을 배치하여 양민들을 상대로 철저한 세뇌 교육을 시켰던 것이다.

볼썽사나운 인민군 장교 김봉운은 학질이 냉큼 낫지 않고 죽을상으로 신세를 지고 있었다. 미음 그릇을 주인집 외동딸이 받쳐 들고 방문을 두들겼다. 자발적인 일이다. 아가씨의 눈에 비친 인민군 장교는 뽕잎 먹은 실 누에처럼 흘느거렸지만, 되돌아서서 훔쳐본 낭자의 눈빛엔 백마 탄 왕자님으로 보였다. 부리부리한 눈매, 오똑한 콧날, 은빛 같은 하이얀 피부, 처녀가 혼쭐이 빠질 것만 같았다.

"아가씨 동무, 고맙지라우. 적(敵)패 놈, 날 죽이려고 아가씨 동무가 독극물을 탄 것은 아니 같지유?"

누워있는 인민군은 정임이 앞에서 희멀건 눈빛을 치켜뜨며 간신히 말을 던진다. 그리고 음식물 섭취를 마다하는 것이다. 여염집 처녀의 지극한 성의를 무시한 파렴치한 같지 않은가? 이 집 따님 아가씨는 어머니의 얘기를 들어서 인민군의 상태를 익히 알았다. 미음죽과 상비약으로 두었던 약도 갖고 방문한 것이다. 여름철의 학질에는 '긴기랍'이라는 지독하게 쓰디쓴 특효약이 있었다. 안목 있는 이 집안의 상비약이었다.

"어서 약 드시라요."

아가씨는 옷고름 씹어 겸연쩍은 맘을 삭히며 방을 나왔다. 봉운이 강말규 씨의 집에서 병치레를 한 지 이삼일째가 됐다.

서울과 부산을 잇는 대동맥 격인 국도 1호선 도로는 불타다만 시커먼 잔해들이 길을 메우고 있었다. 전쟁의 참화에 굶주린 주민들은 체면도 땅에 떨어졌다. 지게를 지고 불탄 차량 속을 고슴도치처럼 파고들어 먹을 것을 찾는다.

이즈음 남쪽으로 피난 갔던 일부 주민들이 파김치가 되어 환고향 했다. 1950년 8월 말쯤이었으니 더위가 한창일 무렵이다. 피란 간 지 한두 달 만이다. 짐승도 죽을 땐 고향을 찾는다 했지? 귀소본능(歸巢本能)이다.

"포탄에 사지가 뭉그러져도 고향에 가서 죽자."

피난민들은 거의가 고향으로 돌아왔다. 9월이 되자, 국군과 연합군의 차들이 태극기를 달고 줄줄이 북진하고 있었다. 기쁜 일이다. 이젠 통일의 길이 열릴 것만 같았다.

"우리 국군 만세, 대한민국 만세, 만세!"

코흘리개부터 어른들은 길가로 나와 만세를 외쳤다.

그런데 괴이한 일이다. 인민군 장교 김봉운은 학질이 다 나은 것 같은데도 뭉기적거리며 정임의 집을 떠날 생각을 하지 않는 것이다. 그의 우렁잇속을 알 수가 없다. 제집처럼 주저앉았다. 며칠 사이에 정임과 정이 든 것이다.

죽기 아니면 살기로 각오가 돼 있는 것 같았다. 하기야 포위 상태이니 어쩔 수 없는 상황이었다.

메뚜기 모양의 긴 트럭을 타고 영국군도 정임이 집 옆의 도로를 줄줄이 지나 북진한다. 베레모를 쓴 매끈한 영국군이 길에서 나물 뜯던 한국 아가씨 정임에게 윙크를 던졌다. 시골 처녀 정임에겐 신기하고 환상적이었다. 점심시간이다. 북진하던 유엔군 차들이 도로변에 일렬로 정차를 한다. 그들은 야트막한 산비탈에 길게 앉아 통조림으로 점심 식사를 한다. 전사들에게 최고의 순간일 것이다. 그들이 떠나고 나면 까까머리 동네 아이들은 몸을 숨겼다가 메뚜기처럼 튀어나온다. 낮은 포복으로 기어 나와 먹다 남은 깡통을 주워 핥아먹는 것이다. 죽은 시체를 뜯어 먹는 독수리 떼들 같았다. 동네의 멍멍이도 꼬리를 치며 동참한다.

"노란 콩의 통조림 맛이 기막히당께유?"

열 살배기 덕쇠는 덕지덕지 묻은 손바닥의 잔반을 콧물과 섞어서 날름날름 핥는다. 아, 전쟁의 비극이여!

6.25 전쟁 때 인민군 차량이 대낮에 이동할 수 없었던 것은 전적(全的)인 미 공군의 위력 때문이었다. 음속보다 빠른 미 F86 세이버 제트기와 이승만 대통령의 처가 나라 호주에서 날아왔다는 독수리 같은 경비행기 호주기는 가관이었다. 제 세상을 만난 듯 깝죽거리며 하늘을 누빈다. 인민군인 듯하면 시커먼 염소 똥 싸 대듯 기관총을 갈겨 댄다. 인정사정 볼 것 없다. 시골의 부잣집 가마솥에 콩 볶는 소리와 흡사했다.

똥장군만 한 폭탄 투하는 미 공군기 B29의 몫이었다. 불발의 폭탄은 배꼽을 드러낸 채 동네 밭 가운데 떨어져 한라산의 백록담과 흡사한 분화구도 만들었다.

처녀 때부터 기독교 정신이 몸에 밴 정임의 모친이다. 어머니의 심부름으로 정임은 인민군 장교의 방을 노크했다. 초가을의 태풍인 국지성 호우가 질펀한 저녁나절이다. 처녀는 호기심으로 인민군의 방을 염탐하고 싶었다. 물수건과 자리끼도 준비했다. 며칠째 하는 일이다. 잘생긴 얼굴이 보고 싶었던 게다.

난리 통에 정임의 부친 강말규 씨는 병환 중이라서 산 너머 친척 집에서 요양 중이었다. 외동딸 정임은 아버지가 집에 없어 자유 만끽이다. 행동반경은 정임의 맘 내키는 대로였다. 공산당의 간제미 역할을 하던 6.25 때의 여성 보도연맹(報道聯盟)에 정임은 운 좋게 빠졌다. 며칠 뒤 인민군 김봉운의 학질은 다소 가셔진 것처럼 생기가 있었다. 어둠이 지척에 깔린 밤이었다. 인민군은 모녀의 방문을 두들겼다.

"오마니 동무, 저는 오늘 밤중에 사람의 눈을 피해 떠날 납니다. 평생 은혜 잊지 않겠습니다."

인민군 장교는 호주머니 속의 금붙이를 꺼내 들었다. 감사의 표시로 내놓고 간다 했다. 그러나 정임의 모친은 마다했다. '하룻밤을 자도 만리장성을 쌓는다고' 아들과 같은 인민군에게 금붙이를 받을 순 없었다. 의용군 나간 외아들 범수 생각이 불현듯 났던 것이다.

"아니 됩니다. 밤이 되는데 어디를 간단 말이요? 지금 나가면 국군한테 총 맞아 죽어요."

사실이었다. 정임의 모친은 극구 말렸다. 정이 많은 이들이다.

"오마니 동무, 염치없이 눌러앉아 있을 수만 없어요."

"…"

모두 말이 없다. 양쪽은 이럴 수도, 저럴 수도 없었다.

"우리 인민 해방군 동무들은 다 어디로 갔는가요?"

인민군 장교 김봉운은 의아한 듯 주위를 살피면서 물었다.

"국방군이 올라와서 북쪽으로 후퇴했어요. 인민군 동무는 어디로 갈 작정이요?"

정임이 어머니는 의중을 떠보았다.

"오마님 댁에서 머슴살이도 좋으니 살려만 주십시오."

하는 것이었다. 인민군 장교 김봉운은 사면초가(四面楚歌)였다. 이럴 수도, 저럴 수도 없었다. 정임이 가족의 따뜻한 권유로 눌러앉아 있기로 마음을 정했다. 죽기 아니면 살기라고 작정을 한 것이다. 국군이 총으로 쏴 죽여도 달게 받겠다는 결심이다.

"하나님은 사랑을 베푸셨다. 어차피 인간으로 태어나서 서로 도우며 사랑을 나눠야 한다. 인민군 아저씨에게 오라버니처럼 잘하거라."

"네, 어머님."

정임은 어쩐지 기분이 좋아 흔쾌히 대답했다. 인민군은 무릎을 꿇고 감사함을 표했다. 그 뒤에 여러 날이 지났다. 인민군들은 보이지 않고 국군과 유엔군은 계속 북진을 하고 있었다. 모녀는 적군을 숨겨둔 꼴이 됐다. 모녀는 지독한 고민에 빠져야만 했다. 은폐의 책임을 면할 수 없을 것만 같았다. 걱정이 돼 잠을 이룰 수 없었다. 며칠 뒤 정임의 모친은 봉운한테 난처한 입장을 얘기했다. 몇 가지 주의 사항을 얘기했다. 골방에 그대로 숨어 있으란 뜻이었다.

"그렇다면 뺑소니를 쳐야겠구만요."

"아녀요. 잠잠히 있어요. 책임은 우리에게도 있습니다."

불안을 느낀 듯 봉운은 벌떡 일어나 발목을 곤두세웠다. 모녀는 봉운을 골방에 숨겨두고 좋은 방도를 강구하기로 했다. 이 무렵 면과 지서와 치안대에서는 용공 분자인 빨갱이 색출에 열을 올리고 있었다. 부역자이다.

"자수하는 길이 현명할 것이외다."

정임이 집에선 자수할 것을 권면했다. 그 말을 들은 봉운은 겁에 질린 듯 안절부절못한다.

"국방군 개새끼들이 나무에 걸어 놓고 날 찢어 죽일 거예요."

차라리 도망치다 총 맞아 죽는 것이 영광일 것이란다. 도망을 치겠단다.

"우리 대한민국은 인권을 존중하며 자유와 평화를 사랑하지요. 잘 보호해 줄 겁니다."

어머니와 정임의 인간적인 설득에 봉운은 결국 승복했다. 정임은 이때부터 의용군 나간 친오빠 생각이 났다. 그래서 인민군 청년 장교에게 무한의 동정을 쏟는다.

"가지 마세요. 가지 마세요."

정임은 기회가 있을 때마다 설득하여 단단한 밧줄로 붙들어 매는데에 성공했다.

인민군 장교 김봉운의 소속 부대원들이 도주한 쪽은 마을에서 북동쪽이었다. 이 마을의 원수산과 황우산의 칠부 능선 쪽은 암벽이 있고 험난한 계곡으로 휘돌아져 있어서 잠복하기가 용이했다. 봉운은 늘 그쪽을 응시했다. 김봉운은 정임의 집 식솔(食率)이 된 것이다. 집안은 의용군 나간 아들을 다시 얻은 것과 같았다. 그러나 이들의 가정에 검은 먹구름이 밀려오고 있을 줄이야?

가을의 전령사, 정임의 집 마당 한 켠에 코스모스가 피고 귀뚜라미도 울었다.

"사람은 착한 일을 해야 한다. 인민군도 단군 할아버지의 한 자손이다."

어머님의 간곡한 말씀이 귀에 쟁쟁했다. 봉운은 문틈 사이로 바깥을 내다보았다. 화단에 코스모스가 벌써부터 낯빛을 붉히고 있었다.

'이북 압록강 철교 고향 마당에도 코스모스는 피어 있겠지?' 봉운은 학질에 걸린 것이 원망스러웠다. 정임의 집에 머물면서 달밤이면 부모님이 더욱 그리웠다. 따뜻한 솜이불이 그리웠다. 압록강 철교의 기적 소리는 여전하겠지? 국군과 유엔군은 북진 중이었다.

1950년의 8월 무렵, 국군과 인민군은 경북 영천, 포항 지구에서 마지막 치열한 공방전을 벌였다.

북한 공산군은 땅끝의 대구와 부산을 점령하지는 못했다. 만일 이 두 곳을 빼앗긴다면 대한민국의 국민은 부산 앞바다의 물귀신이 될 수밖에 없다. 한 번 죽지, 두 번 죽나? 이래 죽으나 저래 죽으나 죽는 것은 매한가지로 국군은 조국을 위해 잘 싸워 주었다. 정의의 화신이었다.

낙동강 전투 얘기이다. 도하(渡河)의 목적으로 강물에 들어가면 사람은 미꾸라지 뻗듯 급살을 한다. 전기 감전이다. 미군이 설치했으며 6.25 한국 전쟁에서 승리의 몫을 한 쾌거였다. 밀리고 밀린 공산군은 낙동강 변에서, 미 공군 B29의 융단 폭격에 제물이 될 수밖에 없었다. 소낙비처럼 퍼부어 댔다. 인민군은 살아날 구멍이 없었다.

"아, 피비린내 나는 낙동강의 전투여! 우리는 형제끼리 이렇게 싸웠다. 다시는 이런 비극이!"

역사에 길이 남을 일이었다. 아군의 공군력이 절대 우세했다. 공중에 버섯구름이 피었다면 인민군은 몰살이었다.

낙동강 전투에서 패전한 인민군 일부의 병력은 지리산 쪽으로 도주했다. 이름하여 '빨치산' '무장 공비'였다. 지리산 피아골을 거점으로 맹활약을 폈다. 총지휘관은 이현상이다. 낮에는 산속에 숨고 밤에만 야행성 동물이 되어 약탈 행위를 강행했다. 어쩔 수 없이 이에 동조하는 지리산의 양민도 있었다.

'물고기를 잡으려면 물을 없애야 한다.' 이런 논리로 거창 양민 학살 사건은 우리 군경에 의해 저질러진 비극이었다. 적군에 동조했다는 이유였다. 미군에 의한 충북 영동 노근리 양민 학살 사건, 전국 각지에서 이런 사건이 자행되었다.

공산당에 의해 저질러진 대전교도소의 우물에 양민을 수장한 일은 인륜을 무시한 살상이었다.

이 무렵 연합군 맥아더 총사령관은 극비리에 인천 상륙 작전을 구상하고 있었다.

"이보시오, 맥 장군, 한반도의 통일은 당신의 손에 달렸소이다."

개인적으로 친분이 있으며 의사소통이 잘 되는 맥 장군을 이승만 대통령은 이렇게 달랬었다.

"낙동강아 잘 있거라 우리는 전진한다 원한이야 피에 묻힌 적군을 무찌르고 … 화랑담배 연기 속에 전우야 잘 자거라"

국군은 북진 중에 이 노래를 부르면서 잘 싸웠다.

"대구와 부산이 함락되면, 바다에 빠져 죽는다."

국군은 이 말을 증표로 가슴에 넣었다. 1950년 8월 중순부터 전황은 역전되어 통일을 향한 북진이 시작됐다.

"만세, 만세! 대한민국 만세!"

통일이 코앞에 왔다고 온 국민은 환호성이었다. 국군은 북진, 힘찬 북진이었다. 아, 가슴이 터질 만한 일이다.

1950년 9월 10일, 절기상 백로(白鷺)도 지났다. 낙오된 인민군 봉운이만이 북한 땅 못 가고 따라지신세가 된 것 같다. 정임 때문에 차일피일 뭉기적거린 것이 아닐까?

이후에 봉운은 면과 지서, 치안대에 패잔병으로 보고되었다. 어쩔 수 없는 일이었다. 새벽부터 끌려가 피가 터지도록 얻어맞고 물고문도 당했다. 온몸에 피멍이 들어 정임의 집으로 녹초가 되어 돌아왔다. 그러나 봉운은 의연했다. 남아 대장부로 정임의 사랑 때문이었다. 사랑의 힘은 강했다. 봉운은 정임의 한 가족처럼 지내게 되었다.

이 무렵에 대동맥을 가르는 국도 1호 도로에는 북진 중인 국군과 연합군의 차량 행렬만이 기세등등 보일 뿐이었다. 북진 중에 아군은 도로변의 산야에서 소규모의 총격전을 벌였다. 아군은 산속을 뒤졌다. 부상을 당해 미처 도망가지 못하고 잔류해 있는 인민군이 더러 있었다. 그들은 따발총과 소련제 아시보총이라는 장총도 땅 위에 버리고 항복의 표시로 흰 천 조각을 흔들면서 송충이처럼 산속에서 기어 나왔다. 패잔병의 얼굴은 동안(童顔)이었다. 내 사랑하는 아들과 같았다.

'아, 동족상잔의 비극이여!'

미군들은 총을 들고 잡으러 나갔다. 동네의 할머니 어머니들은 이 광경을 보고 앞치마로 얼굴을 가린 채

"죽이지 마요. 죽이지 마요."

소리를 질렀다. 인정 많은 정임의 모친도 마찬가지였다. 다신 이 땅에 이런 민족의 비극이 오진 않겠지?

"국군 아저씨들, 죽이진 마세요. 죽이진 마세요."

도로에 차를 멈추고 산속을 뒤져 숨어 있는 인민군 패잔병을 잡아 내는 것은 미군도 한몫이었다. 짐승을 사냥하는 것 같다. 패잔병을 지프에 태워 먹을 것을 주고 약을 발라 주는 것을 주민들은 똑똑히 보았다. 연합군은 세계 평화와 자유의 수호자이며 인도적이었다. 정임은 알았다. 포로들은 남쪽 거제도로 이송된단다.

'나도 손을 들고 나가서 국군의 포로가 될까 보다.'

봉운의 생각이었다. 용기가 필요했다. 그러나 정임에 대한 배신 행위 같아 멈칫했다.

인민군 장교 봉운은 차라리 자결을 하고 싶었다. 적군(敵軍)의 입장에서 남의 집에 붙어 있는 게 파렴치한 일이 아닌가?

"아가씨 동무, 죽어서라도 언젠가는 은혜를 갚겠어요."

인민군들은 동무란 말에 익숙했다. 늘 이렇게 말하면서 봉운은 정임의 얼굴을 넌지시 살핀다.

"아가씨 동무, 예서 가까운 산 계곡으로 가면 까마득한 산고랑텡이가 있겠지요?"

봉운은 절벽에 투신자살을 또 생각했다. 조국을 배반한 이 한 몸, 자결만이 대장부의 기개일 것만 같다. 계곡에 몸뚱어리 새처럼 날리어 고슴도치처럼 웅크린 채 숨이 끊어진 자신의 처절한 모습을 상상했다. 머리는 피투성이요. 오장육부가 터져 까막까치의 밥이 되겠지?

"원수와 더불어 싸워서 죽은 쟁쟁히 가슴속 울려온다 동무야 잘 자거라"

봉운은 방 천장에 대고 군가를 나지막하게 불렀다. 이럴 때면 두고 온 산하 압록강이 그립다. 군가 한마디 불러 주는 전우가 옆에 있다면 웃으면서 눈을 감을 것만 같다. 전우들의 얼굴이 바람결처럼 스친다.

"어머니, 어머니!"

이번엔 애타게 북한의 어머니를 불렀다. 그런데 주인집 어머님 대신 어여쁜 정임의 환영이 눈앞에서 뱅글뱅글 돌지 않는가! 어떤 신의 계시 같았다.

"인민군 동무님, 이러시다가 동네 사람 들으면 어쩔라고요?"

봉운의 통곡 소릴 듣고 방문을 연 정임이었다. 아기 달래듯 달랬다. 인민군은 정임한테 애증(愛憎)의 눈빛을 흘린다. 봉운의 심기(心氣)는 흔들리고 있었다. 비바람 앞의 촛불처럼 말이다.

1945년 대동아 전쟁 무렵 일본의 패색이 짙을 때였다. 의협심이 강하던 왜군 장교들은 전장에서 돗자리를 깔고 할복자살을 했다. 대장부 남아다운 자결이 아닌가! 졸병들은 절벽에서 떨어져 머리가 으깨져 죽기도 했다. 징용으로 끌려간 노무자들이나 정신대(挺身隊)로 끌려간 우리의 딸들한테도 놈들은 자살을 권유했단다. 김봉운이도 이렇듯 죽음을 택하고 싶었다. 빙글빙글 도는 천정을 응시하다가 눕던 자리에 털썩 주저앉아 문어발처럼 다리를 꼰다. 문고리에 목을 매고 싶었으나 끈도 없고 용기가 나지 않았다. 주인집 아가씨가 살려줄 것만 같았다.

"인민군 동무, 강냉이 좀 드시와요."

노릇노릇 구워진 찰옥수수였다. 주인집 딸 정임은 이렇게 인민군 장교에게 지성이었다. 신언서판(身言書判)이라고 사람은 잘나고 볼

일이다.

"고맙습니다. 장백산 줄기줄기, 이 높은 은혜 어찌 갚으리오?"

봉운은 정임한테 거수경례를 했다. 정임 아가씨도 미녀인 데다가 정이 많은 처녀였다. 마침 집에 어머니가 출타 중이었다.

말만 한 색시가 사내의 방을 서생원(鼠生員) 드나들듯 한다고 혼이 날 판이다. 이때, 창공을 누비는 미 공군 전투기의 굉음이 하늘을 깬다. 한반도를 초토화할 것만 같다. 둘은 누가 먼저랄 것 없이 포옹을 했다.

공무원을 지낸 정임의 부친 강말규씨는 아직도 산골에서 피신 중이었다. 본가에서 멀찌감치 떨어진 5촌 당숙 되는 궁벽한 곳에서 병치레 겸이었다. 봉운을 정임은 지성껏 수발을 했다. 전장(戰場)에 핀 민들레 같은 순애의 사랑이 새록새록 싹튼 것이다.

"정임 동무, 은혜를 어떻게 갚지요?"

"은혜는 무슨 놈의 은혜야요? 남북이 이념을 맞추어 자유 민주주의로 통일이 된다면 그것이 은혜를 갚는 길이지요. 우리 이승만 대통령과 북한 김일성이가 만나서 담판을 벌려야 해요. 둘 중에 한쪽이 양보를 해야지요."

속내를 거침없이 토해내는 정임이었다.

똑똑한 신세대의 여성 강정임이었다. 정임은 봉운의 파편 박힌 자리에서 사금파리 같은 쇳조각을 꺼내고 피고름을 짜냈다.

'이놈의 발목만 멀쩡하면 들개처럼 싸다닐 텐데.'

맘이 흔들렸다. 산으로 가서 쥐 죽은 듯 자결하고 싶었다. 정임 동무의 집에서 죽으면 낭패이다. 정임한테 감사의 편지 한 통을 남겼다. 백골난망(白骨難忘) 죽어서라도 은혜를 꼭 갚겠다는 내용이다. 바깥은 칠흑 같은 어둠이다. 멀리서 개 짖는 소리도 멈췄다.
'예서 동쪽으로 가면 깊은 산 고랑이 있다지?'
봉운은 모진 목숨을 원망했다. 집을 나와 남모르게 세 시간을 기어서 발 닿는 대로 갔다. 집어삼킬 듯한 시커먼 계곡 사이에서 퀄퀄 흐르는 물소리가 늑대의 울부짖음 같다.
"조국을 배반한 놈. 조국을 배반한 놈!"
양말 대신 발을 싸맸던 광목천을 찢어 두 눈을 가리고 절벽에서 뛰어내릴 참이었다. 죽음도 순간이다. 생사자 운명의 판결이었다. 이때 등 뒤에서 봉운의 허리를 냅대 껴안는 자가 있었으니 정임이었다. 그녀는 미심쩍어 봉운의 동태를 살피며 뒤따라온 것이다.
"인민군 오빠, 하룻밤을 자도 만리장성을 쌓는다 했잖아요? 자결은 안 돼요. 안 돼요. 우린 살 수 있어요. 저희 집에서 살면 제가 잘 보살펴드리겠어요."
"그건 안 돼요."
봉운은 할 말을 잊고 황소 같은 눈물을 뿌린다.
"전도가 양양한 우리네 아닙니까?"
누가 먼저랄 것도 없었다. 낭떠러지 옆에서 남녀는 무심결에 부둥켜안았다. 말도 필요 없었다. 적과 동침이요. 남과 북의 포옹이었다. 죽음의 문턱에서 남녀는 한 몸이 됐다. 이래서 둘은 더욱 가까워졌다.
"인민군 오빠, 사람이 고마운 줄을 모르면 금수(禽獸)와 뭣이 다르다 하겠습니까? 제가 싫어요?"

정임의 칼날 같은 말에 김봉운은 되잡힌 꼴이 되어 정임의 집으로 돌아왔다. 정임이 사람 하나를 살려낸 의녀(義女)였다. 인민군 김봉운이는 그 뒤부터 정임의 집에서 한 식구가 되어 산다. 어쩔 수 없었다.

봉운은 이틀이 멀다 않고 면 치안 대원들한테 불려갔다. 실컷 얻어맞고 정임의 집에 돌아올 때는 콧잔등과 얼굴이 풍선처럼 부어 있었다. 면상에 훈장을 단 격이다. '차라리 이북으로 발걸음을 돌릴까? 가다가 붙들려 죽을망정.'

봉운은 자신의 거취에 대하여 골똘히 생각했지만 때가 늦었다. 이미 국방군이 한반도의 80%를 점령한지라 인민군과의 합류는 어려웠다. 그리고 정임이와 헤어지기도 싫었다. 정말 헤어지기 싫었다.

가을이 되면서 연합군과 국군의 북진은 계속되고 있었다. 우리 국군은 9월 26일 중앙청에 태극기를 꽂았다. 9월 28일은 서울을 완전히 탈환했다. 수복이 된 것이다.

1950년 10월 7일 한국군 4개 사단은 38선을 넘어 평양을 탈환했다. 김일성이를 잡아 처단시킬 것만 같았다. 이승만 대통령이 평양 시민을 모아 놓고 환호의 연설도 했다. 승승장구, 국군은 압록강 수풍댐 초산(楚山)에 도달했다. 한국군 6사단 7연대, 선발 부대였다.

"압록강아, 잘 있었느냐? 왜 우리는 동족끼리 싸워야만 하느냐? 뗏목의 장엄한 모습을 보려 했건만 안타깝구나."

6사단 7연대 김찬영 상사는 감개무량하였다.

"압록강 물을 수통에 담아서 대통령께 바쳐야지."

병사들은 옆구리에 찬 수통에 물을 가득 담았다. 국경의 강 압록강을 눈물의 강이라 했던가! 그러나 청천벽력(靑天霹靂) 같은 일이 벌어지고 있었다. 장백산맥 가을의 산야에 단풍이 고울 즈음 중공군 선발대가 압록강을 도하했단다. 10월 19일은 중공군 본대가 도하했다. 선전포고도 없었다. 김일성의 요청으로 모택동, 팽덕희는 결단을 내린 것이다. 장진호 장백산 줄기에 호각을 불고 꽹과리를 치며 산언덕에 중공군이 낙엽처럼 깔려 있었다. 중공군의 인해 전술에 아군은 속수무책이었다. 미 해병대가 투입되었다.

통일을 코앞에 두고 사상자만 남겨둔 채 국군과 미군은 물동이처럼 퍼붓는 겨울의 눈발을 쓸어안고 후퇴한다. 유명한 흥남 부두 철수와 함경도 장진호 전투 얘기이다. 살을 에는 맹추위에 국군과 미군 2만 병력으로 30만의 중공군 대병력을 막아내기는 불가항력이었다.

"한반도의 통일을 위해 만주에 원자 폭탄을 투하해야 합니다."

맥아더는 트루먼에게 누차 건의했다.

"3차 대전이 두려워요."

이렇게만 대답하고 트루먼은 맥아더의 군복을 벗겨 버렸다.

"노병은 죽지 않고 사라질 뿐입니다."

미 의회에서 그의 명연설은 지금도 전 세계 사람의 인구(人口)에 회자(膾炙)한다. 중공군의 대거 남침 중에 트루먼이 맥아더의 군복만 벗기지 않았더라면 한반도는 통일이 됐을지도 모른다. 아, 분하고 억울하다. 한국 전쟁이 깊어가는 속에 봉운과 정임의 사랑도 깊어만 갔다. 어느 정도 생활이 안착됐다. 사랑의 불꽃으로 정임이 임신을 했다. 감쪽같은 일이다. 봉운이 면 치안대원들한테 고문은 계속되고 있었다. 모진 고통 중에도 정임의 뜨거운 사랑 때문에 고통을 잊고 참을 수 있었다.

그 뒤에 봉운은 만인이 믿을 수 있는 반공주의자란 걸 동네 사람들한테 인정받았다.

"학질 걸려서 월북 못한 걸 동네에서 어떻게 하겠나? 죽여 살려?"

유지로 통하는 동네 종승 씨의 동정하는 말이다.

"나무도 잘 해오고, 말규 씨 댁에 굴러온 떡이야."

샘물가에서 아낙네들도 모이면 봉운이 칭찬으로 입방아이다.

"아니야, 인민군 고놈이 피마(鞁馬) 같은 정임에게 눈독을 들이고 주저앉은 것 아닌가벼? 정임이 배도 예사롭지 않단 말이야."

입 싸기로 소문난 소랭이 댁이 한 술을 더 떴다.

"어매, 그 인민군 놈의 배퉁이에 시커먼 구렁이가 숨어 있는가벼?"

동네 말 많은 어멈들의 하마평(河馬評)이었다. 세상에 비밀은 없었다. 하루는 면 치안 대원들이 칼빈총을 메고, 육모 방망이를 나붓거리며 말규씨 댁을 또 찾았다. 그동안에 있었던 봉운의 동정 파악을 묻고, 혹시 이북에 간첩 행위를 했는지 탐색하기 위해서란다.

"인민군 간나새끼 나와라. 스파이 짓은 안 했겠지?"

봉운은 뒤뜰의 방공 굴 앞에서 낫을 갈고 있었다. 무단히 끌어내 뺨을 갈기고 욕지거리를 퍼부었다. 다반사였다.

"빨갱이 새끼야, 자유대한의 쓴맛 좀 봐라."

치안 대원들은 봉운을 발로 차고 때려 입술이 터졌다. 빨간 코피를 흘리는 꼴을 보고는 쾌재를 부른다. 정임은 온정을 베풀어 달라고 통사정을 한다. 정임이 빚어준 손 수제비국을 먹고 치안대원들은 통쾌하다는 듯 면소로 돌아갔다. 목불인견이다.

"상처가 어때요? 고통이 심했죠? 치안대원들이 미워요. 밉단 말이에요."

정임은 봉운의 볼을 두 손으로 보듬어 준다.

"봉운 오빠, 우리 앞길을 좋은 쪽으로만 생각해요. 좋게 생각을 하면 좋은 쪽으로 풀리며, 나쁘게 생각하면 나쁜 쪽으로 풀린다 했어요? 정임은 전쟁이 끝나면 부모님께 자신의 임신 사실을 고백하고, 봉운을 데릴사위로 들일 생각을 하고 있었다. 정임은 봉운을 좋은 말로 위로했다.

"오빠, 전 오빠를 알고는 괴로움뿐이어요. 주위의 곱지 않은 시선이 두려워요. 봉운 오빠 도망가지 말아요."

노골적인 정임의 말이다.

"중공군이 내려오면 우리 둘이 이북으로 도망칠까? 목숨을 걸고 말이야."

"그건 안 돼요. 안 돼요. 가다가 총 맞아 죽어요."

정임은 단호했다.

"정임 동무 내가 잘못 말했소. 그건 아씨를 배반하는 거요. 앞으로 살길이나 연구해 봅시다."

봉운은 습관이 되어 가끔 동무라고 하는 때가 있다. 둘은 어둠 속을 헤쳐 뒷산을 내려왔다. 각자 자기 방을 찾아들었다. 먼 데서 멍멍 개들이 밤의 고요를 깬다.

'다음에는 치안대로 잡혀가서는 어떤 문초를 받을는지?'

봉운은 정임이만 아니면 마을 뒷동산 소나무에 목매어 자살하고 싶은 생각을 또 했다. 이즈음의 전황(戰況) 파악이 어려웠다.

부산항 갈매기

주민들의 말로만 듣던 거제도 포로수용소로 보내지지는 않을까? 전전긍긍이다. 국방군한테 잡히면 그 자리에서 총살감이다. 죽으나 사나 정임의 집에서 숨어 살며 머슴 노릇 하는 것이 최상책이라고 결론지었다.

1950년 9월 23일 김일성은 인민 해방군에게 남한에서의 후퇴 명령을 하달했었다. 인민군 포로들은 국군의 트럭에 실려 남하했다.

두 손을 머리에 얹고 국도 1호선을 따라 어디로 가는지 봉운은 알 수 없었다. 자유인이 된 봉운은 멀찌감치에서 전우인 인민군 포로들을 보기가 죄 같았다.

부모님이 잠든 새에 기회만 닿으면 정임은 발정 난 암캐처럼 봉운의 방에 몰래 들어가 치근거렸다. 오달진 정임은 앙증맞은 데가 있다. 성격이 강해서 맘 내키는 대로이다.

"봉운 오빠, 오늘 밤은 뒷동산에 달구경 갈까요? 심심해요."

남녀란 자석과 쇠붙이 같다. 그래서 옛말에 남녀 칠세 부동석이란 말이 나옴 직하다.

정임은 봉운에게 온갖 정성을 쏟았다. 지아비처럼 섬겼다. 맛있는 별식, 산으로 나무하러 갈 때면 따라가기도 하고 지게 목발에 찐 달걀이나 팥 누룽지를 매달아 주었다. 그렇게 하니 정이 담뿍 들 수밖에 없었다. 정임의 모친은 방관시하는 편이었다. 그럴만한 이유가 있었다.

정임의 부친 말규씨는 위장병과 척추의 질병 때문에 매사에 치지도외(置之度外)였다. 만사가 귀찮단다. 가을이어서 그제는 봉운이 정임의 시굿재 밭에서 보리를 갈았다. 봉운은 이북 고향 생각이 났다. 농사일이 서툴지만 내 일처럼 했다.

"정임 아가씨는 일찍 집에 돌아가서 씨암탉이나 잡아요."

일품 나온 이웃집 총각 주형의 농담이다. 정임은 삼태기에 씨앗 보리를 담아 어깨에 걸머졌다. 남정네 못지않다. 시굿재 사는 당숙이 보리 가는 걸 보러 왔다.

"조양정신(造養精神)이란 게 있지. 아무리 배가 고파도 파종할 씨앗은 먹지 않는다는 얘기가 있어! 씨앗 보리를 잘 간수했구만시리."

당숙은 큰기침을 하고는 봉운을 아래위로 훑는다. 소문이 자자한 빨갱이 놈아 빨리 꺼져라! 하는 표정이다. 저녁에는 씨암탉을 잡아 정임이가 골라 주는 앞다리도 맛있게 먹었다. 한국 전쟁의 포화는 그칠 줄을 몰랐다. 여전히 하늘은 미 공군의 잔칫날이다.

전쟁 중에 공산당에 부역(附逆)을 한 주민은 면 치안대에 잡혀갔다. 그 뒤로 소식이 두절된 자도 있었다.

거제도 포로수용소에서 용공 분자와 반공주의자로 나뉘어 살육전을 벌렸다는 얘기는 끔찍했다. 빨갱이들은 반공 포로들을 대고창이로 찔러 시신을 화장실에 처넣었단다.

봉운은 동네 청년들과 사귀어 겨울의 땔감나무도 해왔다. 난리통인 1950년대 11월의 날씨는 차가웠고, 정임은 구역질을 했다. 입덧이다. 세상에 비밀은 없다. 정임 모친도 임신 사실을 눈치챘다. 홧김에 딸을 몰아세웠다.

"동네 창피하다. 인민군한테 붙어먹다니? 물에 빠져 죽던지 둘이 나가거라."

평소 어머니답지 않은 모진 말씀이었다. 그 뒤부터 정임은 가출의 꿈을 꾼다. 1950년 겨울에 접어들자, 모택동 중공군의 공세는 강세였다. 거듭 말하지만, 미 해병대와 중공군과의 장진호 전투는 악전고투였다. 미군은 중공군의 인해 전술에 휘말린 포위망을 뚫기 어려웠다. 북한 동포들도 자유를 찾아 남부여대(男負女戴)하고 남으로, 남으로 내려왔다. 이북 흥남 부두에는 미군의 배를 타기 위해 피난민들이 벌 떼처럼 몰렸다. 그 유명한 흥남 부두의 피난민 철수 작전은 처절한 비극이었다.

"눈보라가 휘날리는 바람찬 흥남부두에 목을 놓아 불러봤다 찾아를 봤다"

이때의 노래다.

1951년 1월 1일 중공군 6개 사단이 38선을 넘어 총공격을 폈다.

1월 3일 남한은 임시정부를 부산으로 옮겼으며, 1월 4일 중공군은 한강 도하 작전을 폈다. 1월 8일에 경기도 오산을 점령했다. 오산은 1950년 미 24사단 스미스 부대가 인민군과 첫 접전을 편 곳으로 유명하다. 삼척, 원주, 영월 등 중부 전선에도 중공군과 혈전 중이었다.

남한 측의 불리한 전세에 봉운은 이불 속에서 쾌재를 불렀다. 사람 속은 우렁잇속 같다. 정임이 임신도 했겠다. 기회를 틈타 정임을 데리고 이북 고향으로 가고 싶었다. 중공군과 합류해서 말이다. 그 날을 학수고대했다. 귀소본능(歸巢本能)은 어쩔 수 없는 일이다.

아군은 성난 파도처럼 밀려오는 중공군의 무리를 막아내기는 어려웠다.

한반도에서는 1950년 6월 25일과 1951년 1월 4일 두 번째로 피난 행렬이 시작되었다. 그 유명한 1.4 후퇴이다. 북풍한설 몰아치는 한

겨울의 피난 행렬은 장송곡이었다. 길거리에서 아기는 엄마를 찾아 울고, 엄마는 아기를 찾아 몸부림치는 민족 최대의 비극이다.

정임이 사는 부산과 서울을 잇는 국도 1호선은 가차 없이 피난 행렬로 가득 채워졌다. 장사진(長蛇陣)이다. 칠흑 같은 밤이었다. 차량 전복 사고가 일어났다. 정임의 마을에 피난 가던 스리쿼터 한 대가 운전 부주의로 도로변 논두렁에 곤두박질쳤다.

"사람 살려요. 사람 살려요!"

가냘픈 여인의 비명이 깜깜한 밤하늘을 찔렀다. 절박한 상황에서 피난 가던 여인은 정임의 집 대문을 두드린 것이다.

봉운과 정임은 여인을 따라나섰다. 손전등을 비춰 보니 운전석의 남자는 피투성이가 된 채로 쓰러져 있고 짐 보따리는 길가를 메웠다. 차주는 한쪽 어깨의 탈골로 운전할 수 없는 상태였다.

눈보라는 구름장처럼 날리고 처지가 난감했다. 그대로 두면 얼어 죽을 판이 아닌가?

"집으로 가시지요."

봉운은 피난민 부상자를 들쳐 업고 자기 방에 뉘었다. 헛간 방고래 구멍에 불을 지폈다. 부부는 이틀 밤을 정임의 집에서 묵었다. 전복된 차량은 동네의 청장년에 의해 다음날 견인됐는데 다행히 차량은 큰 고장이 없었다. 정임은 상념에 젖었다. 차를 얻어 타고 아랫녘으로 도망칠 수 있는 절호의 기회가 아닐까?

'세상이 반쪽이 돼도 봉운의 아기는 낳을 것이야.'

이 판국에 정임은 볼록한 배를 금덩어리 만지듯 이리저리 쓰다듬었다.

'잘 키워 장군을 만들어야지!'

봉운의 강건한 씨앗이 정임의 뱃속에서 우지직 용트림을 한다. 부적절한 임신은 인생을 360도 뒤바꿔 놓을 수 있단다. 할 수 없는 일이다. 정임은 쾌재를 불렀다.

피난 차량 주인은 경기도 평택항 포승리에서 왔단다. 봉운이 결심한 바 있어 남쪽으로 동행의 의사를 물으니 대찬성이었다. 부부는 지참금도 넉넉하단다. 봉운이 운전을 맡는 조건이었다. 유식한 말로 천재일우(千載一遇)의 기회이다. 피난민은 잘된 일이라고 했다.

"누이 좋고 매부 좋은 격입니다."

차주는 부상으로 운전을 못하니 하늘이 도왔다는 것이다. 어깨의 부상을 치료해야 하는데 난리 통이라서 병원도 문을 닫았다. 일각(一刻)이 여삼추(如三秋)요. 촌각을 다툰다. 봉운과 정임은 밀약을 한 뒤에 부모 모르게 옷가지 등의 준비에 여념이 없었다.

깜깜한 밤에 둘은 집을 탈출했다.

"아버님, 어머님 불초여식을 용서하세요."

뒤돌아서서 봉운과 정임은 땅바닥에 엎드려 집을 향해 큰절을 올렸다. 살아서 부모님을 또 뵈올지 의문이다.

1951년 1월 20일 악전고투 끝에 이들은 부산에 도착했다. 열흘이 걸렸다. 차가 있어서 고생은 덜했다.

부산은 사람 밟혀 못 살 것 같았다. 길바닥에서 우는 아이, 처마 밑에 아무렇게나 누워있는 사람들 부지기수이다. 애간장을 녹인다. 광막한 황야를 헤매는 자 따로 있는가?

어렵사리 중앙동 산 언덕배기에 바다가 빤히 보이는 허름한 여인숙으로 임시 거처를 정했다. 한겨울 추위에 피난민들이 사는 고샅길 판잣집들은 꿀꿀이 돼지 울 같았다. 평택 용부 씨의 경제적인 도움이 컸다.

자갈치 시장도 둘러봤다. 봉운은 초량동 수산시장에서 생선을 하역하는 일자리를 얻어냈다. 봉운이 노동의 품삯을 가슴에 품고 정임이 있는 여인숙을 향하는데 더뿍더뿍 내리는 눈발이 땅을 덮는다. 봉운의 손안에 부산 어묵이 들려져 있다. 여인숙 가까이 오니 정임이 우산을 받쳐 들고 장승처럼 서 있다. 주위를 의식할 것도 없었다. 둘은 부둥켜안았다. 이렇게 하여 부산의 피난 생활은 용부 씨와 같이 시작된 것이다.

봉운은 닥치는 대로 일했다. 정임이도 마찬가지였다. 식당에서 일을 했다. 정임이 입덧이 더했지만, 정신력으로 이겨냈다. 그러는 중에 배가 고프고 입이 당길 때면 채소전에 나가 얼어 빠진 배추 이파리도 주워다가 생선 대가리와 부산 어묵을 넣어 끓여 먹었다. 봉운은 뼈가 으스러지도록 밤늦도록 일을 했다. 좌판에 담배랑 껌을 가득 채워 국제시장 길거리 장사를 나갔다.

"담배와 껌이 있어요. 찹쌀떡 사세요."

부산 국제시장 장사치가 된 것이다. 담배 연기 뽀얀 국제시장의 다방이 장사가 잘됐다.

유엔군 상대가 많았다. 부산의 국제시장은 과연 국제시장이었다. 온갖 상품이 산더미처럼 쌓였고 세계 속의 사람들이 모인 난리 통의 자본주의 시장이었다. 요지경 속이다. 역시 장사는 사람 많은 곳이라야 한다.

정임 부부는 살기 위해 돈 되는 일은 악착같이 대들었다. 봉운은 생선 집에서 뜨거운 열기를 참아대며 가마솥에 대왕 문어 삶는 일도 했다. 자갈치 시장 부두의 노동자들이 즐겨 먹는 막창 굽는 일도 했다. 흠뻑 땀에 젖는다. 느지막하게 집으로 돌아오는 길이다. 정임 아씨는 구둣방에 들러 흙 묻은 구두를 집으로 가져와 닦았다. 잔돈푼을 양말 속에 모았다. 돈이 모아졌다. 부산에 내려온 지 석 달.

새봄이다. 용두산 옆 중앙동 언덕 위에 방 한 칸짜리 판잣집을 전세 얻었다. 이런 일도 있었다.

"아줌마 집 한 채 값 화대를 드릴 테니 일주일만 아내가 되어 주실 수 있겠습니까?"

여관에서 청소부로 일할 때의 얘기이다. 정임이 배가 부른 것도 모르고 여관방 고객들은 진한 유혹의 손길을 뻗쳤다. 정임이 원체 미인이기 때문이다. 주인집 늙은 영감탱이도 넘실거려 여관을 박차고 나왔다.

그날은 봄비가 촉촉이 내렸었다. 정임이 가는 비를 맞으며 영도 다리 난간에 기대어 고향의 부모님을 그리고 있는데 부둣가에 미군 둘이 정임에게 미소를 보이며 칠면조를 먹으란다. 사내들 속에 미녀는 어디 가도 대접이 좋았다.

정임은 광복동 야시장 거리로 촘촘히 발길을 옮겼다. 덥수룩한 사내가 길을 막았다.

"이봐요, 아가씨, 장관보다 월급을 더 주는 다방이 있어요. 가 보시렵니까?"

바바리코트를 걸친 신사분이 다짜고짜로 꼬드겼다. 집에 와서 부부는 하루를 겪은 이야기 속에 쓴웃음을 보였다.

하루빨리 안정된 직업을 얻고 싶었다. 자금을 모으면 간이음식점이라도 차리고 싶은 것이 둘의 여망이었다.

부산 중앙동 엷은 판잣집의 틈새로 스며든 부산항의 스물스러운 해풍이 꺼칠꺼칠한 부부의 속살을 헤집는 밤이다. 포근한 지중해식 기후의 부산에도 일교차는 심했다.

중앙동 골목에 판잣집이 빼곡히 박혀 있는 빙판의 오르막길이다. 고양이 집 같은 판잣집에 인간 고뇌의 가로등 불빛은 요요하다. 3월의 마지막 눈발이 새봄을 시샘하는 걸까! 춥다고 파고드는 정임에게 봉운의 넓은 가슴은 구중궁궐 같았다.

"정임이 우리만 행복할 순 없지? 북한과 남한의 부모님은 다 안녕하신지?"

잠들기 전 둘은 주님께 기도를 드리면서 부모님의 안부를 걱정했다. 전쟁 난민을 향한 구호물자가 교회를 통하여 답지해 왔다.

자나 깨나 봉운은 어렸을 때 놀던 압록강 철교의 모습을 잊을 수 없었다. 어디서 구해왔는지 압록강 철교의 사진을 벽에 붙였다.

"중공군이 서울 밑에 있는 오산에서 북으로 후퇴를 했대요."

어젯밤에 국제시장 길가에서 전단지를 뿌리던 청년의 절규가 봉운의 귓전을 때린다.

1951년 1월 중순에 서울은 재탈환되고 전세는 우리에게 유리했다.

중공군은 연합군의 주도면밀한 작전에 어쩔 수 없이 북으로 밀리고 있었다. 6.25 전쟁 중에 통쾌한 두 번째의 북진이었다.

부산에 며칠째 궂은비가 여름철 장대비 못지않다. 모두에게 맘이 어둡고 을씨년스럽다. 이럴 때 집 없는 피난민 노숙자나 거리의 고아들이 생고생이다.

"내일은 일요일, 종교 단체에서 구원의 손길을 뻗치겠지?"

봉운 내외는 거무스름한 천정을 바라보며 뇌까리는데

"봉운 오빠, 어디선가 된똥 구린내가 진동을 해요."

정임의 말 그대로였다.

난데없는 비가 오니 집 옆의 수챗구멍에 물이 흘렀다.

이때다 싶어 판잣집의 피난민들은 넘치는 화장실의 인분을 사람이 안 보는 밤에 도둑고양이처럼 양푼으로 퍼서 버린 것이다. 흐르는 빗물에 바다로 떠내려가라고 인분을 퍼서 몰래 버린 곳이 한두 곳이 아니었다.

길 위에 된똥 범벅이다. 흑진주와의 격전이 아닌가? 다행히 시커먼 똥 덩어리는 겨울의 빗물에 씻겨 부산 갈매기 날개 타고, 남해의 여행길에 올랐다. 전쟁의 후광이었다. 서글픈 부산 피난살이의 일면목이었다.

정임 배 속의 아기도 용트림을 한다. 뱃속에서 무탈하게 잘 논다는 얘기이다.

"고추를 달고 나오면 놈을 김 장군이라고 불러야지. 통일의 대업을 이루는 이순신 장군 같은 위인이 되라고."

봉운은 정임의 도톰한 배를 이리저리 훑는다. 따끈하다.

어느 날인가 봉운은 대낮인데도 술에 만취해 들어왔다. 답답하다면서 밖으로 또 나갔다. 흐느적거리는 연체동물 같았다.

"부산 놈들한테 당했단 말이야, 가자구, 이북 고향으로 가자구, 부산의 피난살이 더러워서 못 하겠다."

봉운이 안 들어와 정임은 바깥으로 나갔다. 술에 취한 봉운의 고성과 몸부림에 중앙동 피난민들이 모였다.

산비탈의 판잣집은 가난한 피난민들의 집단촌이었다. 서쪽으로 용두산 공원이 있으며 4통 8달로 통하는 중앙동 위쪽에는 손바닥만 한 광장이 하나 있다. 이북 피난민들이 삼삼오오 떼를 지어 전쟁과 고향 얘기를 나누며 회포를 달래는 곳이다.

이때 양복쟁이 신사 둘이 고샅을 지나치다가 황소같이 울어대는 봉운과 맞부딪히었다.

"무슨 사연이 있기에 이렇게 슬피 우십니까?"

지나치던 길손은 발걸음을 멈추고 동정하는 질문을 던졌다.

"이북 고향이 그리워서 울고 있단 말이요. 부모님 계신 이북 고향을 언제 가느냐 말이요?"

봉운은 울면서 하소연했다. 베레모를 쓴 신사 둘은 봉운에게 이북 고향 얘기를 묻는다.

"우리도 고향이 이북이라오. 우리는 한 형제요. 언젠가는 통일이 되어 고향에 갈 날이 꼭 올 것이외다."

신사들은 봉운과 정임의 등을 토닥여주고는 중앙동 큰길로 총총 사라졌다. 은인이다. 봉운은 부산에 내려와서 이북 고향이 생각날 때면 소주 한잔 들이켜고, 북쪽 벽으로 머리를 돌려 어린 아기처럼 울어대는 습관이 있다. 이북 고향을 기리는 애달픈 심정이다.

전쟁의 와중에 세월은 잘도 간다.

2년인가? 3년이 지나서 '경상도 아가씨' 노래가 전파를 탔다. 손로원 작사, 이재호 작곡, 박재홍의 애련한 노래였다.

이들이 부산 중앙동을 지나치다 봉운과 정임의 슬피 우는 모습을 보고 작사 작곡한 것이다. 위대한 시대적 대중가요가 태동한 것이다. 이 노래는 실향민의 애창곡이 됐다. 이 노래의 주인공은 봉운과 정임이었다.

"사십 계단 층층대에 앉아 우는 나그네 울지 말고 속 시원히 말 좀 하세요 피난살이 처량스레 동정하는 판잣집에 경상도 아가씨가 애처로워 우는구나 그래도 대답 없이 슬피 우는 이북 고향 언제 가려나"

그 뒤에 북한의 실향민들은 이 노래를 성가처럼 부르면서 향수(鄕愁)를 달랬단다.

"아, 보고 싶은 부모님의 얼굴, 그리운 이북 고향 압록강 철교여! 부산 갈매기는 정임이 내외였다.

봉운은 기회 날 때마다 압록강 철교를 얘기한다. 압록강 철교의 귀신이라도 붙들린 걸까? 상사병(相思病)이라도 걸린 걸까? 어렸을 때 검은 연기를 뿜으며 꿈과 낭만을 싣고 달리던 압록강 철교의 영험한 전설 같은….

봉운은 오늘도 일자리를 찾아 연합군의 정박함이 있는 부둣가에 나갔다. 도민증이 없었다. 그래서 신분이 정확하지 못하다는 이유로 퇴짜를 맞을 때도 있었다.

1951년 피난민의 북새통에 부산의 겨울은 혹독했었다. 그러나 밀고 밀치는 피난민들의 틈바구니에서 묻어난 인간애로 추위를 이겨 나갈 때가 있었다.

"우리 국군은 38선을 넘어 총공세를 폈습니다. 국군은 잘 싸우고 있으니, 국민은 안심하고 생업에 충실하여 주십시오."

하는 방송이었다. 그러나 방송이 믿을 수가 없을 때가 더러 있다. 1951년 1월 1일 새해 벽두의 기쁜 소식이다. 오늘은 부산 연안 부두에 피난민들이 벌 떼처럼 모였다. 거제도나 한산도의 가까운 섬을 찾기 위함이었다.

대한민국은 어쩔 수 없이 임시정부를 부산으로 파천(播遷)했단다.

1월 4일에는 중공군 정찰대가 한강을 도하했고, 8일에는 수원 위쪽 오산까지 중공군이 점령했다니, 나라는 풍전등화 같았다. 강원도 삼척, 원주, 영월 등지에서도 중공군과의 혈전이 벌어지고 있었다. 국군은 산악지대의 동부 전선에서, 미 연합군은 서부 전선에서 잘 싸우고 있었다. 다행히 전세가 역전되어 국군은 북으로 진격하고 있었다.

요즈음 정임은 정임이 대로 부산 역전 옆의 자갈치 시장 곱창구이 식당에서 일을 한다.

"말이여, 말이여! 태국인가? 대구인가? 뭣인가 하는 그 나라 군인들은 손가락으로 밥 먹고, 손가락으로 똥구멍 닦는다제? 허허! 밥맛이 꿀맛 같겠네. 허, 허!"

식당에 들른 부둣가 노역자들의 오가는 얘기가 정임의 귀를 간지럽혔다. 그들은 갯내 피며 뽀얀 연기 속에 정임의 손목을 끌고는 술 한잔하잔다. 부둣가의 노동자들은 상투적인 거친 말을 쓰지만 심사(心思)는 곱다. 한 핏줄이기 때문이다.

식당 일을 밤늦게야 끝냈다. 쇳덩이 같은 몸을 추스르며 밤늦게 귀가하던 정임은 초량동 대로변에서 봉운과 마주쳤다. 사락눈이 내리고 있었다. 봉운이 둘러멘 묵직한 좌판에 찹쌀떡이 떨고 있었다. 군 화물 열차에서 군수물자 하역 일을 마친 봉운이 짬을 내어 광복동 야시장으로 장사 나갔다가 들어오는 길이었다. 둘은 영도다리의 난간 앞으로 걸었다. 용두산의 휘어진 달그림자를 보며 정임의 불룩한 배를 보듬는다. 봉운은 심심하면 정임의 배를 만지며 즐거워한다.

"정임이, 대장군이 여봐란듯이 누워 있는 게 분명하오."

그러고는 고향의 부모님 얘기를 나누었다. 정임은 이어인(異於人)의 기질이 있다. 기품이 뛰어나다는 점이다. 땅을 파면 먹을 것이 나오고 고양이도 문간을 드나들어야 먹이를 물어온다는 생활 철학 얘기도 나누었다.

1.4 후퇴 피난 중에 정임의 집 앞에서 차량 전복 사고로 인연이 됐던 평택 살던 최용부 씨와는 두 달 걸러서 만난다. 그는 인과응보(因果應報)란 불가에서 나온 말을 좋아한다. 어려울 때 만나 도움을 받아 자유대한의 부산 사람이 됐다는 자긍심을 갖고 있었다. 인간도처유청산(人間到處有青山)이라 않던가? 사람은 가는 곳마다 푸른 산 맑은 물이 있으며 타향도 정들면 고향이란다.

춘하추동 8월의 늦더위가 기승을 부릴 때쯤 정임은 대망의 해산을 했다. 떡두꺼비 같은 고추 달린 아들이었다. 정임의 두고 온 고향 땅 뒷산에서 보름달의 정기를 받아 만든 놈이 아닌가? 이목구비가 뚜렷했다. 우는소리도 쩌렁쩌렁했다. 이순신 장군 같은 대장군이 될 놈 같았다.

언니로 통하는 용부 씨의 부인이 달려와서 해복 바라지를 해줬다. 서로가 합의하여 김장군(金將軍)이라는 이름을 지어주었다. 봉운은 하늘을 날 것만 같았다. 가까운 용부 씨와 광복동 야시장에서 곱창구이에 술을 실컷 마셨다. 정임 내외는 갓난이 키우는 재미로 시름을 잊고 더욱 열심히 일했다.

부산으로 피난 온 지 어언 3년, 1953년 7월 27일 우리가 원치 않는 휴전협정이 조인됐다. 봉운은 반공 민주주의자로 인정되어 대한민국 국민으로 맘껏 자유를 구가할 수 있었다.

그러나 안타깝다. 철조망이 또 생겼다. 휴전선 철조망이 또 생겼다. 통일을 이루지 못하고 휴전이 된 것이다. 전쟁은 잠깐 멈춘 상태였다.

어둠이 깔린 밤, 정임 부부는 아들 김 장군을 둘쳐업고 용두산 공원에 올랐다. 북쪽 하늘을 멀거니 바라보다가 영도다리로 발걸음을 옮겼다. 장군이 될 아들놈이 젖을 빨고 있으니 대들보 같다. 영도다리에 도달했다.

"눈보라가 휘날리는 바람 찬 홍남부두에 목을 놓아 불러봤다 찾아를 보았다 금순아 어디로 가고 길을 잃고 헤매었느냐 영도다리 난간 위에 얼싸안고 춤도 춰 보자"

아들 장군이를 부여안고 부부는 '금순아 굳세어다오'를 아는 만큼 불렀다. 향수(鄕愁)의 엉클어진 가슴이 시원하다.

부산은 기후가 온화해서 좋고 공산품과 해산물이 풍부하다. 국가의 관문이다. 부지런하면 산다. 공공기관이 많으며 대한민국 제2의 도시로써 사업하기에 딱 좋다. 그래서 정임이 부부는 부산 시민이 되기로 결심을 했다. 6.25 난리 덕이다.

대부(大富)는 유천(有天)이요. 소부(小富)는 유근(有勤)이라 했단다. 옆에 사는 한학자 오종균 씨의 명언이다.

둘은 지악스럽게 돈을 모아 부산 중구 국제시장의 목 좋은 곳에 간이식당을 차렸다. '압록강 떡국집'이라 명명했다. 떡만둣국의 진수(眞髓)이며 전문점이었다. 안남미 쌀을 섞은 쌀밥을 마음껏 먹도록 하니 고객이 문전성시였단다. 부둣가의 노무자이거나 어부들이었다.

휴전 뒤에 전쟁으로 폐허가 된 국토는 복구가 한창이었다. 인구는 기하급수적으로 늘었다. 전쟁터에서 돌아온 장병들이 애정에 굶주린 마님들에게 마구잡이로 사랑의 충성을 바쳤던 것이다. 그래서 대한민국에 식량은 부족했고, 산아 제한 얘기가 나옴 직하였다.

어느덧 부산으로 피난 온 지 십 년이 되었다. 전쟁의 포성도 멈췄다. 여한이 될 것 같아 봉운과 정임은 40 계단 옆의 중앙 교회에서 늦깎이 결혼식을 올렸다. 딸도 하나 더 낳았다. 봉운은 정장에 나비넥타이를 매고, 정임은 화사한 드레스를 입고 남매의 손을 잡았다. 충청도 고향의 친정 부모님도 모셨다. 이젠 말규 씨도 많이 늙었다.

"임자, 전화위복이라 했겠다. 봉운이와 참 잘한 결혼 아니겠는가? 북한 사위 덕분에 부산 구경도 잘하고, 다음엔 압록강 구경도 할 판이구만, 잘했군, 잘했어."

"이게 다 내 덕이요."

정임 모친의 과거 얘기이다.

봉운이 부산에서 평안남북도 도민회 총무를 맡았다. 평안도에서 피난 온 의기투합하는 일곱 사나이 이상하, 석기영, 강태수, 구자문, 황인성, 이용호, 임헌교 씨와 의형제를 맺고 지내니 힘이 되고 외롭지 않았다.

어느 해인가? 추석 명절에 정임 부부는 파주 임진각에 갔다.

원한의 휴전선 철조망 아래에 문종이를 깔고 술 한 잔 부어 놓았다. 북녘 하늘을 향하여 절을 했다. 봉운은 철조망을 부여잡고 북한의 아버지, 어머니를 목 놓아 불렀다. 돌아오지 않는 임진강은 말없이 흐른다. 끊어진 다리 위로 하늘을 넘나드는 새들과 구름 한 점이 부러웠다.

임진각을 돌아서려는데 철조망 앞에서였다.

"이 원수의 김일성 놈아! 내 집이 바로 저긴데 가지를 못하는구나, 아버지, 어머니, 딸이 왔어요."

늦게 도착한 백발의 할머니가 술 한 잔 부어 놓고 땅을 치며 통곡하고 있었다. 보는 사람의 눈시울을 적셨다. 부부는 부산으로 향하는 대절 버스에 올랐다.

"사십 계단 층층대에 앉아 우는 나그네 울지 말고 속 시원히 말 좀 하세요 피난살이 처량스레 동정하는 판잣집에 경상도 아가씨가 애처로워 우는구나 그래도 대답 없이 슬피 우는 이북 고향 언제 가려나"

안성맞춤이었다. 일행이 관광버스에 오르자 버스의 음향 시설에서 정임이 부부를 주제로 한 '경상도 아가씨'의 노래가 차창을 적셨다. 모두가 합창을 했다. 분단의 아픔이 가슴을 때린다.

오, 사랑하는 내 조국이여! 그 언제 통일이 되어 부모 형제 얼굴 보려나? 그 언제 압록강 철교 바라보며 기차놀이하고 물장구치려나? 봉운은 흐르는 눈물을 억제치 못했다. 해 저문 저녁나절 차창에 빗물이 뿌렸다. 아, 부산항 갈매기야, 울지를 말아라.

진남포집

"고향이 그리워도 못 가는 신세 저 하늘 저 산 아래 아득한 천리 언제나 그리워라 타향에서 우는 몸"

여기는 강변 도회의 외곽 지대. '진남포집'이라고 간판이 붙은 집에서 흘러나오는 고향 노래였다. 아, 그리운 내 고향 진남포야, 네 이름이 웬일로 예 있느냐? 반갑다. 반가워!

집 없는 나그네, 낯설고 물선 길을 걷던 중에 달호 씨의 눈에 비친 진남포집 간판이다. 공주시 신관동 전막이란 곳이다. 퍽 반가웠다.

벌써 오래전 일이다. 6.25전쟁이 종지부를 찍은 지 어언 20년, 대한민국에서 새마을 운동의 불길이 한창 치솟던 1970년대의 중반쯤 일이다. 사람들은 옛일을 되새김질하며 옛 고향을 못 잊어 하는 걸까? 일종의 귀소본능(歸巢本能)이다.

인민군 출신 탈북 화가 달호 씨는 이북 고향 남포집의 간판에 두 눈이 번쩍 띄었다. 간판이라도 얼싸안고 춤을 추고 싶었다. 달호 씨는 진남포집 간판을 쳐다보며 넋 나간 사람처럼 서 있는데, 때마침 진남포집 안에서 고향 노래가 바람을 타고 흘러나왔다. 숟가락, 젓가락 장단에 맞춰 짙은 향수의 옛 노래였다. 달호 씨의 뜨거운 가슴을 후려 파고 달려들었다.

　대설도 가깝고 겨울 중반이라 함박눈이 질펀하게 퍼붓고 있었다. 달호 씨는 닭 쫓던 개처럼 쏟아지는 눈발을 손등에 얹으며 정신 나간 자처럼 서 있다. 한 송이 눈을 봐도 고향 눈이요. 두 송이 눈을 봐도 고향 눈이다. 달호 씨는 6.25 전쟁 때에 지리산 빨치산 인민군 출신이다. 지금은 전국을 돌며 그림으로 밥을 먹고 지내는 것이다.

　"반동 테러에 싸우다 죽은 쟁쟁히 가슴속 울려온다 동무야 잘 자거라"

　그 노래를 어지간히 불렀다. 인민군 유격대원들은 지리산에서 항거하다가 국군, 경찰관 토벌군에 의해 사살되고 체포되었다.

　달호 씨는 포로로 잡혀 거제도 포로수용소에 억류되었다가 1953년 7월 27일 휴전 협정이 조인되면서 반공포로로 석방되어 자유의 몸이 되었다.

　이북 고향으로 가지 않고 자유대한에 눌러앉아 살게 된 것이다. 달호 씨 나름대로의 생각이 있었다. 평탄치 못한 가정 문제였다. 어머니에 대한 증오심 때문이었다. 그럴만한 이유가 있었다.

　젓가락 장단에 고향 노래가 흘러나오는 곳을 넘겨다보니 분명 '진남포집'에서 흘러나오는 것이었다. 반갑다. 반가워! 자나 깨나 잊지 못할 이북 고향 이름이 눈앞에 있으니 말이다. 내 집 찾아온 기분이었다.

　"진남포야, 반갑다. 반가워."

　달호 씨는 공주 시내에서 동북쪽, 조금은 외곽 진 지대 전막이라는 곳에 금강 다리를 건너 막 들어서고 있는 참이다. 눈물이 빙그르르

돌았다.

'그 누가 불러주는 걸까? 여기 진남포집에는 누가 사는 걸까?'

들창 넘어 젓가락 장단에 들려오는 고향 노래에 어머니 같은 진한 향수를 느끼는 달호 씨이다. 다음은 여자의 가냘픈 노래다. 애잔한 노래다.

"한 송이 눈을 봐도 고향 눈이요 두 송이 눈을 봐도 고향 눈일세"

때마침 큰길에는 함박눈이 질펀하게 퍼부어 앞가림을 못하겠다. 산더미처럼 내리는 눈송이가 소매에 젖는다. 퍼붓는 눈발과 어우러진 노래다. 어렸을 때 진남포집 골목에서 눈싸움하며 흠뻑 맞던 고향 눈이다.

반공포로 달호 씨, 그는 유랑극단의 단역배우 같은 존재였다. 그림 보따리를 둘러메고 전국의 시골 학교에 들러 학교 평면도나 위인들의 초상화를 그려주고 사례금을 받는다. 그게 그의 생업이다. 보따리와 붓 한 자루가 먹여 살리는 것이었다. 그래서 정처 없는 이 발길이다. 주유천하(周遊天下)라고 자위했다. 풍류남아 김삿갓도 쉰밥 덩어리 얻어먹고 남의 집 헛간에서 단잠을 잤다는 데 나라고 못 할쏘냐? 그런 식이었다.

충청도 공주 전막(全幕)은 교통의 요람지이다. 교육 도시인 공주 시내에서 아치 모양의 금강 다리를 건너야 한다. 비단 물결 금강이다. 공주 전막은 사람의 왕래도 잦아 다방과 술집 등 없는 것이 없었다. 1980년대의 참모습이었다. 이곳에 서면 천안으로 갈까? 보령 예산으로 갈까? 대전으로 갈까? 4통 8달 맘 내키는 대로 갈 수 있어서 달호 씨는 전막을 찾은 것이다.

산성공원 밑 금강 다리를 건너다 공주 사범 대학생과 동행하게 됐다.

"조선시대 인조 임금도 한양에서 공주로 피난 오셨지요. 이괄의 난을 피하여 웅진성 궁궐에 머무셨답니다. 말 타고 웅진성으로 내려오다가 민가에서 찹쌀떡 대접을 받은 임금이 떡 맛 참 절미로다."

떡을 대접한 주인은 임 씨였고, 그래서 떡 이름을 임금이 지어 준 임절미라고 붙여줬다는 구전(口傳)이 있지요.

그러나 어감상 '임절미'보다는 '인절미'가 좋아 그로 통한다. 인조는 웅진성 쌍수정에서 이괄의 난이 평정됐다는 낭보를 받고 환궁한다. 금강 다리를 건너면서 대학생과 공주에 대한 노변정담이었다.

하얀 눈발에 묻힌 진남포집은 녹슨 함석 때기로 얼기설기 지붕을 덮은 초라한 집이었다. 가로 50센티, 세로 100센티 정도의 녹슨 하얀 양철판에 고딕체로 쓴 검은 글씨가 질편하게 퍼붓는 눈발에 가려지고 있다. 아무래도 이 집에 진남포와 관련된 깊은 사연이 있을 것 같았다. 달호 씨는 진남포집 앞에서 한참을 머뭇거렸다.

진남포는 평안남도와 황해도 사이에 있는 전설적인 도시이다.

북한의 행정구역 개편으로 1952년 남포시로 이름을 바꿨다. 거상 물상객주들이 드나드는 북한 최대의 서해안 관문이다. 사람들은 남포라는 이름 대신 정이 든 진남포로 부르기를 좋아했다.

어감도 부드럽다. 진남포는 달호 씨에게 어머니의 젖무덤이요. 추억과 낭만의 고향이다. 그는 진남포에서 자랐다. 죽마고우요, 불알친구들이 수두룩하다.

우리 한반도는 행정구역 상 '포(浦), 주(州), 원(院), 진(津), 천(川)'의 이름이 많다. 북한 땅에 진남포, 남한에 목포, 제주도에 서귀포, 모슬포가 그렇다.

달호 씨는 진남포집의 출입문을 조심스럽게 열었다. 주객들은 붉게 물든 낯빛의 여인들의 치마폭에 비벼대고 있었다.

"안녕하세요? 진남포집 간판이 반가워 염치 불고 문을 열었습니다. 용서하시라요."

모두 노래를 멈추고 들어서는 나그네 달호 씨에게 시선 집중이다.

"내래, 어서 오시라요. 눈발에 바깥이 춥지요?"

노래하다 만 여인의 상냥한 대답이었다. 두 여인이 발끈 일어나 손을 내민다.

'내래'란 북한에서 흔히 쓰는 방언이다. 동향인끼리 통했나 보다. 여인들은 분명히 북한의 말투였다. 작부인가, 주인댁인가 낯빛도 비슷하다. 상다리 밑바닥에서 검은 고양이도 동그란 낯을 내밀었다.

땅바닥에서 흙냄새 풍기는 목로주점이었다. 나무판자로 된 네모진 식탁은 숟가락, 젓가락으로 두들겨 맞아 허리도 휘고 가닥 난 빗살무늬가 미친년 머릿결 같은 자국이다. 주객들의 젓가락에 맞아 생긴 생채기 자국 같다.

"내래, 진남포집이란 간판을 보고 반가워 들어왔습니다. 나도 고향이 진남포라오."

달호 씨는 대뜸 말했다.

"어마, 그러세요. 반가워라. 우리도 고향이 북한 진남포라요."

노래 부르던 객들마저 젓가락을 치워놓고 달호 씨한테 시선을 던진다. 객들은 양복 대기를 걸친 거들먹 신사가 아니라 워낭을 허리춤에 찬 우시장의 어성꾼들로 보였다.

"이북 진남포 아저씨가 예까지 웬일입니까?"

"역마살 끼고 팔자 사나워 떠돌다 왔습니다."

달호 씨의 응답이다. 두 여인은 양팔을 벌리며 반겨 맞았다. 술꾼들은 슬금슬금 뒷전이다.

"추운데 불가로 가까이 오시라요."

여인들은 달호 씨의 손등을 보듬어 주었다. 훈훈하다. 누님과 같은 여인들이었다. 노란 양재기로 가득 담아주는 술잔을 두 손으로 받았다. 달호 씨는 따끈한 막걸리 두 잔을 거푸 마셨다. 생무를 섞은 어묵국을 홀홀 마시니 추위가 가셨다.

"댁들은 집이 진남포 어디라요? 내 집은 진남포 대부동이요."

"우리 집은 진남포 도학동 산 밑이요. 진남포 면옥으로 이름난 곳이라요. 그런데 손님은 남한에 언제 내려왔수?"

대뜸 고향 얘기이다. 실향민들이 한 시라도 어찌 고향을 잊을 소냐? 달호 씨는 갈 곳도 없고 진남포집에서 하룻밤 신세를 지고 싶었다. 저녁은 돼지 등뼈에 우거지를 넣은 국밥을 셋이 앉아 먹었다. 금방 형제자매를 만난 것 같다. 달호 씨는 반공포로로 석방된 얘기와 두 여인은 전쟁 통에 남한으로 피난 온 얘기부터 대충 나누었다. 고향 얘기로 밥 수저가 코로 들어갈 정도였다.

"밤이 됐으니, 숙소로 마땅한 곳이 근처에 있습니까?"

"아니라요. 누추하지만 예서 주무세요. 문 잠가놓고 영업도 끝장이야요."

자매는 손사래를 펴며 마구 매달린다. 고향 사람은 이렇게도 좋은 걸까?

"아저씨, 어젯밤 꿈속에 하늘을 날던 외기러기 한 마리가 제집에 찾아 들었어요. 귀한 손님을 맞으려는 길몽이었나 봅니다."

콧날이 오똑한 언니인 듯한 자의 말이다.

"6.25 때에 피난 나와 고향 이름 석 자라도 지키려고 진남포 이름을 붙였지요."

밖에는 고향 눈이 내리고 있었다. 밤은 깊고 눈은 내리는데 몽매지간 그리운 고향 얘기였다.

"우리 자매는 1.4후퇴 때에 오빠와 같이 피난을 나왔지요. 연년생인 제 나이 16세, 동생의 나이 15세 때이지요."

언니의 얘기였다. 자매의 부모님은 독실한 기독교 신자였다. 그래서 공산주의자들한테 무차별 처형당했단다. 공산주의 치하에서는 종교의 자유를 인정하지 않기 때문이다. 1950년 말 국군이 후퇴하고 중공군이 총공세를 펴던 겨울, 국도 1호선 서울에서 부산까지 뻗은 길을 타고 3남매는 월남했단다. 트럭도 얻어 타고 남쪽으로 내려오다가 충남 조치원에서 지인을 만나 무작정 교회에 찾아들었다. 교회는 사랑이 가득한 곳이었단다.

여인들은 신앙이 살렸다고 했다. 자매는 충남 조치원에서 한정식 집 식당에 취업하여 일을 도왔다. 오라버니는 조치원에서 날품팔이 하다가 국방군에 자원입대했다. 그리고 1953년 7월 휴전 무렵 중부전선 철원 백마고지에서 전사했단다.

자매는 산 설고 물선 조치원에서 눌러살던 중 교회에서 참한 색시로 인정받아 목사의 중매로 한날한시에 결혼식을 올렸다. 그러나 포태(胞胎)를 못했다. 어쩌면 똑같이 파혼을 당했단다. 석녀(石女)라고 소문이 파다한 기구한 운명의 자매였다. 자매는 괴로운 마음을 이기지 못하고 방황하던 중 지인의 소개로 교육 도시인 공주 전막에 정착했다.

실제 공주로 오게 된 것은 둘째 옥단 아씨의 폐결핵 증세였다. 그 무렵에는 경증이었다. 목구멍이 포도청이라고 밑천 덜 드는 술장사였다. 옥단 아씨는 낯빛이 달걀 껍데기처럼 창백하고 야위어 보였다. 대뜸 봐도 환자가 역력했다. 그러나 영업상 비밀이라 했다. 내실이 열려 있어 달호 씨는 방 안의 분위기를 언뜻 살폈다.

"안방으로 들어가시자요. 눈발이 펑펑 쏟아져 바깥문도 걸어 잠갔슙네다."

달호 씨는 꽃 그림이 장식된 내실로 안내받았다.

"오늘 밤은 고향 얘기에 술이나 실컷 드시십다요."

자매는 꽃방석을 깔아주며 달호 씨의 양쪽에 붙어 술을 권한다. 옛말에 수구지심(首邱至心)이란 말이 있다. 짐승도 죽을 때 머리를 고향 쪽으로 돌린다는 귀소본능(歸巢本能)이다. 남녀는 무릎에 담요를 덮고 화로에 둘러앉아 진남포 고향 얘기에 밤 가는 줄 몰랐다. 훈훈한 밤이다.

"정든 내 고향 진남포를 잊을 수 없어요. 진정 잊을 수 없단 말이에요."

다시 갈 수 없는 이북 고향, 애간장을 녹인다. 경지정리가 잘 된 진남포의 광활한 들판, 남포항의 뱃고동 소리, 진남포에서 용강, 강서를 지나 검은 석탄 연기를 뿜어대던 증기 기관차 타고 평양 가던 얘기, 대동강 하구에서 발가숭이 되어 물장구치던 얘기에 눈시울을 적셨다. 장독대에 눈 내리는 하얀 밤은 깊어만 갔다.
　무릎을 맞대고 잠들기 전 고향 노래 한 곡을 마다할 수 없었다. 돌려 빼기이다. 애창곡 한 곡씩을 불렀다. 큰 여인의 선창이다.
　"아 산이 막혀 못 오시나요 아 물이 막혀 못 오시나요 다 같은 고향 산천 오고 가건만….”
　음정과 감정이 척척 맞아떨어졌다. 주점에서 하도 불러대어 가수들 뺨쳤다.
　"40 계단 층층대에 앉아 우는 나그네 울지 말고 속 시원히 말 좀 하세요”
　'경상도 아가씨' 이 노래는 달호 씨의 전매특허이다. 부산 중앙동 피난민 천막촌에서 실제 있었다는 노래였다.
　"숙식비는 얼마요?”
　달호 씨는 뒤가 구려 숙식비를 미리 물었다. 그는 어디를 가나 공짜를 싫어하는 청렴한 성미였다.
　"우리집은 밥값을 안 받고 술값만 받지요. 누구한테나 배고픈 자에게 밥 한 공기는 무료입니다. 내 고향의 귀하신 오라버님께 어찌 밥값을 받겠어요?”
　대뜸 오라버니이다. 방이 세 칸 있으니, 여인숙에 가지 말고 자기네 집에서 며칠 묵으란다. 그래서 달호 씨는 진남포집에서 묵게 된다. 흰쌀밥에 쇠고깃국을 진탕 얻어먹었다. 오뉘에 찾아온 집처럼 따스한 방에서 솜이불을 덮고 잤다. 갈 곳이 없는데 하늘이 도운 것 같았다. 달호 씨는 진남포집에서 허드렛일을 해주며 며칠을 묵었다. 연탄도 들여주고 변소도 청소했다. 그런 중에 달호 씨는 그림의 데생이라든지 스케치 연습을 하루도 건너지 않았다.

자매는 시집가서 일 년 만에 소박(疏薄)맞았다. 애기를 못 낳는다는 이유였다. 그 얘기를 달호 씨에게 들려주었다. 비련의 여인들은 목매어 자살도 생각했지만, 신앙의 힘으로 구원받았다고 했다.

"작부가 되어 사내들 품에 함부로 몸을 내두르고 세상을 비관한 적은 없지요."

자매는 살아온 경위를 숨김없이 말했다. 시집 안 가고 술장사로 늙겠다고 했다. 운명을 겸허히 받아들인다고 했다.

아침에 눈을 떠 보니 눈발도 그치고 햇살이 밝았다. 달호 씨는 사경을 받지 않는 머슴으로 진남포집에서 며칠을 보냈다. 여자들만 사는 집이라 사내의 손길이 절실히 필요했기 때문이다. 그렇다고 사내에 굶주린 자매가 달호 씨의 육신을 절실히 요구하는 것도 아니었다. 자매의 마음은 수녀처럼 청결했다. 달호 씨가 옆에 있어 주니 칡뿌리 향기 같은 사내의 풋풋한 냄새가 집안에 가득했다. 음양의 조화일러라.

오늘은 조반 후 참나무 장작을 뻐개 주었다. 비비 꼬인 사내의 이두박근 삼두박근이 물컹물컹하다. 자매는 창문 사이로 훔쳐보았다. 이들도 인간인지라 사내의 매력에 군침이 솟았다. 못 본 채 시선을 돌렸다. 이들은 실제 사내에 굶주려 있는 것이다.

"내래, 우리 오라버니 최고입니다. 물통 진 북청 물장수 같아요."

여인들은 달호 씨를 오라버니라 했다. 연일 고깃국에 쌀밥을 먹었으니, 뿌연 살이 목덜미에 더덕더덕 붙었다. 황소 목줄기 같았다. 달호 씨는 손님이 없을 때 자매 둘을 앉혀 놓고 초상화도 그려주었다. 그림 속에 파묻히는 이 순간이 그에게는 행복의 절정이었다.

"어마마, 실제 사진 같아요."

빙그레 웃는 자매의 초상화를 액자에 담아 아랫목 방 벽에 걸어 주었다. 자매들은 달호 씨 방에 아껴두던 꽃 이불과 십장생 병풍도 펴주었다. 신방과 다름이 없다.

"무료할 때에 우리 자매는 이북 고향을 그리며 수(繡)를 놓았지요."

십장생 병풍 중에 으뜸인 둥근 태양이 중천에 떠올라 화기를 더하고 있었다. 자매의 걸작품이다. 달호 씨는 진남포집에 머무는 동안 평양냉면도 먹고 고향 만두도 먹었다.

달호 씨가 대접 잘 받고 달포 만에 진남포집을 떠나는 날이다. 3월이다. 예쁜 두 여인을 놓고 탐하는 일은 절대 없었다. 절대적인 신사도였다. 하늘은 칙칙하고 찬바람이 이는 금강 변의 날씨이다.

"오라버니, 곧바로 오세요. 손꼽아 기다리겠어요."

자매는 앞치마를 잘강잘강 씹으며 작별의 눈물을 보이었다.

이번에는 물 맑고 산세 좋은 청양 땅의 각 학교를 방문한단다. 학년 초에 환경 정리 일거리가 많기 때문이다. 달호 씨는 옷가지와 화구(畫具)를 대형 가방에 넣어 걸머졌다. 무한정 진남포집에서 폐를 끼칠 수는 없었다. 주유천하의 나그네, 그는 청양 가는 길에 항일 열사 최익현 선생 사당을 둘러보기로 했다. 발길 닿는 대로다.

건양다경(建陽多慶)이라 입춘이 지난 한 달여, 산세 고운 청양군의 시골 학교에 들러 어렵사리 일감을 얻었다.

학교 측의 요구대로 복도와 현관에 세종대왕, 이순신 장군 등 위인들의 초상화를 그려 주었다. 본관 출입구에는 학교의 평면도가 대부분이었다. 물론 유화이다. 자라나는 학생들에게 꿈과 애국심을 심어 주기 위함이다. 숙식은 학교의 숙직실 윗방이요. 밥은 숙직실 부엌에서 끓여 먹었다.

"화가 선생님, 인민군 출신이라 했으니 6.25전쟁 얘기 좀 들려주세요. 거제도 포로수용소 얘기도요."

시골 학교 숙직실의 방이다. 젊은 교사들은 전쟁 얘기에는 딱 죽는다.

"지리산 유격 전투나 거제도 포로수용소는 피아간에 아비규환(阿鼻叫喚)의 생지옥이었습니다. 거제도 수용소에서 하루는 자유대한의 세계요. 하루는 공산당의 세계로 바뀌기도 했습니다. 골수분자 빨치산 포로들이 작당을 해서 이념을 달리하는 포로들의 사지(四肢)를 찢어 똥통에 처넣고 머리를 잘라 나무 위에 거는 등 눈 뜨고 볼 수 없었습니다."

젊은 교사들에게 들려주던 달호 씨의 경험담이었다. 이럴 때 소주 한 잔은 불문가지이다. 백문(百聞)이 불여일견(不如一見)이라, 전국을 누비던 달호 씨의 얘기는 끝이 없었다.

"전라도 광주의 여선생님들이 예의범절이 출중합니다. 여선생님들은 복도에서 남교사를 만나면 목례를 하고 지나칩니다. 전라도 사람들은 의협심이 강해요. 그래서 역사적으로 볼 때 피 끓는 열사들이 나온 것 같습니다. 가령 동학혁명이 그렇고, 일제강점기 때 광주

학생 의거가 그런 것 아닙니까?"

밤 가는 줄 모르게 숙직 교사와의 이야기이다.

달호 씨가 한 달여 만에 여인들의 진남포집으로 돌아왔다. 자매는 뛸 듯이 기뻐했다.

"오라버니가 떠나가니 집에 냉기가 돌고 동생이 많이 아팠어요."

언니 되는 금단 아씨는 찔끔찔끔 눈물을 지며 그동안의 일을 말했다. 달호 씨는 진남포집에 머무르면서 옥단 아씨를 보살피고 집 관리와 시장에서 술안주를 조달하는 일을 맡았다. 내 집처럼 돌봐 주었다.

"오라버니가 집을 나가니 휑하고 보고 싶었어요. 번민을 잊으려고 자수(刺繡)를 열심히 했지요."

순애보 같은 얘기였다. 자매는 손님이 뜸할 때 자수에 몰입했다. 매란국죽 자수에 능통했다. 여염집의 아가씨처럼 그게 취미요, 낙이란다. 이럴 때 달호 씨도 잡념을 쫓으려고 그림을 그렸다. 진남포집은 예술의 전당 같았다.

"오라범, 동생이 고운 님 기다리며 호롱불을 켰어요. 고운 님이 누군지 아시겠죠?"

언니 되는 금단 아씨의 진실한 농담이다. 춘정이 깃든 말이다.

한 달을 진남포집에서 보내고 늦봄이 되어서 달호 씨는 대관령을 넘어 강원도를 둘러보았다. 그 뒤 진남포집으로 돌아온 것은 두 달여 만의 일이었다. 속초에 들러 북한 하늘을 바라보며 실향민 마을도 둘러보았다. 북한의 별미인 속초에서 오징어순대 국밥 먹던 얘기도 자매에게 들려주었다. 그런데 옥단 아씨의 안색이 말이 아니었다. 창백하기 그지없었다.

"오라버니가 떠나자 이번에도 동생이 아팠어요. 이번에는 가지 말고 함께 눌러살아요."

어찌하자는 말인가? 남의 이목이 있지 않는가? 자매는 사정사정 매달리는 것이다. 동생 옥단 아씨가 더욱 그러했다. 외로운 처지의 그들을 이해할 만하다. 달호 씨는 마음을 바꿨다. 진남포집에서 술 안주 준비하는 걸 배웠다. 김치전과 네모진 생두부를 쓸어 접시에 담고, 비린내 안 나게 된장을 풀어 넣어 명태 찌개 끓이는 법도 익혔다. 진남포집의 남자 요리사였다. 달호 씨에게 요리는 하나의 예술이었다. 서민 상대로 텁텁한 막걸리 안주의 백미(白眉)는 뭘까? 참맛은 두부를 넣은 얼큰한 김치찌개 아닐까? 아니면 오징어 두루치기, 돼지 수육 삶아 내기 등 두루두루 익혔다. 그의 빈대떡 솜씨는 일품이었다.

손님이 들끓었다. 달호 씨는 황소 불알을 아예 떼어놓았다. 젊은 나이에 여자 생각도 나련만 치지도외였다. 깨끗하게 행세했다. 갯벌의 조가비를 잡아 허벅지 가운데에 붙인 아녀자 행세이다. 익힌 솜씨로 칼 도마질에도 능숙했다. 자매는 손님의 옆에 앉아 노래를 부르고 상다리 두드리며 웃음 팔며 돈을 벌면 그만이다. 주방장이 된 것이다. 소문은 백 리 길에 뻗쳤다.

"돼지가 예뻐서 밥 잘 주나? 잡아먹으려고 밥 잘 주지."

금단 아씨의 혼자 생각이기도 했다. 둘은 여염집 규수 같은 참 여성상이었다.

진남포집은 전막 도로변에서 쑥 들어가 있어서 술판이 시끄러워도 동네 사람들의 관심 밖이다. 그래서 오가는 한량들이 군침을 흘리며 방앗간 앞의 참새처럼 기웃거린다.

무정세월은 잘도 간다. 달호 씨가 그림 그리러 진남포집을 또 떠난단다. 역마살(驛馬煞)이 낀 사람이다. 금단 아씨는 큼직한 씨암탉을 사다가 고아 먹였다. 상다리 앞에서 서로가 눈시울을 적셨다. 달호 씨가 유랑 화가의 길을 떠나기 전날 저녁이었다. 옥단 아씨가 의견을 말했다.

"언니, 갈수록 내 몸이 쇠약해지니 오라버니를 보호자 겸 잡아매면 좋겠어요."

"그래, 나도 그렇구나. 같이 있으니 든든했는데, 이다음에 오시면 밧줄로 꽁꽁 매야겠구나."

자매는 이혼 뒤에 충남 조치원에서 갈 곳 없어 울었던 옛 생각을 했다. 이들은 밤비에 젖은 외로운 가로등이었다.

1960~1970년대에 공산성을 바라보는 금강 변에 국립 결핵 요양원은 언제 봐도 청초했다. 결핵은 망국병이었다. 측백나무 울타리 밑에 너른 잔디밭의 하얀 건물은 미국 워싱턴의 백악관 같았다. 전국에서 결핵 환자들이 모여들었다. 옥단 아씨는 이곳에서 통원 치료를 받고 있다. 병마와의 투쟁과 극기의 자세로 살았다. 몸이 좋아지는가도 싶었다.

오늘은 온양 가는 유구 쪽에서 이북 사람들이 찾았다. 인조견 직조 공장 사장들이었다. 북한 동향 사람들이었다. 이들 손님맞이에 자매는 눈코 뜰 새 없었다.

달호 씨는 집시처럼 방랑기가 있었다. 그가 떠난 뒤에 진남포집은 찬바람이다. 한 달 뒤에 달호 씨가 진남포집에 다시 들렀다. 자매는 뛸 듯이 기뻐했다.

"어마, 우리 오라버니 제집 찾아오셨네. 아이 좋아라. 이젠 가지 말고 눌러사세요."

자매는 환호성이다.

"가지를 마오. 가지를 마오. 돌아서 주세요. 내 사랑 당신 가신다면은 죽음과 같다오."

어디서 주워들었는지 자매는 듣기 좋은 노래를 했다. 물론 취중이었다. 금강 변 연미산 아래 쌍신리에 사는 임혁현 음악 선생님이 지어 준 노래란다. 깊은 의미가 담긴 노래다. 달호 씨는 그림 그려서 벌어온 돈으로 쌀 한 가마를 들였다. 며칠 묵어갈 요량이다. 술 한잔 하러 온 술꾼들은 보고 또 봐도 두 자매가 예뻐서 옆구리에 꽁꽁 매려 한다.

"고운 님들이 옆에 있어야 술맛이 나요."

백제의 고도 공주는 대학교가 셋, 학교가 많다. 고운 말을 쓰는 지식계급의 선생님들이 많다.

"여보게 일순이, 진남포집에는 소도둑 같은 녀석이 두 계집을 품에 안고 산단 말이야? 부럽네. 부러워."

서로는 뒤꽁무니에서 달호 씨를 향하여 화살을 퍼붓는다. 그러나 그건 뜬소문일 뿐이다. 달호 씨는 청렴하고 의리의 사나이였다. 달호 씨는 비지땀을 흘리며 오늘도 육중한 손수레를 끌고 금강 다리를 건너 시장을 봐 왔다. 막걸리 통과 쌀가마였다. 선머슴과 다름없다. 그게 즐거웠다.

오늘은 비가 억수같이 퍼부으니 우울하다. 달호 씨는 나란히 앉아 있는 자매의 얼굴을 화필로 그렸다.

"오라버니, 저희 초상화에 오라버니 얼굴도 넣어 주세요."

의좋은 세 남매란 뜻이란다.

"그러다가 동생들 밥줄 떨어져요."

그래서 함께 웃었다. 자매의 초상화 밑부분에는 '부드럽게 살자'라는 판본체의 글씨를 넣어 벽 뒤쪽에 걸었다. 강함보다 부드러움이 세고 승리한다는 인생철학이었다. 술이 사람을 먹는 싸움판이 잦은 주점이다. 뒤돌아서 웃는 얼굴과 부드러움이 마음 편하고 승리한다는 자세이다. 금언으로 삼았다.

달호 씨는 이북 고향에서의 숨겨놓은 옛일을 꺼냈다. 행방불명이 되신 아버지 생각 때문이었다. 냉큼 가정 얘기는 꺼내지 않는 달호 씨였다. 한이 돼서 꺼냈다.

"난 조부님이 한약방을 경영하던 알 부잣집이었지요. 어머님의 행복을 위해서 이북에 가지 않고 자유대한에 눌러앉게 된 큰 원인이 있지."

"이북으로 가시지 않고 그건 왜요? 들려줄 수 있갔어요?"

"어머님의 행복을 위해서 안 갔어요. 6.25전쟁 전의 일이지요. 가슴 아픈 얘기이지만 내가 인민학교 다닐 적에 면사무소에 다니던 아버님이 숙직하러 가신다 하고 행방불명이 됐어요. 아바이 동무는 끝내 집에 돌아오지 않았지요. 알고 보니 어머님이 동네 이장과 내통하는 겁니다. 새벽이면 어머님 방에서 나와 담을 넘는 거예요. 내 어머니와 이장 놈하고 사랑이 깊었던 모양이었어요. 일 봐준다고 밤낮 드나들더니 그 이장 놈하고 붙어먹고 제 아버지를 해친 것 같아요."

그 뒤부터 달호 씨는 어머니가 미웠다. 증오했다. 어머님의 비밀 얘기를 누구한테나 함구무언했었다. 그러나 어머니의 불륜이라 여기지 않고 순수한 사랑이라고 여겼다. 달호 씨는 효자였다.

"난, 효자라오. 어머니의 은밀한 사랑을 오랫동안 못 본 체했으니까요. 난 어머님이 사랑을 맘껏 누리라고 자유대한에 남게 됐지요."

달호 씨는 한숨을 몰아쉬며 숨겨놓은 옛일을 밝혔다. 그게 이북에 안 간 이유였으며 앞으로 이런 불미스러운 일은 없을 거라 했다.

요즈음 공주 시내까지 별의별 놈의 추잡스러운 소문이 퍼졌다. 진남포집 자매가 건장한 사내를 가운데에 놓고 밤이면 서로 찢어 벌릴 거라는 얘기이다. 그러나 뜬소문이었다. 사실은 그렇지 않았다.

"진남포집에 산적 두목 같은 놈이 언니와 동생을 품에 안고 범한단 말이여."

할 일 없는 사람들은 앉으면 진남포집 이야기에 박장대소였다. 그러나 사실무근이다. 달호 씨가 자매를 탐하여 육체를 범한 일은 절대로 없었다. 달호 씨는 청교도적인 인격자였다. 남매처럼 깨끗하게 지낸다. 뜬소문으로 인하여 진남포집을 더 찾았으며 문전성시였다. 변강쇠로 소문난 달호 씨의 얼굴을 보자 함이다.

"중국 진시황 어멈의 이름이 뭐더냐? 그녀의 정부(情夫)인 노애(老艾)랑 같다더냐?"

뜬금없는 이야기도 꾸며댔다.

"잘들 있어요. 또 올래요."

달호 씨는 단단히 약속을 하고 화구(畫具)를 챙겼다. 역마살이 발동한 것이다.

"오라버니 가시지 말고 눌러살면 안 돼요?"

금단 아씨보다 옥단 아씨가 애걸복걸이었다.

"그건 안 돼요. 나 자신과의 약속도 져버릴 수는 없어요."

그 뒤에 달호 씨는 한 달여 만에 공주 진남포집으로 돌아왔다. 먹거리도 잔뜩 사 왔다.

"오라버니, 얼굴 잊겠어요. 얼마나 기다렸는지 몰라요."

옥단 아씨가 어린애처럼 펄펄 뛰며 달호 씨의 가슴을 펑펑 쥐어박는다.

"오라버님, 왜 그렇게 늦으셨어요. 동생이 많이 아파요."

금단 아씨가 걱정스러운 표정으로 달호 씨의 표정을 살폈다. 옥단 아씨는 백지장 같은 얼굴이었다. 폐결핵 환자가 역력했다. 1970년 무렵에는 전화도 어려웠다.

"오라버님. 저 많이 아팠어요. 이젠 살 것 같아요."

옥단 아씨는 어리광을 부린다. 그러면서 실낱같은 가는 기침을 토했다.

"어디가 많이 아팠어?"

옥단 아씨의 결핵 증세였다. 이제까지 결핵 증세가 있다는 걸 솔직히 말하지 않았다. 달호 씨는 옥단 아씨의 폐결핵 얘기를 듣고 마음이 아팠지만 어쩔 수 없었다.

"언니랑 공주 결핵 요양소에 다녀왔어요."

"약은 잘 먹고?"

달호 씨는 손으로 옥단 아씨의 이마를 만져 미열을 감지했다. 각혈은 없었다니 다행이었다. 며칠 뒤에 차를 대절하여 공주 결핵 병원을 찾았다. 푸른 환의를 입은 젊은 환자들의 낯빛이 핏기가 없어서 달걀 껍데기처럼 뽀얗다. 진찰실에 들어서니 담당 의사가 흉부 영상 자료를 보이면서 병세를 말했다.

"결핵 중기인만큼 몸 관리를 잘해야 합니다."

달호 씨가 확인한 결과로는 말기인 4기는 아니고 폐결핵 3기란다. 약을 타왔다. 다행히 폐에 공동(空洞)은 형성되지 않아 치료만 잘 받으면 희망적이라고 했다. 병원 내의 잔디에 푸른 환의를 입은 환자들이 삼삼오오 앉아서 망중한을 즐기고 있었다.

"영양 보충을 잘하고 담배는 금물입니다."

의사는 담배 얘기를 꺼냈다. 옥단 아씨의 옷깃에서 끽연 냄새를 맡은 모양이다. 환자 등록을 마쳤다. 그 뒤부터 옥단 아씨는 약 복용을 철저히 했고 나라의 도움이 컸다.

"까치 까치 설 날은 어저께고요 우리 우리 설날은 오늘이래요"

음력설이 다가왔다. 전막 동네 마당에서 사방치기와 고무줄놀이를 하면서 부르는 여아들의 맵시가 하얀 나비처럼 곱다. 셋이서 이북 고향 부모님 차례를 모셨다. 자매는 달호 씨에게 호박 단추 조끼에 새 바지저고리를 입혔다. 영락없는 새신랑 같았다. 위풍당당한 당상관의 풍채이다. 자매도 연분홍 치마저고리로 단장을 했다. 나풀거리는 치마폭에 새댁의 맵시 그대로이다. 달호 씨는 한복을 차려입고 동네 척사대회에서 윷가락을 날렸다. 달호 씨가 자매의 영락없는 새서방 같았다.

"둘을 거느리고 사는 염복(艷福)쟁이가 틀림없어."
뒤에서 부러워하며 손가락질을 하는 것이다.
"봄이 되면 임진강에 가서 북녘 하늘을 쳐다보고 싶어요."
셋은 무언의 약속을 했다. 결핵 환자 옥단 아씨도 몸보신을 잘하여 몸이 좋아졌다.

금단 옥단 자매가 공주 전막에 자리를 잡은 지 10년이 되는 해이다. 자매는 근검절약한 생활로 돈도 꽤 모았다. 영업집을 넓히고 싶었다. 달호 씨를 가운데 놓고 숙의 끝에 제민천이 흐르는 공주 시내의 복판에 게와 지붕으로 된 구옥을 사들였다. 정원석이 깔려있고 노송 아래에 잔디도 푸르렀다. 집수리를 마친 뒤에 진남포집 간판을 크게 써서 걸었다. 달호 씨가 주방장이었고 큰 요정은 아니었으나 재력가나 관내 기관장들의 집합 장소이자 유구에 있는 인조견 사장들의 집합소였다.

달호 씨는 이젠 시골 학교로 그림 그리러 가는 일도 접었다. 대신 요정 한편에 이젤을 세워 놓고 하루라도 그림을 빼먹은 적이 없다. 그림이 생명이며 친구였다.

공주 시내에까지 두 계집을 거느린 염복(艷福) 대왕으로 못이 박혔다. 이들은 돈이 인생의 전부가 아니라는 걸 깨달았다. 마음의 공백을 무너뜨리고 싶었다.

"전막의 옛집으로 돌아가요. 이젠 여행도 다니고 쉬고 싶어요."
옥단 아씨가 아기처럼 보챘다. 이들은 요정을 정리하고 지난날의 전막 진남포집으로 다시 돌아간다. 돌아온 탕아 같았다. 이북 고향 진남포를 그리며 유유자적 살기로 했다.

집을 확장하여 달호 씨의 화실도 마련했다. 달호 씨가 무료할 때면 그는 가까이에 있는 은모래 다방에 들러 차 한 잔도 들을 수 있었다. 전막 임일순, 김해진 친구와 류재봉 책방 사장, 호탕한 공주 행림서림 이석용 사장과 사귀어 책 얘기도 나누며 잘 지냈다.

옛날 진남포집의 단골 고객은 노래 잘하는 최용부, 허은 사장이었다. 1970년대에 쌀이 귀하여 혼분식과 저축을 장려하던 그즈음 보리막걸리만 마시다가 쌀 막걸리가 나왔다. 통일벼 덕분이었다.

'인간도처유청산(人間到處有靑山)이라. 타향도 정들면 고향, 달호 씨는 공주를 제2의 고향으로 여기고 사랑했다.

달호 씨는 숨겨 놓은 지갑을 꺼냈다. 그 속에 빳빳한 지폐 5만 원이 숨 쉬고 있다. 길거리에서 행려병사하면 매장하는 경비로 써달라는 간절한 편지글도 들어있었다. 비상금이었다. 나무 밑 아무 데나 옷 입은 채로 파묻어 달라는 부탁의 글이었다. 서러움에 눈물을 보인다. 그러나 하늘이 도와 이북 고향의 금단, 옥단 아씨를 만나 대우받으며 살게 된 것이다.

이젠 좀 살 만한가 싶더니 옥단 아씨의 결핵 증세가 짙어만 갔다. 몸은 깽 마르고 각혈도 잦았다. 뱀탕도 대령했다. 그러나 백약이 무효였다.

겨울이 지나고 벚꽃이 만개한 새봄이다.

"오라버님, 공주 산성공원에 오르고 싶어요."

옥단을 부축하여 셋이 공원에 오르니 산책 나온 선남선녀들이 들꽃처럼 반짝였다. 쌍수정에 앉아 무심히 흐르는 금강물을 바라본다.

"언니, 따뜻한 봄노래 한마디 부를까요?"

"그래 우리 같이 불러보자."

"연분홍 치마에 봄바람이 휘날리더라 오늘도 옷고름 씹어가며 산제비 넘나드는 서낭당 길에 꽃이 피면 같이 웃고 꽃이 지면 같이 울던 알뜰한 그 맹세에 봄날은 간다"

쌍수정 옆 잔디밭에 앉아 지난 옛일을 그리며 불렀다. 그날 밤 옥단 아씨는 정신도 혼미해지고 미열이 심했다.

"오라버니, 언니 잘 있어요."

사람은 죽음을 예측하는 것 같다. 곱게 눈을 감았다. 영영 돌아오지 못할 길이다. 시신을 껴안고 둘은 목 놓아 울었다. 옥단 아씨의 하얀 낯빛이 편안해 보였다.

"두 분이 꼭 결혼해서 행복하게 사세요."

옥단 아씨는 눈을 감기 전 두 사람의 손목을 끌어다 뱀의 똬리처럼 감게 했다. 가는 목소리로 그게 마지막 유언이었다. 행복의 자리를 언니에게 양보하고 하늘나라로 간 것이다.

"저도 오라버니를 사랑했어요."

옥단 아씨의 애잔한 목소리가 가슴을 울렸다. 옥단 아씨는 달호 씨와 언니와의 사랑의 결실이 간절한 소망이었다. 그러나 자신은 이루지 못했다. 동생이 하늘나라로 가자, 1년이 지나서 달호 씨는 사모관대, 금단 아씨는 족두리 쓰고 진남포집에서 구식으로 결혼식을 올렸다. 달호 씨는 45세요, 금단 아씨는 42세였다. 피 끓는 청춘들이었다. 산 사람은 살고 가는 사람은 가는 것이다.

교장을 지낸 김해진 교장이 주례를 맡았는데 빈객들을 웃겨서 분위기가 화끈했다. 금단 아씨 언니는 동생한테 큰 죄를 지은 것 같아 면구스러웠다. 그러나 사랑은 오직 하나였다. 슬픔도 가슴에 스치는 바람결 같았다. 동생 옥단 아씨가 죽으니 달호 씨와 금단 아가씨는 마음껏 사랑을 구가했다. 거칠 것이 없었다. 그러다가 금단 아씨에게 기적 같은 신체의 변화가 일어났다. 배가 불러왔다. 석녀라고 소문난 금단 아씨가 연년생으로 떡두꺼비 같은 아들 둘을 낳았다. 무럭무럭 자라주었다. 금단 아씨는 못다 한 기독교 신앙생활을 위하여 술장사를 접고 벌어놓은 돈으로 공주 시목동 산언덕에 하얀 교회를 지었다. 달호 씨는 평생 교회의 종지기였다. 1970년대에는 교회에 종을 칠 수 있었다.

공산성을 싸안은 금강물을 바라볼 수 있는 곳이다. 교회 이름을 '진남포 교회'라고 명명했다. 목회자도 모셔 왔다. 금단 아씨는 죽은 동생의 명복을 빌며 목회 생활에 전념한다. 달호 씨는 화폭에 그림을 담고 후학을 양성한다. 옥단 아씨가 행복의 나래를 언니한테 내주고 하늘로 간 것이다.

밤이 오면 산성공원 공북루의 검은 영체가 비단결 강물에 얼비쳤다. 달호 씨는 잔잔한 강물에 돌팔매질을 하며 하늘나라로 간 옥단 아씨도 그려보고 이북 고향의 어머님을 생각했다.

'어머님도 저 달을 보고 계시겠지?'
"포로 교환 때 월북할 걸 잘못했어요. 어머님 용서하세요."

달호 씨는 이렇게 후회도 했다. 이젠 떳떳한 자유 대한의 국민이 되어 행복을 누리고 있다. 이북 고향의 어머님 생각은 지울 수가 없었다.

'아, 그리운 이북 고향 진남포야, 그 언제 가려나? 우리의 소원은 통일, 꿈에도 소원은 통일!

금실 좋은 달호 씨 부부는 연미산 옥단 아씨의 묘 옆에 세 개의 봉분을 만들었다. 위패를 만들어 묻고 양쪽 부모님의 가묘를 만들었다. 부모님을 평생 기릴 작정이다.

"아. 정든 이북 고향 진남포야!"

"고향이 그리워도 못 가는 신세 저 하늘 저 산 아래 아득한 천리"

둘은 손잡고 망향가를 불렀다.

두 어머님

　널따란 들판 시골 마을에 사는 박현옥 여사는 미인이자 고학력의 재원(才媛)이었다. 그러나 사내 복이 없어 일찍 과수댁이 됐다. 마을에 풍류나 읊고 학식 있는 노인들은 박현옥 여사를 흠칫 쳐다보며 이렇게 말했다.
　"예의 바르고 현철한 회령 미인이지! 암, 쏙 빼닮은 회령 땅의 연완(嬿婉) 부인(婦人)이야."
　칭찬을 아끼지 않았다. 하지만 미인 박복이라, 팔자소관이던가? 그녀는 젊어서 일찍 미망인이 되었다. 남편이 요절한 것이다. 재혼도 마다했다. 일편단심 친정 부모님 모시고 절개를 지키며 살아왔다. 그러한 박 여사는 요즈음 늦깎이 행복한 고민에 빠졌다. 그런 연유가 있다. 좋은 곳에서 청혼이 들어온 것이다.
　독야청청(獨也靑靑), 독수공방 십 년 세월에 양쪽에서 혼처가 들어왔기 때문이다. 멀리 살지도 않는 이웃사촌 홀아비들이다. 매파를 통한 적극적인 공세였다. 상대는 둘 다 고향 초등학교 동문으로 선후배 사이며 알 것은 다 아는 처지이다.
　나이 차는 모두가 십 년 차 정도이다. 둘 다 직장도 괜찮고 믿음직한 오십 대 중년들이다. 박 여사는 그들의 가정 내막을 훤하게 알고 있는 처지이다. 한 작자는 상처를 했고, 한 작자는 이혼을 한 처지이다. 어지간히 처복 없는 작자들이다. 이런 곳에서 청혼이 들어온 것이다.

'그런데, 어쩌면 좋지?'

둘을 다 놓치기 싫었다. 생각 같아서는 둘을 다 거머쥐고 싶었다. 양다리를 걸치고 싶었다. 동가식서가숙(東家食西家宿)의 옛말 식이었다. 밤이 깊다. 잠은 안 오고 혼자서 가슴을 쓸어안으며 천정만 보고 재혼의 길을 저울질해 보는 박 여사였다. 물들어 올 때 배질을 해야 한다. 오늘도 매파가 열나게 다녀갔다. 어제도 다녀갔다. 입에 침이 마르도록 양쪽의 얘기를 들었다.

박 여사와 오가는 홀아비들의 구체적인 신상명세서를 들춰보도록 하자.

한쪽 남정네는 박 여사가 사는 근동의 초등학교 교사로 씩씩한 해병대 출신이다. 엄청나게 생활력이 강하단다. 퇴근 후에도 보리밭에 인분 지게를 져 나르고, 보리풀을 베어서 산더미처럼 쌓아 썩힌다. 늙으신 양친 부모님 모시고 아들 둘, 딸 둘 4남매를 키우고 있었다. 그런데 본부인이 유방암으로 세상을 뜬 것이다. 농사치가 광작(廣作)은 아녀도 중작을 하며 평안히 살고 있다. 중간 상처는 패가망신이라 했던가? 그렇지 않았다. 당사자는 꿋꿋하게 살고 있었다.

또 한쪽 남정네는 부모님이 다 돌아가셨다. 부여읍의 은행원이다. 달랑 아들 하나 고등학교에 보내며 도회지에서 홀아비로 살고 있다. 시골에 논 섬지기가 있고 잘 사는 축에 들어간다. 멋진 신형 아파트에 산다고 하여 군침이 돌았다.

박 여사는 양단간에 결단을 내릴 처지가 됐다. 재혼은 꼭 해야겠다. 홀로 사는 것은 불행이다.

"구철모 씨는 인물 훤칠하고 부지런해서 밥은 굶기지 않을 거요."

구철모 선생을 다리 놓는 구룡 댁이 입이 닳도록 뱉어 대던 말이다. 또 한쪽 매파는 이렇게 말했다.

"남이규 씨는 은행원이니만큼 퇴직 후라도 산더미처럼 돈다발을 싸놓고 살 거요."

둘이 풍을 치는 것이다.

'산으로 갈까? 강으로 갈까?' 우선 먹기는 곶감이 달다고 했다. 생각 같아서는 동가식서가숙이란 말이 가슴을 긁어 대어 혼자 이불 속에서 웃었다. 솔직히 박 여사는 깔끔하고 돈 많은 은행원 남이규 선배를 택하고 싶었다. 아파트에 마음이 갔다. 부모님도 안 계신다니 홀가분하다. 그러나 머리를 살래살래 저었다. 남이규 씨는 볼썽사납게 이혼을 한 데에다가 바람기가 있단다. 그리고 낭비벽이 심하다는 평판을 들었기 때문이다. 언젠가 보니 희멀건 몰골에 나약한 체격이 실바람에도 날아갈 것만 같이 허약해 보였다.

그러나 한쪽의 구철모 씨는 가난한 초등학교 평교사이다. 체격 좋고 패기 넘치는 대장부처럼 당차 보였다. 밥은 굶기지 않으리라고 판단했다. 뭣보다도 시부모님 모시고 형제자매 웅거하여 북적대고 사는 그 점이 좋을 성싶었다. 식구 많은 게 재미요. 삶의 백미(白眉)일 것 같았다. 지성이면 감천이라고 자신이 가족들에게 온갖 정성을 다 쏟으면 어머니로서의 대접을 받을 성싶었다. 인간적인 박현옥 여사이다. 호락호락한 여인이 아니었다.

박 여사는 용단을 내렸다. 해병대 출신, 구철모 씨를 택하기로 결단을 내렸다. 구철모 씨의 매파인 구룡 댁을 넣어 응대의 뜻을 분명히 밝혔다. 그리고 만날 장소와 날짜를 회신받았다.

맞선보는 날, 구철모 씨 댁에선 당사자와 여동생, 박 여사 측에서도 당사자와 여동생이 나왔다. 매파인 구룡 댁과 다섯 명이다.

"안녕하십니까? 소생 구철모입니다."

"안녕하세요? 소저 학교 후배 박현옥입니다."

상호 인사를 나누고 통성명을 했다. 다들 아는 처지라, 양쪽은 하하 호호 웃었다.

"우리 다 알고 있는 이웃사촌 처지 아닙니까? 터놓고 얘기 나눕시다."

구 선생의 넉살 좋은 바리톤 목소리였다.

이웃 동네에 살며 초등학교 선후배 사이인지라 한결 자리가 부드러웠다. 눈치 볼 것도 없었다. 다들 인생의 산전수전 겪은 자들이 아닌가? 이렇게 하여 첫 대면이 됐고 사는 얘기를 나누었다.

만사형통이다. 그 뒤 선남선녀 둘은 터놓고 만났다. 날이 갈수록 두꺼비 남매처럼 정이 두터워졌다. 동병상련(同病相憐)이요. 과부 설움은 홀아비, 홀아비 설움은 과부댁이 안다더니 틀린 말은 아니었다.

'하룻밤을 자도 만리장성을 쌓는다.' 했다. 둘은 금세 가까운 연인이 된 듯했다. 날짜를 정하여 가족들이 모여 정식으로 상견례를 치렀다. 번듯한 한정식집에서였다. 며칠 뒤에 박현옥 여사는 짐을 싸 들고 구철모 씨 댁으로 들어왔다. 혼수라고 할 것은 없었다. 노부모님 모시고 전실 자녀 보살피며 살기로 작정했다. 하늘이 감탄할 일이었다.

박 여사는 시부모님에 한복 한 벌과 철모 씨의 양복 한 벌은 잊지 않았다. 안목이 있는 집안이었다. 백년해로를 약속하는 금지환도 교환했다.

"새 이불은 내가 준비했으니 그냥 오너라."

박 여사는 새로 모실 시어머님의 신신당부를 받았다.

문 앞에 푸르른 사철나무가 서 있는 철모 씨 댁 건넌방에 아기자기한 신방을 차렸다. 별빛이 스밀 창문이 있어서 좋았다. 신방을 말끔히 수리하고 철모 씨의 아버님께서 십장생 병풍을 선물로 주셨다.

"십장생 병풍의 거북이처럼 오래오래 살아야 한다."

하며 등을 토닥여 주었다. 학식 있고 덕망 있는 시아버님께서 가풍에 대한 말씀도 덧붙이셨다.

그날 밤늦게 찾아온 동네 친구들은 둘을 밧줄로 묶어놓고 장작개비로 난타질을 했다. 시골의 미풍양속이란다.

박현옥 여사는 부모님 모시고 신접살림에 바빴다. 어쩌면 자녀들도 친어머니 대하듯 잘 따라 주었다. 연분홍 치마에 새 새댁처럼 가꾸고 새신랑 구철모 씨를 맞이했다. 서로가 신바람이 났다. 그 바람에 시부모님은 혈색이 좋고 건강미가 철철 넘쳐흘렀다. 철모 씨는 분명히 효자였다.

"부모님 좋아하시는 보신탕을 꼭 대령했지요."

그동안 있었던 일을 당연하다는 듯 말했다.

"소저는 친정 부모님께 살아생전에 그렇게 못해 드렸으니 두고두고 후회가 되네요."

박 여사는 돌아가신 친정 부모님 생각에 눈물지었다. 박 여사를 맞이한 뒤부터 철모 씨 댁은 더운 바람이 일었고 박 여사의 알뜰한 살림에 살림이 불어났다. 철모 씨의 4남매를 친자식처럼 지성껏 보살폈다. 한창 먹고 공부할 나이인 중학교, 고등학생이었다. '지성이면 감천이라.' 철모 씨의 자녀들도

"어머니, 어머니."

부르며 따를 수밖에 없지 않은가? 낳은 정보다 기른 정이 도탑다고 했다. 박 여사는 구 선생의 자녀들 보살피기에 애쓰며 내외간에 서로가 존경하며 고운 말 쓰기에 애썼다. 부군은 아내를 금쪽같이 위하고 아내는 지아비를 상전으로 대했다. 그러니 행복할 수밖에…. 세세연년 세월은 잘도 갔다. 박 여사는 철모 씨의 4남매를 잘 키워 대학도 보내고 여우 살이 시켰다. 사는 동안 더러는 기복(起伏)도 있었지만 잘 극복했다. 자녀들은 새어머니의 은혜를 잊지 않았다. 값진 박 여사의 헌신이었다.

"부모님께 효도하고 형제 자매지간에 우애 있게 잘 살아야 한다."

박 여사는 이렇게 자식들을 토닥였다.

무정세월은 흘러 시부모님 돌아가시고 철모 씨 내외는 도회지 아파트로 이사했다. 다다익선(多多益善)이라 구철모 선생은 교감에서 교장으로 승진하고 참 교육자로서 세인들의 존경을 받았다. 북한 회령 땅에 연완(嬿婉) 부인(婦人) 같다는 박 여사의 내조였다. 염복이 있는 그였다.

반대로 구 선생과 중매가 같이 들어왔던 남이규 씨 얘기 좀 하자. 이규 씨는 지지리도 처복이 없는 자였다. 박 여사에게 집요하게 구혼의 손길을 폈던 은행원 이규 씨는 퇴직 후 증권에 재미 붙이다 쫄딱 망했다. 전처소생인 아들 하나는 군대 갔다 와서 우울증에 걸려 방황하다가 소식이 없고, 재혼한 여인이 재산을 몽땅 물 말아 먹어 황혼 이혼했단다. 팔자가 말이 아니었다. 남이규 씨는 콜록콜록 기침을 달고 사는 폐인이 되었다. 그 얘길 듣고 박 여사는 안타까워 눈물지었다. 인간 만사 새옹지마(塞翁之馬) 아닌가! 따지고 보면 박 여사는 선견지명이 있었다. 철모 씨를 택하길 잘했다.

철모 씨도 영예로운 정년퇴임을 했다. 걷어붙이고 고향 세도 땅에 와서 유답(遺畓)을 관리하는 농군이 되었다. 남이규 씨가 증권회사의 객장에서 시간을 보내는 동안 철모 씨는 인분 지게를 지며 호미를 들었다. 고생하던 청년 시절로 돌아간 것이다. 물론 부부동반이었다. 큰 아들 광시 군, 작은 아들 광석 군도 적극 참여했다.

"여보, 우리 건강할 때 여행이나 실컷 합시다."

땀 흘리며 일하던 철모 씨는 박 여사의 심중을 탐지했다.

"자주 가는 건 안 돼요. 지하에 계신 언니가 시샘해요."

"내가 다독여 줄 테니 그건 걱정 말아요."

후덕하고 양심적인 박 여사였다. 먼저 간 동서 홍순임 여사의 기일이 되면 기제 음식도 푸짐하게 차린다. 가족이 모두 모인다.

"우리 어머님 최고예요."

새어머니의 공을 인정하는 것이다. 감지덕지(感之德之)할 일이었다. 자녀들은 부모의 연세가 들자, 여행을 권했다.

그래서 둘은 세계로 국내로 안 간 데가 거의 없다. 하와이로 이민 가서 사는 큰딸에게서 연락이 왔다. 아버지 생일잔치를 하와이의 야자수 그늘에서 차려준다는 것이다.

"미국 땅 하와이에 가서 외손자도 안아보고, 좋아요."

서로가 행복에 겨웠다.

따뜻한 봄날, 상하(常夏)의 섬나라 하와이를 잘 다녀왔다.

둘의 노년은 행복에 겨운 일상이었다. 이젠 삼단 같은 검던 머리가 하얀 파 뿌리가 돼 가고 목줄기에 잔주름이 가득했다.

세월을 이기는 장사가 있던가! 나이가 들으니 강철 같던 해병대 출신 철모 씨도 쇠약해지고 박 여사도 이곳저곳 쑤시고 아팠다. 건강관리를 위하여 매일 야산에 오르고 걷기를 해도 소용없었다.

건강 검진을 받았다. 하나는 신장에 이상이 있고 하나는 심장이 부었다는 것이다. 말하자면 신체 내의 종합병원이란다.

'알면 병이요, 모르는 게 양약'이란 명언이 있다. 병명을 알았으니, 부부는 걱정이 늘었고 긁어 부스럼을 만들었다는 얘기다. 돈 있고 연금 나오겠다. 둘은 암 치료를 위해서 온갖 수단 방법을 동원했지만 불문가지(不問可知)였다.

재혼하여 30년을 꿀같이 살아왔다. 이젠 박 여사 나이 칠십 줄, 구 교장은 팔십 줄이 모레다. 살 만치 살았다. 서로가 좋다는 약 다 먹고 병구완을 지성껏 해주었다. 구철모 씨는 먼저의 전처에게도 지극한 사랑을 쏟았지만, 박 여사에게도 지극한 사랑을 쏟았다.

늙어감에 생의 허무를 느끼는 걸까? 강철 같은 박 여사답지 못했다. 그녀는 늙어감에 병마에 시달리게 되었다. 전 남편이 밤마다 꿈에 보였다. 밤이면 유리 창가에 어두운 그림자가 스쳐 지나간다. 죽은 남편의 허상이었다.

"광막한 황야를 달린 인생아, 너는 무엇을 찾으러 왔느냐? 이래도 한세상 저래도 한세상 돈도 명예도 다 싫다."

남달리 인생 역정의 고달픔을 겪은 박 여사였다. 인생의 허무를 느끼고 있는 것이었다. 병적이었으며 철모 씨가 보기에 민망할 지경이었다. 왜 그럴까? 금슬 좋던 전 남편과 전실 아들을 끔찍이 사랑했던 탓일까? 그 누구의 생일도 아닌데 오늘 아침은 흰쌀밥에 소고깃국을 끓였다. 별식이었다. 박 여사는 먹지 않고 고깃점을 상대방의 국그릇에 넣어 주었다.

"여보, 많이 먹어요. 사랑해요."

느닷없이 던지는 사랑한다는 말이었다. 박 여사는 남편, 철모 씨의 얼굴을 유난히 응시하며 가느다란 눈물을 보이었다.

"여보, 너무나 행복에 겨워요."

이렇게 말하며 남편의 가슴에 얼굴을 묻는다. 생뚱맞은 짓이 아니다. 요즈음 박 여사는 밥 먹기도 싫고 살기가 귀찮았다. 일거수일투족에 권태감을 느낀다.

늦가을 비가 추적추적 내리더니 이내 그쳤다. 하늘은 진종일 칙칙한 회색빛이었다.

"여보, 오늘은 한적한 시골 들판에 가고 싶어요."

농토가 있으며 산책을 즐기던 만추(晩秋)의 시골 솔모롱이였다. 문학소녀 같은 말이다. 그날 철모 씨는 아내가 좋다는 솔모롱이 쪽을 향하여 차를 몰았다. 드라이브 길이다. 그곳은 사람이 뜸한 한적

두 어머님 135

한 산길이다.

"당신, 이젠 내 곁으로 올 때가 되지 않았소? 적적해서 죽겠소."

철모 씨는 전 부인을, 박 여사는 전 남편을 어젯밤 꿈속에서 대면했다. 별다른 얘기 없이 자식들과 본인들의 안부만 묻고 헤어졌다. 하늘에서 시샘하는 걸까? 길몽인가? 흉몽인가? 박 여사는 꿈 얘기를 일절 발설치 않았다. 차창밖엔 검은 까마귀 떼가 들판을 요란스럽게 날고 있었다. 도회지에서 떨어진 너른 들판, 냇가의 풀숲에 비닐 자리를 깔았다. 김밥으로 점심을 들었다. 먹는 것이 시원치 않았다. 좋아하던 커피도 소태맛이었다.

"여보, 몸이 떨려요. 차 안으로 들어가고 싶어요."

요즈음 건강이 썩 좋지 않은 박 여사였다. 여인의 몸에서 열이 났다. 자가용 승용차에 들어가자마자

"저 좀 안아주세요."

박 여사는 갓난아기 젖 먹듯 철모 씨의 가슴을 헤집더니 이내 눈을 감았다. 죽어가는 황새처럼 목줄기를 뒤로 늘어뜨렸다. 찰나적인 일이었다. 평소 심장이 좋지 않은 박 여사였다.

"여보, 여보, 이게 웬일이요?"

철모 씨가 평소 습득한 심폐소생술도 소용없었다. 심장 협심증이 다시 도진 것이다. 박 여사는 얼굴이 파리해지며 눈을 감았다. 그리곤 다시 눈까풀을 가냘프게 떴다. 그러더니 남편의 얼굴을 넌지시 쳐다본다.

"여보, 여보 사랑해요."

그러고는 뜨거운 눈물을 보이며 이내 눈을 감는다. 철모 씨는 박

여사의 몸을 흔들어 댔다. 소용없는 일이었다. 몸은 차가워지고 굳어만 갔다.

"우리 죽을 때 같이 죽어요."

아내의 늘 하던 말이 뇌리에 스쳤다. '나도 같이 죽어 버릴까!' 이래 죽으나 저래 죽으나 죽는 것은 마찬가지일 것 같았다. 그까짓 늙어 다 된 목숨, 갈 때 같이 가는 것, 이것이 행운일 것 같았다. 사랑하는 아내 박 여사는 남편의 무릎에서 축 늘어져 눈을 감았다.

"여보, 사랑했어요. 그리고 감사했어요."

이 말을 남기고 아내는 눈을 감았다. 철모 씨는 제정신이 아니었다. 철모 씨는 순간적으로 반미치광이가 됐다. 공구 상자에서 비상용 칼을 꺼내 동맥을 끊었다. 차내에 홍건히 피를 적시며 그도 죽어 가고 있었다. 실로 아름다운 정사였다.

현모양처인 박현옥 여사를 시샘하여 먼저의 남편이 데리고 간 걸까? 애처가요, 하늘이 낳은 효자요, 성실 근면했던 철모 씨도 이렇게 갔다. 그들은 나이 들어 천덕꾸러기 신세가 되느니 일찍 저세상으로 가는 게 상책이라고 늘 생각했던 것이다. 행복에 겨워서였던 것 같다. 어떻게 아름다운 죽음을 맞느냐가 이들에게 큰 과제였다. 잘못된 관념이다.

"생명 천시의 풍조야!"

나중에 이 사실을 안 동네 사람들은 쯧쯧거렸다. 이들은 열심히 살았다. 좋은 세상 더 살지! 두 내외의 명복을 빈다.

사형수의 눈물

"난 별을 단 사형수요. 별을 단 사형수란 말이요. 사람이 사람을 잘못 만나 이런 꼴이 되었어요."

무릇 인간이란 순간적인 찰나에 충신이냐, 역적이냐? 판가름 될 수 있다고 말하고 싶다는 사형수 최석도의 주장이었다.

수인 번호 2615, 사형수 최석도는 대전교도소 7동 12호실 독방에 처음 입감되던 날 싸늘한 창살을 보고 이렇게 외치고 싶었다.

독방에서 족히 쳐다볼 것도 없고 창살만 바라보며 사형수인 자신과 벗하며 지내자는 뜻이었다. 그러자면 마음가짐이 관건이라고 여겨졌다. 날파리라도 한 마리 날아와 창살에 앉으면 얼마나 좋을까? 오로지 감옥 둘레의 벽면과 자신의 눈빛만이 벗이었다. 쬐꼬만 벽면 거울이라도 걸려 있으면 좋으련만⋯.

"잡범들은 물러나라. 나는 별을 단 대장군 행차시다."

이렇게도 외치고 싶었다. 그래야 응어리진 마음이라도 풀릴 것 같다. 잡범들은 시시해 보였다. 똥파리 한 마리가 석도의 입언저리에서 숨바꼭질을 한다. 눈치도 없는 놈이다.

"예끼 이놈, 별을 단 사형수를 몰라보고 까부느냐?"

호통을 치며 수갑을 찬 채 손바닥을 날렸다. 감방 안에서 수갑은 언제 풀어 주려나? 감옥 안에서의 낮잠은 정해진 시간이나 잘 수 있다.
앉아서 잠깐 눈을 붙인 사이에 죽은 영자의 환영이 발등 사이에서 얼씬거렸다.
"당신, 나 죽이고 감옥소 맛이 어때요?"
"따끔하네그려."
사형수 최석도는 가슴이 떨렸다. 금방에 영자가 그리웠다. 사랑을 나눌 땐 언제고, 사랑을 버릴 땐 언제인가? 엄청난 죄를 저질렀다. 어떻게 사람을 셋이나 죽일 수 있었을까! 한순간이다. 내가 인간이 아니야. 아, 이 세상에 태어나지 말았어야 했다.
"난 별을 단 사형수이다. 감방에서 상전 장군 대접을 받는다는 사형수란 말이요."
자신을 알리며 감방의 이 방 저 방에 수감자들의 엉겨 붙은 낯빛을 보고 싶다. 큰소리쳐 자신의 위상을 알리고 싶었다. 순전히 자위였다. 사형수가 감옥에서 상전 대접을 받는다는 것은 미결수로 있을 때 구치소에서 주워들은 말이다.
교도소 안에는 잡범도 많다. 올챙이들 같다. 죄수들 사이에 사형수는 영웅 대접을 받는단다. 절도범, 강도범, 사기범, 폭력범 등 지저분한 잡범들은 저리 가라이다. 가난한 집 수챗구멍의 쥐새끼들 취급이란다. 그러니 사형수는 범법자들 사이에 큼직한 거목이란다.

한창나이 32세 최석도, 부모 없이 외롭게 자란 보육원 출신이었던 그에게도 청운의 꿈은 있었다. 장가들어 애들 낳고 국가 사회의 일원이 되는 것이 청운의 꿈이었다.

그러나 운명의 장난으로 희대의 흉악범 사형수가 되었다. 팔자 사나워 영어(囹圄)의 몸이 된 게 아니다. 자신을 이기지 못한 게 탈이었다. 극기(克己)의 힘이다. 찰나에 분노의 순간만 잘 넘겼어도 살인범은 되지 않았다. 운명이지 하면서도 이젠 삶 자체를 포기할 수밖에 없었다.

대전교도소는 따뜻했다. 교도관들의 행패, 인격적인 모독은 없었다. 행형 규칙을 잘 지켜주고 따라주는 자들에게는 인간적으로 대했다.

"죄는 미웁지만 사람은 미워하지 마세요, 죄 많은 최석도는 인정 많은 천사였답니다. 배고픈 자 그냥 보내지 않았으니까요."

석도는 자위하고 싶었다. 수감자들에게 부여된 어휘가 많다. 중범죄, 경범죄, 미결수, 기결수, 죄수, 죄인, 수감자, 수용자, 무기수, 유기수, 사형수 등 수인(囚人)들의 이름표도 많다. 수감자들은 출소 후에 전과자라는 불명예 때문에 전전긍긍한다.

사람 좋은 석도였다. 인정 많은 사람이었다. 치미는 분노를 참지 못하여 사람을 셋이나 죽였다. 욱하는 성질 때문이었다.

"그냥 그렇게 됐습니다요. 변명이 아녀요. 나도 모르게 끔찍한 살인을 저질렀습니다. 아무것도 모르겠어요. 찰나에 악귀가 된 거죠?"

자신을 변명하고 싶었다. 최석도는 의도적인 살인 행위는 아니었다. 우발적인 살인 행위였다. 그러나 주유소 황 사장과 그와 내연 관계를 맺고 있는 사실을 알았을 때 아내 영자가 죽이고 싶도록 미웠다. 마음의 반쪽은 우발적이오. 의도적인 살인 행위였다. 망치를 내려칠 때의 쾌거, 시뻘건 피가 연놈들의 머리에 분수처럼 퀄퀄, 폭포가 역류하는 듯한 희열! 위의 말은 석도가 경찰서에서 취조 받을 때의 진술이다. 석도는 인면수심(人面 獸心)의 사람은 아니었다. 선량한 자였다. 결국은 여자 잘못 만나서 살인자가 된 것이다.

석도에게 수감 생활은 하루하루가 피를 말렸다. 죽음의 공포 때문이다. 사형 집행은 정해진 날짜가 아니다. 느닷없이 이뤄진단다. 석도는 늦은 밤이나 새벽녘에 교도관의 구둣발 소리에 놀랐다. 자박자박, 염라대왕이 보낸 저승사자가 오는 것 같다. 공포에 질린 하얀 얼굴은 덮개로 씌우고 두 팔은 뒤로 묶인 채로 올가미가 자신의 목에 비비 꼬여 감기고? 아무리 그 환상을 지워버리려 했지만 용이하지 않다. 기왕에 죽을 목숨 의연하게 죽고 싶었다.

"덜커덩"

발을 디딘 마루 판자가 밑바닥으로 내리치면 밧줄에 걸린 누렁개처럼 헛바닥을 내밀고 숨이 끊어질 것이다. 교수형에서 마지막 숨을 거둘 적에는 물 개똥을 싸든지 몽정을 한다든지? 그렇단다. 누군가 억지로 꾸며낸 말은 아닐 성싶다. 단말마(斷末摩)적인 고통이 아니라 쾌감의 극치라고 누군가 실증했단다. 참말이면 좋으련만….

석도는 갑자기 영자가 보고 싶었다. 그년 때문에 별을 단 사형수가 된 것이지만? 그러나 그녀는 세상 사람이 아니다. 죽여 버린 걸 후회했다. 이런 일 저런 일을 본체만체 스쳐 지나칠 걸 그랬다.

"영자야, 사랑했다."

허공에 이름을 날린다. 사형수 최석도는 언제 독방을 면하려는지 모르겠다. 그는 수인(囚人)들 속으로 가고 싶었다. 범죄자들의 험상

사형수의 눈물

궂은 얼굴도, 쏘아대는 눈빛도 마주하며 얘기하고 싶었다. 사람은 사람 속에서 살아야 한다. 석도는 3심까지의 재판 과정을 거치지 않았다. 2심으로 끝났다. 석도 자신이 3심을 원하지 않았기 때문이다. 범죄 사실이 워낙 크고 뻔하기 때문이었다. 죗값을 달게 받아야지. 극형을 원했다. 법정에서도 그렇게 진술했다. 그래서 대법원까지의 상고 포기했으며 수차례의 심리절차를 원하지도 않았다. 국선 변호사도 원치 않았다. 빨리 죽어 없어지는 게 소원이었다.

독방에 혼자 앉아 참회의 눈물을 흘린다. 지난날에 어렸을 적 설움 많던 보육원에서의 생활이 주마등처럼 스쳐 갔다. 그래도 그때가 좋았다. 보육원의 원생들은 좀처럼 웃음이 없다. 부모의 사랑이 없으니 웃을 일도 없었다. 눈치코치 보기를 좋아하고 우울하다.

"고운 눈방울을 그만 굴리고 좀 웃어 봐라."

보육원에서 이런 말도 많이 들었다. 석도는 보육원 규정에 따라 18세에 퇴원했다. 그곳을 나와서 중국집 음식 배달을 했다. 서울역 앞 양동에서 여관집 호객꾼 역할도 했다. 그러던 중에 장항선 열차를 타고 남쪽으로 내려오다가 옆자리 손님의 소개로 충남 강경에서 내려 새로 차린 황우 주유소의 사원이 되었다. 같은 날 황우 주유소에 딸린 편의점에도 여직원을 고용했다. 외모가 말괄량이 기질이 있는 것 같았다. 그러나 어쩐지 예뻐 첫눈에 반했다. 그녀는 주유소에서 전화를 받는 일과 담배와 과자, 음료수를 파는 소규모의 편의점 일과 사장의 비서 역할이었다.

아가씨는 일손이 부족할 때에는 주유도 거들었다. 솔직히 여직원 영자 때문에 주유소의 분위기가 훤했다. 쓰레기 더미 위의 장미꽃

한 송이 같았다. 그녀는 약삭빠른 미모의 아가씨였다.
"이름이 뭐예요?"
석도는 자신의 이름 석 자를 대며 물었다.
"주영자예요."
"주영자라. 이름이 얼굴만치 예쁘구만요."
"그녀는 씽긋 웃었다. 기분 만점. 황우 주유소 황 사장은 서예에 취미가 있어 영자 아가씨가 옆에 붙어서 먹물을 간다. 문향만리(文香萬里)란다. 석도가 세차 일을 끝맺고 영자와 마주 대했다. 자판기에서 차 한 잔을 빼 와 대접받았다.
"아저씨, 젊은 아저씨라 하기도 쑥스럽고 오빠라고 하면 안 될까요?"
"그거 한 번 좋지요. 그러면 우리 사이는 오누이가 되는 거야. 그렇다면 오라버니 말을 잘 들어야 해요."
"무슨 말을 잘 들어야 하나요?"
"시골 동네로 기름 느러 갈 때 나를 따라가서 기름 호스를 잡아 주면 돼. 산골에 가면 아카시아꽃 냄새, 뻐꾸기 소리도 듣고 참 좋단 말이야."
기름은 난방용 석유였다.
"어마마! 그러면 오빠와 시골로 데이트 나가는 거네요. 아이 좋아라."
"돌아올 땐 휘파람도 불 수 있지."
영자는 폴짝폴짝 뛰면서 아이처럼 좋아했다. 금방 오빠라고 불렀다. 석도와 영자와의 만남은 이렇게 시작된 것이다. 석도는 잘생긴 얼굴이라 누구한테나 끌리는 점이 있었다. 영자는 석도를 오빠라 했고 오누이처럼 지내다 남몰래 연인으로 변했다.

1980~1990년대에 우리나라 가정에서는 석유 보일러를 쓰던 시대이다.

"석도 오빠, 오누이가 뭐예요?"

"남매지간이라는 뜻이지. 오이 꼭지라는 뜻으로 배고플 적에 따 먹어도 된다는 뜻이야."

"호호호, 그렇다면 오빠는 도둑놈이군요."

"허허허, 남자는 다 그렇다고 할 수도 있지."

그래서 둘은 정답게 웃을 수 있었다.

영자는 강경에서 의붓할머니 손에서 자랐단다. 부친이 병을 얻어 요절하자 영자의 어머니는 강경 새우젓 가게에서 일하는 중에 점원과 눈이 맞아 줄행랑을 쳤단다. 도망치면서 어린 영자를 혼자 사는 이웃 할머니한테 맡겼다는 것이다. 외로운 아가씨였다.

금강 포구의 강경하면 우리나라 최초의 김대건 신부와 관계가 있다. 일제강점기 때에는 개성, 대구, 강경은 알아주는 상업 도시였다. 물상객주가 판을 쳤다. 영자가 모시고 있는 의붓할머니가 요즈음 치매에 걸렸다. 망령된 할머니는 영자만 보면

"엄마, 배고파 죽겠어. 호마 같은 년아, 너 어느 놈과 까지르다가 이제 들어왔어?"

할 소리 못할 소리가 없단다. 달달 볶는단다. 손녀 보고 엄마라고 부를 정도이니 심각했다. 잘강잘강 영자는 껌 씹기를 좋아했다. 거친 환경에서 자라 마음의 평정을 얻기 위함이다. 정서의 불안 상태이다.

주유소 황 사장은 영자의 미모에 빠졌다. 그러나 석도와 영자는 모르는 척 의기가 통했다. 영자가 들어오면서 주유소의 편의점과 기름의 매상고가 쑥쑥 올랐다. 석도는 영자가 곁에 있어서 좋았다. 꽃 한 송이를 가까이에서 보는 것처럼 행복했다.

황 사장도 대충 이들의 눈치를 채고 더러는 시샘의 눈초리로 쏴본다. 주유소에 입사한 지 4, 5년이 돼서 둘은 방 한 칸을 얻어 새살림을 차렸다. 동거 생활에 들어간 것이다. 석도의 나이 25세, 영자는 방년 22세였다. 둘은 정이 깊었다. 동거를 하면서 영자는 할머니를 보살폈다. 부부행세를 했다.

"우리 돈 모으면 주유소 차려요."

호호 불면 날아갈세라 서로는 아꼈다. 소꿉장난 같은 살림이었다. 기반이 잡히면 결혼식도 올리고 혼인 신고도 하리라. 그러면서 사실혼 관계만 유지했다. 단 꿀 같은 신혼의 나날이었다. 인생 최고의 행복한 해였다. 그러다가 석도는 급료를 많이 준다는 대전, 신탄진 한국 타이어 회사로 전직을 했다. 앞길이 열릴 것 같았다. 영자는 강경에 둔 채였다. 그러나 이것이 화근이었다. 석도가 대전으로 간 것은 주유소 황 사장의 적극적인 권유였다. 석도는 황 사장의 검은 속내를 미처 알지 못하였다. 그의 우렁잇속 같은 속내였다. 그러나 설마 잡아먹지는 않겠지? 믿기로 했다.

순진한 석도였다. 석도가 대전 신탄진으로 가기 전날 둘은 강경 뒷산 옥녀봉에 올랐다. 금강 포구에 파란 별빛이 쏟아지고 있었다.

"오빠, 제 손을 꼭 잡아 주어요."

석도는 영자의 손을 움켜쥐고 사랑 노래를 불렀다.

"영자, 난 신탄진 한국 타이어에 가서 작업반장이 되겠어. 돈 많이 벌어서 대전에다 집 사고 자식을 낳으면 대학까지 보낼 것이야."

둘은 두 손 잡고 밤이슬을 맞으며 단꿈을 펼쳤다.

황 사장은 영자가 좋다는 다방을 차려 주겠단다. 석도가 멀리 가 있으니, 이들에게 해방된 역마차 꼴이다. 황 사장은 영자에게 다방을 차려준다.

"영자, 우리 대전으로 이사 가면 안 될까?"

"아녀요. 딱 5년만 참아요. 다방 일해서 뭉텅이 돈을 벌면 대전에다가 집을 살 거예요. 황 사장님과의 약속도 있고 배은망덕할 수 없잖아요? 오빠도 부지런히 돈을 모아요."

철석같은 약속을 했다. 그러나 영자는 어찌 된 일인지 황 사장한테 매인 몸이 되었다. 석도가 떠나고 영자는 아무도 모르게 그의 애첩이 된다. 둘 사이에 괴괴한 소문이 파다했다.

석도는 신탄진 공장 기숙사에서 숙식을 제공받고, 영자는 다방을 차린 지 1, 2년이 됐다. 다방 수입이 짭짤했다. 석도는 생산부에서 하루 3교대로 근무하고 영자를 철석같이 믿었다. 강경에서 출퇴근하기에는 난감했다. 그런데 영자는 석도가 집에 와도 싱숭생숭 반기지 않았다. 황 사장의 매력에 변해가고 있었다. 그게 문제였다.

석도가 강경에 늦게 왔을 때의 일이다. 어두운 밤이다. 다방에 들렀다. 문이 잠겨 석도는 얼비친 창틈으로 다방 안을 훔쳐보았다. 뚱보 황 사장이 제 세상을 만난 듯 영자를 무릎에 앉히고 희희낙락거린다. 석도의 눈에 불이 켜졌다. 그러나 못 본 체했다.

"요, 연놈들 언젠가는 작살을 내리라."

석도는 앙금 진 마음으로 돌아설 수밖에 없었다. 처음으로 품은 살의였다. 가까운 술집에 들러 소주 다섯 병을 깠다. 영자는 황 사장과 도둑고양이처럼 이중생활을 즐기고 있었다. 황 사장의 금쪽같은 애첩이 되었다.

강경에서 대형 살인 사건이 났다. 석도가 논산 초상집에 문상 왔다가 강경 집으로 향했다. 그날은 일이 꼬이려고 소낙비가 억수같이 퍼부었다. 석도는 영자를 보기 위해 다방으로 향했으나 이미 문을 닫았다. 그날 소낙비만 퍼붓지 않았어도 석도는 출근 관계로 신탄진으로 되돌아갔을 것이다. 그날 길에서 보육원 친구 준철이를 만난 것도 탈이었다. 둘은 억 배기로 술을 퍼마셨다. 술이 과하니 온 세상이 내 것이요. 평소 품었던 분노가 화산 폭발 상태였다. 석도는 영자가 왔다 갔다 하는 의붓할머니 집으로 향했다. 마침 출입문이 잠겨 있지 않았다. 바깥에는 억수같이 소낙비가 퍼붓고 있었다. 노배기를 하고 들어섰다.

"호로(胡虜)자식 왔구나."

치매에 걸린 영자 할머니의 분별없는 말투였다. 어느 땐 씨오쟁이란 말을 들먹거린다. 그래서 석도는 늘 불만이 컸다.

그날 영자의 집은 출입문이 고장 난 채 무방비 상태였다. 가운데 마루 건너서 방이 두 칸인데 불도 꺼져 있었다. 집 입구의 가로등만 철철 비를 맞으며 불빛을 쏘고 있었다. 그래서 집 안쪽은 훤했다. 허술한 출입문을 여니 시커먼 남녀의 구두가 보였다. 석도의 눈이 뒤집혔다. 마침 신발장 위에 큼직한 장도리 하나가 석도의 눈에 무겁게 박혔다.

"연놈들이 왔나?"

사실이었다. 비가 와서 다방에 손님도 뜸하고 둘이 할머니 댁에 안부 차 들른 것이다. 장도리에서 어떤 불길한 암시를? 석도의 눈에서 불이 났다. 술 취한 석도의 몸이 연체동물처럼 흐느적거린다. 악마로 변신했다.

미심쩍은 맘으로 영자의 방문을 열었다. 앗! 영자는 벌거벗은 채 황소 같은 사내놈의 품속에 안겨 있었다. 무아지경 상태에서 문 여는 것도 몰랐던 것이다. 황 사장 그놈이었다. 연놈들의 옆에는 아무렇게나 벗어 놓은 옷가지가 창가에 스미든 가로등의 불빛 아래에서 춤을 추었다. 치매에 걸린 영자의 할멈은 저쪽 건넌방에 있으나 마나였다. 석도는 악마로 변신했다. 이성을 잃었다. 신발장에서 장도리를 쥐고 왔다. 주섬주섬 옷을 입으려는 남녀의 얼굴과 머리통을 내리쳤다.

"야, 이 연놈들아!"

둘의 머리통과 입언저리를 또 난타했다. 황 사장과 영자의 치아가 옥수수 알갱이처럼 튕겨 나와 석도의 바지 가랭이 사이로 쏟아졌다. 황 사장도 쓰러지고 영자도 뻗었다.

"여보, 잘못했어요. 살려줘요."

정신 나간 할망구라 하지만 비명 소릴 듣고 옆방에서 기어 왔다. 석도의 바지 가랭이를 붙잡고 늘어진다.

"네놈 누구냐?"

"에이, 망할 놈의 할망구, 호로(胡虜)자식 왔수다."

석도는 가뜩이나 미운 할망구의 목을 옥죄었다. 비실비실 쓰러진다. 할머니를 장도리로 내려치지는 않았다.

석도는 팔팔 뛰는 악마였다. 한순간에 세 사람을 죽인 것이다. 방바닥은 피바다였다. 미운 사람들을 죽이고 나니 일순간은 분이 풀리고 통쾌했다. 소낙비를 맞으며 큰길로 나갔다.

"나도 죽고 말란다. 이젠 그 길뿐이다."

석도는 억수같이 퍼붓는 장대비 속으로 뛰었다. 큰 도로에 지나는 대형차가 있으면 몸을 던져 깔려 죽던지 황산 대교로 가서 강물에 몸을 던질 요량이었다. 극단의 선택이다. 노배기가 된 채 도로변으로 뛰어나갔다. 이때 덤프트럭 한 대가 석도 있는 쪽으로 달려오고 있었다. 차 앞으로 뛰어들려는 순간, 옆에 섰던 청년 하나가 석도의 팔목을 잡았다.

"아저씨, 왜 그러세요? 참으세요."

하는 것이 아닌가? 트럭은 순간에 지나갔다. 길에 섰던 청년은 석도의 비정상적인 행동을 감지한 것이다.

"당신 누구야? 팔을 놔요."

옥신각신 실랑이가 벌어졌다. 어느새 사건 사고가 신고됐는지 사이렌이 울리고 경찰관들이 석도 주위에 몰려들었다. 석도는 도망치지 않고 의연했다. 이렇게 해서 석도는 자결하지 못하고 현장에서 체포되고 말았다. 대형 살인 사건이다.

이리하여 최석도는 별을 단 사형수가 된 것이다. 석도가 경찰관 옆에서 제정신으로 돌아왔을 때였다.

"살아서 뭐 합니까? 백번 천 번 죽을죄를 저질렀습니다."

사형수의 눈물

석도는 스스로 손목을 내밀어 수갑을 차고 포승줄로 앞뒤로 묶였다. 장대비가 광란을 치는 까만 밤이다. 몸체를 비틀거나 몸부림치지 않았다. 순순히 받아들였다. 가까이에 절벽이라도 있으면 몸뚱아릴 내던지련만 그럴 만한 곳도 없었다. 아파트라도 뛰어올라가 투신하고 싶었지만 80년대의 무렵은 그럴 만한 아파트도 변변치 않았다. 강경 경찰서 유치장에 수감되었다. 다음날 대서특필로 살인 사건이 신문에 보도되었다.

검찰청으로 이관되기 전 관할 경찰서에서 사건 조서(調書)를 작성해야 한다. 석도는 수사계 형사의 심문에 무조건 "예, 예."로 일관했다. 자초지종을 숨김없이 말했다. 구차한 생명을 포기했으니 거칠 것이 없었다. 의도적인 살인이냐? 우발적인 살인이냐? 그 점이 형량을 좌우한단다. 현장 검사를 받을 때 강경읍 사람들이 구름떼처럼 모여들었다. 석도에게 야유를 보내는 사람은 없었다. 동정의 눈빛이다. 강경에 지방법원 지원이 있는 데도 큰 사건이라 대전교도소의 미결수 감방으로 이감됐다.

"여우 같은 계집년 탓이야. 주유소 황 사장이 못 됐어."

모두들 한마디 했다. 석도가 강경 지방 검찰청에서 사실 심리를 받고 대여섯 번 재판을 받았다. 재판은 대전지방법원에서 받았다. 재판정에는 변호사도 중인도 선임되지 않았다. 다만 검사와 판사 세 명이 배석되었다. 피고인 석도가 원치 않았다. 사건 두 달 만에 형 확정 판결을 받았다. 검사의 준엄한 논고 끝에 사형이 구형되었고 주심 재판장이 사형 선고를 내렸다. 기대했던 대로였다. 재판 과정에서 검사나 재판관의 법감정(法感情)이 개재된다는 얘기는 구치소에서 들었다.

"오빠, 조금만 참지 그러셨어요?"

대전교도소 기결수 독방으로 왔다. 독방은 말동무가 그리운 곳이다. 영자의 환청이 들리는 듯하다. 수갑 찬 손을 올려 하얀 벽면에 영자의 얼굴을 손가락으로 그려본다. 그래도 영자가 그리웠다. 살을 섞은 사람이 아닌가?

무시무시한 교수대의 모습도 상상해 봤다. 석도는 아찔하여 전립선 환자처럼 오줌 방울도 찔끔했다. 그까짓 한번 죽지 두 번 죽나? 죽음은 인간이 괴로움을 잊고 평온과 통하는 길이다. 의연한 체했다. 밤이면 죽은 자들의 환청과 환영 때문에 석도는 눈을 붙일 수가 없었다. 죽은 자들이 악귀가 되어 가슴팍의 심장을 꺼내어 빨간 피를 빠는 것 같다. 가위에 눌려 늘 그런 꿈이다. 감방 안에서 자결도 생각했으나 자해의 도구도 없고 교도관의 감시가 심하여 그럴 수 없었다.

대전교도소에서 한 달 만에 석도는 6인 다인실로 이감됐다. 이젠 살 것만 같았다. 수갑도 풀어주었다. 수인들이 사형수란 걸 알고 극진히 대접을 해주었다. 별을 단 자라는 이유였다. 다인실에서 체격이 우람한 젊은 작자가 아랫목 차지를 하고 있는데 자리를 양보한단다. 수장(首長) 대접이다.

"이봐요, 별을 단 양반, 입방식은 못 해도 저지른 죄과는 꼭 들려줘야 하오. 봐주는 겁니다."

어쩔 수 없이 석도는 일어서서 범죄 사실을 고했다.

"큰일을 했구만요. 이 땅에서 죽을 놈들 마땅히 죽어야 해요."

사형수의 눈물

방안 수인들이 동조하는 말이다. 교도관, 그들도 부모 처자식을 거느린 인간이었다. 석도는 행형 규칙에 어긋남 없이 옥고를 감수하고 있었다. 지난번 재판 때의 일을 되돌아보자. 석도는 재판관 앞에서 이렇게 말했다.

"사람을 죽이는 그 순간은 제정신이 아니었습니다. 신발장 위에 있던 장도리가 사람을 죽였습니다."

석도의 진술에 방청석에서는 웃음보가 터졌다. 어불성설(語不成說)이다.

"피고, 최석도를 사형에 처한다. 땅땅. 피고는 판결에 이의가 있습니까? 2심 재판을 청구해도 좋습니다. 마지막 할 말이 있으면 하시오."

"예, 이의 있습니다."

"무엇인지 말해요."

"사형수가 죽을 때는 죽는 날짜를 미리 알려 주십시오. 예고도 없이 사형장으로 끌고 간다는데, 죽을 사람 죽는 날짜를 미리 알려주는 것이 어떨지요?" 대담한 청원이었다.

"그건 어렵습니다. 행형의 규정이니까요. 그러나 발전적인 의견으로 받아들여 법무부 장관께 진언하겠어요."

석도의 재판장은 법치국가에서 민주 시민다운 명판사였다. 검사가 논고할 때에도 석도는 의연했다. 재판장의 최종 선고에도 의연했다. 이미 목숨을 포기했기 때문이다. 방청석에 황 사장의 친족이 내방했지만 별다른 일은 없었다.

석도는 앞뒤로 포승줄에 묶여 미결수 방에서 기결수 방으로 이감되던 날은 이러했다. 파란 수의에 초록색 담요 두 장, 흰 고무신, 흰 운동화, 세면도구 등 나라에서 주는 관물이다. 왼쪽 가슴에 2615번 수감자의 일그러진 고유번호가 부착되었다. 자랑스러운 훈장 같았다. 이젠 죽을 날만 남았다.

흉악범이라 하여 당분간 독방 차지였다. 그러나 며칠을 지내고 보니 사람 못 살 것은 말동무가 없는 독방이었다. 며칠 동안 수갑을 찬 채 앉아서 벽만 쳐다보고 반성과 묵상에 들어갔다. 영자와의 즐거웠던 시간, 지난 일들이 주마등처럼 스친다. 라디오도 없고 신문도 볼 수 없는 인간 사회와 완전히 차단된 금단의 벽이다. 제일 괴로운 것은 영자의 환영과 환청 때문에 밤에 잠을 이룰 수 없다는 것이다.

'왜, 빨리 죽이지 않는가?' 죽어 없어지는 게 간절한 소원이었다. 오로지 그 생각뿐이었다. 그런데 죽이지를 않는 것이다.

복역 중에 신앙생활이 허용되었다. 교화 위원으로 선임된 목사님이나 스님이 심방하여 수인들과 대면한단다. 인간의 도리와 참사랑 내세의 행복을 진언해 준다고 했다. 석도는 대전 청도교회 김주한 목사님을 소개받았다. 개인 면담으로 개인의 요구사항도 들어준단다. 석도는 소개받은 대전 청도교회 김주한 목사님의 심방 날만을 기다린다.

김주한 목사님은 깔끔하신 용모에 하나님처럼 우러러보였다. 교도소 내에 교화 위원으로 활동한단다.

"사람의 목숨을 살려달라고 기도해야 할 목사가 하늘나라로 잘 가라고 기도를 하니 떳떳하지 못합니다."

김주한 목사님의 솔직한 말이었다. 그러나 하늘나라로 잘 가라는 게 구원의 말씀이라고 했다.

"목사님 잘 알겠습니다."

대강 인적 사항을 얘기하고, 김주한 목사님의 설교 말씀을 귀 기울여 들었다. 하나님을 믿으면 천국에서 영생을 누린단다.

"사람을 살려야 할 의사는 사람이 잘 죽었는지? 아직 살았는지 청진기를 대고 확인을 하지요. 떳떳하지 못한 일이지요. 용서하시오."

두 번째 김주한 목사님이 면회 와서 들려준 고백이었다. 그러면서 지나온 인생 역정을 물었다. 살아온 과정을 알렸다.

"목사님, 제가 마지막 부탁드릴 일이 있지요?"

이럴 때 입회 교도관이 하나하나 기록한다. 제약된 시간이다.

"제 장기(臟器)를 기증하고 싶어요. 뼈나 살점은 나무의 밑거름이 되게 해주시고요."

석도는 다음에 장기 기증서를 작성했다. 망막, 간, 신장, 골수이식 등 필요한 부분은 다였다. 한동안 세상을 떠들썩하게 한 살인자 주영형도 형 집행 즉시 장기를 기증하여 새 생명을 구했다는 일을 석도는 잘 알고 있었다. 당시 체육 교사였던 그는 돈이 욕심나서 부잣집 아들인 제자를 유인하여 인질 끝에 죽였다. 세상을 경악스럽게 했었다.

석도는 무료할 때에는 김주한 목사님이 차입해 준 성경책 속에 묻힌다. 다윗 왕의 잠언록에 심취했다. 김구 선생님이 쓰신 '백범 일지와 삼국지'도 차입하여 읽으면서 무료를 달랬다. 김구 선생님도 고된 옥살이를 하셨다. 인천 감옥에 수감되었을 때의 얘기이다. 서대문 형무소에서 인천 교도소로 이감되자 인천항 축항 공사장에서 지독한 노동을 하셨단다. 그러면서도 책을 가까이하셨다. 죽음 앞에서 두려워하지 않고 의연했다. 수인들에게 귀감이 될 생활이었다. 김구 선생님은 생명을 초개(草芥) 같이 여기시고 사형 집행 날만을 기다리셨단다. 국모인 민비(閔妃) 시해 사건으로 왜놈을 죽여 수형 생활을 하셨던 것이다. 선생은 사형 받기 하루 전날 고종황제의 전화 한 통화로 살아나셨단다. 조선 말기 때에 장거리 전화가 처음 개통되었는데 하늘이 살린 것이란다.

석도의 기결수 생활 6년째이다. 어인 일인지 형 집행을 미루는 것이다. 불안과 초조감도 만성이 됐다. 김영삼 대통령 때에는 23명을 몰아서 사형 집행을 했다는데 이번에도 한꺼번에 몰아서 집행하려나? 궁금증만 늘어갔다. 석도가 수인들한테 들은 얘기이다.

"새벽에 교도관의 구두 발자국 소리는 마귀의 발자국처럼 들려요."

늘 듣던 말이다. 아무리 초연한 척해도 내심은 떨렸다.

석도는 어렸을 때 보육원에서 눈치 보며 생활하던 시절을 돌이켜봤다. 낳아 준 부모가 밉고 원망스럽다.

'오늘 밤이나 무사히 넘기려나?' 죽은 영자가 못내 그립다. 지난날 강경 주유소에서의 하던 일이 마냥 즐거웠다. 영자를 석유 배달 차에 태우고 휘파람 불며 시골길을 누비던 일이다. 강경 황산 나루터와 옥녀봉에서 저무는 석양을 바라보며 미래의 꿈을 얘기하던 일이 그립다. 교도소 책에서 읽은 러시아 시인 푸시킨의 말처럼 지난 일은 하나같이 그리운 걸까? 그러나 지나고 보니 무상함이요. 사막의 신기루(蜃氣樓) 같은 허상이었다. 죽음 앞에서 지난날을 반추(反芻)해 보는 것이다.
"오늘은 오빠를 기다리며 분세수도 했어요. 오랜만에 갈비를 뜯을 거예요. 우리들에 월급날이어요?"
죽은 영자의 명주 고름 같은 부드러운 속삭임이 들리는 듯 가슴을 때린다. 환청 되어 가닥가닥 들려온다.
'영자를 억지라도 붙들어 매어 대전으로 데려올 걸 큰 잘못이었어. 영자를 황가 놈의 옆에 놔둔 것이 큰 잘못이야.'
지난날을 후회했다. 그러나 뉘우쳐 본들 무슨 소용 있으랴.
석도가 강경 다방을 들르면 마담 소리를 들으며 사뿐사뿐 눈웃음 치던 영자는 하늘의 선녀 같았다. 강경 읍내에서 문자깨나 쓰는 영감탱이는 북한 회령 땅에 연완(嬿婉) 부인(婦人) 같다고 극찬을 했단다. 그러나 주마등처럼 지나간 일이다.
"최석도 나와."
자신의 이름이 불릴 듯한 이름 석 자가 아찔하다. 석도는 교도소에서 작업이 있는 날이 즐거웠다. 사람은 몸을 움직여야 한다. 또 비좁은 감방에서 여름은 괴로운 밤이었다. 수인들의 발 냄새, 땀 냄새, 이빨 가는 소리, 잠꼬대 소리, 코 고는 자하며 가지각색이다. 다인 감방은 여름철 논두렁의 개구리 합창대 같았다. 그러나 석도는 감방의 좌장으로서 중심을 잡고 보듬으며 한 가족처럼 지내려고 노력했다. 젊은 수인들에게 성욕(性慾) 감퇴 주사를 맞게 하여 동성애 같은 추행은 없었다.
밤이면 창살 틈으로 옥 안을 샅샅이 비춰 보는 교도관의 손전등이

삶의 눈빛처럼 매섭다. 수형자들의 관물(官物) 선반에는 배분된 옷가지와 생활 용구 등이 오늘따라 을씨년스러워 보인다.

악명 높은 미국의 관타모 수용소하며 소설에서 읽은 빠삐용 얘기, 영국령 연방 때 호주에서는 상어 떼가 우글거리는 근해의 섬에 죄수를 가두었다던 일, 옥방에서 이런저런 얘기를 나누면서 수감자들은 속죄의 나날을 보내고 있었다.

"출옥하면 복수의 칼날을 뽑아야겠다."

아직도 이를 가는 수형자도 있었다. 감옥에서 범행의 방법을 논의하는 일도 있었다. 어언간 세월은 흘러 석도에게 꿈과 열망이 넘치던 젊음은 갔다. 최석도의 나이 50이 넘었다. 벌써 20년 넘는 감옥살이였다. 집도 없고 식솔이 없으니 죽어도 거칠 것이 없어 다행이다. 완전히 인생 포기였다.

'사람이 이웃 잘못 만나면 1년 원수요. 아내 잘못 만나면 평생 원수'라 했다던가?

석도는 교도소 교화 위원인 김주한(金柱漢) 목사의 설교를 들을 때에 마음은 한없이 평안했다. 김주한 목사님은 고고한 인격에 존경할 만한 분이었다.

"날빛보다 더 밝은 천당 며칠 후 며칠 후 요단강 건너가 만나리."

석도가 청해서 들은 찬송가였다.

교도소에서는 수인들에게 출소 후 사회 적응 실습을 부여한다. 목공, 벽돌 쌓기, 봉제, 제빵, 조리, 선반(旋盤)공 등이다. 교도소에서 수감자들이 벌 떼처럼 모여 작업을 할 때가 있다. 풀 뽑기, 대청소 등이다. 석도는 타이어 공장에서 일하던 기술대로 제화(製靴) 일이다. 노임은 적정 가격으로 산출하여 교도소에 저축했다가 퇴소할 때에 계산한다. 주어진 일에 매진할 때는 즐겁다. 석도는 교도관들의 구두를 닦아 주어 호감을 샀다. 그들이 재소자들에 대한 인간적인 대우에 감사함이었다.

수감자들의 심신 단련을 위하여 축구, 탁구, 배구 등 구기 운동도 부여된다. 장기 자랑을 위주로 한 오락 시간도 주어진다. 재주꾼도 많다. 그날은 모두가 살판났다. 석도는 '비 내리는 고모령' 노래를 좋아했다.

오늘 새벽에도 교도관의 무거운 구두 발자국 소리가 복도를 울렸다. 뚜벅뚜벅! 세상에서 가장 무서운 소리이다. 저승사자의 발자국 소리이다. 그러나 "최석도!" 하는 이름은 불리지 않았다. 무사한 하루였다.

교도소에서 있었던 이야기 한 토막이다. 젊고 귀공자로 생긴 사형수가 있었는데 죽을 때에 입고 가라고 어머니가 한복 한 벌을 영치해 주었단다.

"하늘나라로 갈 때에 꼭 입고 가거라. 그래야 천당에 가서 새색시 만나 장가갈 수 있느니라."

그 죄수에게 사형 날짜가 왔다. 교수대에 오르기 전 1분 1초! 젊은이는 한복 조끼의 한 구멍을 잠그고 울고, 또 한 구멍을 잠그고 울더란다. 1분 1초라도 더 살고 싶었던 게다. 끈질긴 생명에의 애착! 실로 눈물겨운 일이 아닌가?

또 한 얘기는 대구 교도소에서의 실제 얘기이다. 사형수의 모친이 교도소 바깥담 밑에서 멍석을 깔고 잠을 잤다는 일화가 있다.

"내 아들이 차디찬 감옥에서 자는데 죄 많은 에미가 어찌 나 혼자만 따뜻한 방에서 잘 수 있겠소?"

모성애의 감격스러운 얘기이다. 수형자 어머니의 얘기를 들은 법무부 장관이 대통령께 품의하여 무기징역으로 감형됐고 특별 사면을 받아서 아들은 살아났단다. 모성애의 사랑 덕이다. 출옥한 아들은 어머님 잘 모시고 사회봉사에 전념했단다.

몇 년이던가? 8.15 광복절에 대통령의 대대적인 사면이 발표되었다. 석도가 무기징역으로 감형되었다. 기적적인 일이었다. 죄를 뉘우치고 행형 성적이 우수한 모범수로 인정을 받아서다. 하나님과 김주한 목사님이 살린 것이다. 교도관들도 재소자들도 손바닥을 치며 축하해 주었다.

"최석도 장군님 만세, 최석도 장군님 만세!"

재소자들은 장군님이라며 만세를 외쳤다. 최석도는 입감하여 세 번째 크게 울었다. 사나이의 황소울음이다.

'나도 인간이 되었구나. 나도 산 인간이 되었어?' 무기징역이라면 어느 때는 출소가 되겠지? 그때는 사회에 나가서 좋은 일 하고, 영자의 묘소도 찾으리라. 그리고 믿음의 생활도 하리라. 그게 꿈이었다. 꿈이 이뤄진 것이다. 다음 날 김주한 목사님도 달려와 축하의 말을 건넸다. 교도소 생활에서 세월이 또 흘렀다. 무기수로 수형 생활을 한 지 5년이 지났다.

"석도가 석방된단다." 이번 대통령 취임 특별사면에 석도가 포함됐단다.

"최석도님, 당일 12시 정각에 교도소의 문이 열립니다. 본인 내외가 담장 바깥에서 기다릴 테니 제집으로 오셔서 며칠 쉬는 겁니다. 일자리는 대륙 양화점이고요. 제화(祭靴) 일을 하는 교회의 한 형제에게 얘기해 놨습니다."

김주한 목사님이 고마웠다. 출소하는 날 김 목사님 내외분이 갖고 온 평상복으로 갈아입고 석도는 옥문 앞에서 생두부를 먹었다. 김주한 목사님 내외분이 마련해 주신 거다. 다시는 교도소에 들어오지 말라는 계시 같았다. 뒤돌아서는 길, 석도는 대정동 대전교도소의 담장을 뒤돌아보며 감회의 눈물을 흘렸다.

"목사님, 감사합니다. 제가 죽으면 화장하여 길가의 아무 나무나 뿌려주세요. 자연의 밑거름이 되고 싶어요. 그리고 장기(臟器) 기증은 약속을 꼭 지키렵니다. 목사님은 선한 목자님이시니 제 청을 들어주실 것입니다."

대전교도소 담장을 뒤로 한 채 석도 씨는 김주한 목사님의 앞에 꿇어앉아 '주기도문'으로 감사의 뜻을 바쳤다.

김주한 목사는 석도 씨를 성도(聖徒)님이라 불렀다. 석도 씨는 교도소에서 제화 일을 하기를 잘했고 영치한 생활 자금도 받아서 결혼도 할 수 있었다.

"정든 교도소야, 잘 있거라. 잘 있어. 잘 대해주던 박진원, 김관인, 윤성학, 이정석, 서환호 교도관님 고마웠습니다."

석도 씨는 오랜 세월 고마웠던 교도관의 이름 하나하나를 되뇌면서 뜨거운 눈물을 흘렸다. 한평생 청춘을 보낸 대전교도소 아닌가?

그러나 그게 아니었다. 참 인간을 만들어 준 곳이다. 김주한 목사님은 석도 씨의 까칠까칠한 손목을 잡아주었다. 새 생명을 잉태해

주신 주 하나님의 손길이었다. 교도소의 큰 문은 하늘을 향하여 활짝 열렸다.

"오, 주님이시여! 죄 많은 이 한 몸을 살려 주셔서 고맙습니다."

석도 씨는 땅바닥에 주저앉아 기도를 올렸다. 출소하던 날 하늘은 파랬다. 석도 씨에게 하나님의 은총이 충만하기를 빈다. 석도 씨는 자유인으로서 감격의 눈물을 흘렸다.

"오 김주한 목사님, 감사합니다. 이젠 푸른 하늘도 보고, 새소리, 바람 소리도 맘껏 듣게 됐어요."

석도 씨는 출옥하면서 교도소의 직원들과 늘 기도해 주던 김주한 목사님께 감사의 기도를 올렸다.

최석도는 교도소 문을 나오면서 잠깐 사념에 젖었다. 인간은 애욕의 동물이다. 법이고 규범이고 도덕이 전부는 아니다. 사랑도 자유이다. 일찍 그런 걸 이해하고 알았으면 너그러운 마음으로 황 사장과 영자의 사랑을 묵과할 수 있을 것 같았다. 돌아서서 멀리서 바라만 볼 수 있을 것 같았다. 만일 그렇게 했더라면 자신의 일생을 감옥에서 보내지는 않았을 것이다. 사람은 애욕과 시기와 질투 증오의 집합체이다.

인간의 애증(愛憎)은 서로 행위의 결과가 고폭적(高暴的)일 때가 있는 것 같다. 멀리서 바라만 봐야 한다. 마음을 누그러뜨려야 한다. 돈 많은 황 사장은 앞길이 구만리 같은 꽃 같은 아가씨를 후려챘다. 인간으로서 최소한의 윤리와 도덕은 지켜야 했다. 멀리서 바라만 보았지 이에 얽매어 괴로워할 필요는 없다. 그게 석도 자신을 위한 삶이었다. 어쩔 수 없었다.

골목길 이발사

 대도시의 외곽 지대에 갓골이라는 동네가 있었다. 행정구역은 청곡동이다.
 이 동네의 노포(老鋪) 이발사 얘기이다. 나이는 70대 초반의 황천봉 씨, 주천달 씨 얘기이다.
 이들은 한사코 옛일을 그리워했다. 말끔히 제복 입고 이발하던 때가 그리웠다. 이들은 나이에 비해 정정하며 형제처럼 정분 좋게 지냈다. 때문에 이발업도 동업을 했다.
 대전에 지하철이 개통되어 할 일 없을 때에는 두더지처럼 공짜 지하철도 많이 탔다. 전동차를 탈 때는 자기 집 안방인 양 경로석에 의젓이 좌정한다.
 이들이 젊었을 때 동업하던 노포(老鋪) 이발소가 울고 있었다. 모르쇠 한다는 푸념이다. 지난 70년대에는 이발 손님이 북적거렸다. 그러다가 세월이 변하여 이발소 문을 닫았던 것이다. 그대로 방치하여 오랜 세월 비바람에 씻기었다.
 "한때는 잘 나가는 백만 불짜리 인기 이발사였지. 그때가 좋았어. 좋았구 말구. 이제라도 다시 일하고 싶단 말이야."

둘은 앉으면 과거를 곱씹어 보는 것이다. 무료한 그들의 심사를 십분 이해할 만하다. 측은한 노인들의 몰골이다.

'청춘을 돌려다오.' 살다 보니 사람은 죽을 때까지 손끝이라도 움직이며 살아야 한다는 게 이들의 신념이었다.

와사보생(臥死步生)이란 신조어가 있다. 독립운동가 안창호 선생의 무실역행과 통하는 말이다.

"놀기 심심하니 지난날의 이발업에 도전해 보자꾸나. 백지장도 맞들면 낫다 했으니 우리 둘이 다시 이발업을 시작하자."

진지한 대화였으며 대단한 결단이었다.

"석탄 백탄 타는 데 이놈의 가슴은 연기도 없이 타누나. 놀기가 답답하여 가슴이 터질 것만 같단 말일세."

노익장 둘은 이발업 준비에 착수했다.

가까이에 청양 댁 목로주점에 들어섰다. 주점에 들러 청양 댁의 쭈그렁밤송이 같은 손등을 쓸어본다. 늙은이들의 주책없는 짓거리일까? 아무렇게나 불러대는 두 노인의 둔탁한 노랫가락이 검은 연기에 찌든 청양 댁 부엌 천장을 가른다.

주 노인은 부인이 멀쩡하게 살아있고 부인 없이 굳세게 살아온 황 노인이다. 일상에 찌든 생활의 푸념인가? 황 노인은 허름한 옷차림에 강아지처럼 아무 데서나 오줌을 갈겨대는 못된 버릇도 있었다. 다들 판단력이 흐려진 탓이다. 이들의 생활상이었다.

이들은 한때 일거리가 많은 시골의 들녘을 동경했다. 집 팔아서 대전 가까운 곳에 귀농생활도 눈여겨봤다. 집 앞에 돌 틈 사이로 도랑물이 흐르고 들마루가 깔린 시골집 느티나무 그늘을 동경했다. 그러나 경제력도 약하고 그럴만한 여력도 없었다.
 도회지의 번화가에서 좀 떨어진 음습한 집에 지난날 '골목길 이발소' 간판이 풍우에 시달린 채 십 년 세월을 버티고 있었다. 서랍장에 갇혀 있는 이발 가위와 녹슨 면도칼이 어둠에 잠자고 있었다. 애지중지 쓰던 보물들이다.
 두 노인이 소싯적에 동업하던 무말랭이 같은 이발소이다. 완전한 노포(老鋪)가 돼버렸다. 그것을 되살리고 싶었다. 젊은 시절 황천봉 씨는 조발, 주천달 씨는 조수 겸 면도, 머리 감는 일로 동행의 길을 걸었다. 번 돈으로 자녀들을 가르쳤다. 한동안은 호황을 누리다가 나이 들어 접었다. 정분은 변치 않았던 것이다. 안에서도 가깝게 지내고 빈대떡 한 쪽이라도 담장을 넘나들었다. 익자삼우(益者三友) 손자삼우(損者三友)란 고사성어는 저리 가라였다. 무조건 익자삼우였다.
 시대는 변했다.
 "고놈의 여우 같은 계집년들이 미장원으로 사내들을 불러들여? 지분 냄새 풍기며."
 유행하던 고놈의 장발족 때문이었단다. 장발족 사내들은 미장원에서 쉽게 머리를 자를 수 있기 때문이다. 이래서 미장원은 남자들로 들끓었고 이발소는 파리를 날렸다.
 황가, 주가 노인은 이발소 실내장식에 들어갔다. 노포 이발소는 황 노인 집 문간 옆에 사랑채처럼 붙어 있다 할까? 열 평 정도이다. 시커먼 먼지를 떨고 유리창을 닦는 등 벽에는 하얀 페인트칠을 했다. 새 단장을 하니 깔끔했다.

"주가야, 인생 칠십 고래희(人生七十古來稀)라 했지?"
"우리 많이 살았다. 아니야, 나이는 숫자에 불과해. 우린 황소도 때려잡을 힘도 있다. 더 살 수 있단 말이야."
"예끼 이놈아, 허튼소리 작작 하고. 이발 손님 끌어들일 생각이나 하거라."
"그래, 네 말이 맞다. 맞아."

거친 말도 주고받는 말짓거리이다. 양쪽은 구십 노모를 모시고 사는 지극한 효자였다. 고기반찬이 떨어지지 않는다. 출필곡 반필면(出必告 反必面)을 꼭 실천한다. 아침에 기상하면 꼭 문안 인사를 드리며 조청 같은 가래가 섞인 요강 단지를 비워다가 어머님 머리맡에 대령한다. 둘은 효자이자 모범 경작생이다.

그동안 공실(空室)로 비워 두었던 이발소의 문을 여는 날이다. 영광의 날이다. 고무풍선이 펄럭이고 조화로 된 장미꽃도 꽂아 놓았다. 대형 거울도 걸었다. 묵은 때가 벗겨지고 실내가 빤지르르했다. 하얀 가운을 걸치고 몸에 향수도 뿌렸다.

"허허! 골목길 이발소라. 이름 한 번 좋다. 늙은이들이 주책 떠는구만. 말라빠진 고주배기들이 무슨 이발이냐?"

빈정거리는 자도 있었으나 치지도외하였다. 고령사회에서 사회의 소금이 되고 싶었으니 누가 말리랴?

이발소를 개업하는 날 동네 노인들과 애들이 모여들었다. 백설기와 돼지 수육, 쓴 막걸리 한 잔이 없을 수 없었다. 쳐다만 봐도 훈훈한 골목길 이발소 간판이다. 주위에서는 개업 축하식으로 휴지 말이, 세제를 사 들고 와서 축하의 인사를 건넸다. 노포 이발소의 문을 다시 연 것은 일단 성공 같았다.

"아이, 좋아라. 다음에 이발하러 꼭 올래요. 집에 가까워서 좋아요."

"오냐, 오냐, 꼭 오려무나."

미로 같은 골목길을 지나던 사람들이 흘끗흘끗 세 번은 쳐다보고 간다.

"성인 3천 원, 아이들은 2천 원, 값이 싸기도 해라, 나도 가야겠구만."

판자 조각으로 책꽂이를 짜서 이발소 안에 헌 양서(良書)도 진열했다. 지식의 산고 같았다.

"하면 된다."라는 명언도 써 붙였다. 밥상머리 교육의 장이기도 하다. 개업하는 날 풍물도 울렸다. 산막동 이경철 동장도 초대를 했다. 키다리 황 노인이 키 작은 주 노인에게 고깔모자를 씌우고 무등을 태워 학춤을 추었다. 박장대소다. 조일상, 용학, 영태 씨는 복고를 치며 돌무를 돌려 웃음바다를 이뤘다.

"주가야, 이발소에서는 하얀 가운을 입자. 백의의 천사가 되는 것이야."

"멋쟁이가 따로 없네요."

황 노인의 큰 따님인 규정 여사가 옆에서 듣고 한마디 거든다.

"암, 암, 에미가 없으니 새파란 과부댁 하난 꾀어도 되겠구나."

그 말에 윤규정 여사는 까르르 웃었다.

"골목길 이발소, 골목길 이발소라 하지 말고 '갓골 이발소'라면 어떻겠노?"

"그거 한번 좋지."

주 노인의 말에 황 노인은 맞장구를 쳤다. 길(吉)일을 택하여 이발이 시작되었다. 이발 손님이 오면 황 노인은 조발을, 주 노인은 면도와 머리를 감긴다. 말하자면 주 노인은 황 노인의 조수 격이다. 구세대의 방식대로 빗을 머리에 대고 그 위에서 가위로 사각사각 자르는 용법이다. 시대의 조류에 따라 전기 가위로 두루 룩 머리카락을 밀어대는 건 멀리했다. 하루에 댓 명 정도 이발을 했다. 노인들과 빈곤층의 아이들이었다. 한 푼이라도 벌면 통장에 입금이다. 이발소 경영에 최소한의 경비이다. 어려운 사람 공짜 이발도 마다하지 않았다. 심심풀이로 여기면 된다.

"주가야."

"왜 그러느냐? 내가 네 자식 놈 이름이더냐? 밤낮 주가야, 주가야 부르게. 맥 빠지게 이 녀석아."

둘의 농담은 연륜이 쌓일수록 짙어만 갔다. 그러나 이들은 늘 허허거린다. 그래서 우정에 변함이 없었다. 이들은 중국의 관포지교(管鮑之交)와 다를 바 없다.

"황가야, 파랑새도 보려고 마음먹은 놈에게 눈에 보이는 법이다. 그런대로 이발 손님이 있으니 우린 성공했다. 행운의 파랑새를 잡은 것이야."

둘은 의기양양했다.

주 노인은 틈나는 대로 면도칼을 꺼내 쇠가죽에 문질렀다. 삭삭거리는 소리에 가슴이 후련하고 기력이 살아나는 것 같다.

"주가야, 그동안 놀기가 일하는 것보다 더 어렵다 했지?"

"천 번 만 번 옳은 말이다. 이젠 이발하는 일로 회춘(回春)을 할 것 같다. 술값도 생기고."

"나도 말이다. 아침에 일어나면 이발소 출근이 꽃 대궐 들어서는 것 같단다. 청사초롱에 불 밝혀라."

이들은 이발소 출입이 화양연화(華陽蓮花)의 꽃 대궐을 연상케 했다. 젊음을 다시 찾은 것 같다.

두 노인이 이발을 시작한 지도 반년이 지났다. 그러나 가정이 어려운 노인들이나 아이들이 기껏 얼굴을 내밀었을 뿐이지 양복이나 걸친 자들은 골목길 이발소를 멀리했다. 이러쿵저러쿵 말이 많았다.

"팥죽 냄새나는 늙은이에게 이발을 맡기겠냐?"

하는 식이었다.

"아니야, 어려운 사람 공짜 이발도 해준다는 데 안 가겠나?"

공짜라면 양잿물도 먹는다 했다.

"공짜 좋아하다가 대머리 벗겨지겠다."

말 많은 노익장들의 얘기였다. 이발소 안을 신방 훔쳐보듯 하고 발길을 돌리는 자도 더러 있었다.

"이발소 안에서 매캐한 곰팡이 냄새가 난단 말이야."

노익장들이 새로 차린 골목길 이발소는 동네 사랑방 역할도 희미해지고 있었다. 나이 들어 노인들의 활동 반경이 적으니, 일상생활의 대화도 빈약했다. 다 세월 탓이다. 그래서 두 동업자는 생각해 낸 것이 고물 텔레비전도 설치하고 일간지 신문도 비치해 놨다. 동짓날은 팥죽을 쒀 고객들의 어설픈 마음을 달랬다. 가일층 손님 유치 작전이었다. 그러나 그게 잘 안됐다.

"돼지가 예뻐서 밥 잘 주나? 살찌워 잡아먹으려고 하는 거지."

주 노인은 대막대기 효자손으로 굽은 등을 긁적거리며 이런 말을 했다.

"무도리야, 우리 이발소 일 그만 때려치우자. 심심하면 애들 놀이터 청소나 동네 쓰레기장 정리나 하자. 그것으로 부처님의 공덕을 쌓자꾸나."

무도리는 황 노인의 별호였다.

"좋은 얘기다. 그러면 머리 깎는 일은 집어치우고 쓰레기장 청소나 하잔 말이냐?"

"그러나 그건 안될 말, 일거리를 찾으면 얼마든지 있지."

"하다못해 요양원 가서 늙은이들 이발이라도 해주는 거다."

둘은 노는 게 걱정이었다. 마음이 후련하지 못해 하늘 보고 억지로 웃었다. 이발소는 쉽게 문을 닫을 수 없었.

이발소에 손님이 없을 적에는 빗자루를 들고 놀이터나 쓰레기 집하장으로 나왔다. 그러니까 일을 하나 더 만든 셈이었다.

허기진 졸음이 겨드랑이에 스멀스멀 파고드는 여름 한나절이다. 갓골 어린이 놀이터에 햇볕이 쨍쨍거린다. 뒤쪽의 경로당도 강아지도 졸고 있었다.

방 한 칸씩 차지하여 고령의 남녀가 죽치고 앉아서 논다. 물 한 병씩 옆에 끼고 백 원 내기 고스톱이다. 할 말 없어 시어머니는 며느리 험담으로, 시아버지는 며느리 자랑으로 하루를 연다. 경로당에서 노녀들의 치맛자락이 푸석거릴 때면 오줌 지린내가 요동을 친다. 나이 들어 요실금 때문이다.

골목길 이발사

"주가야, 돈내기 고스톱은 싫고, 진작에 장기와 바둑을 배울 걸 후회막급이다."

옳은 말이다. 패거리들과 잘 어울리지 못하니 두 노인은 답답할 뿐이다. 대전 유등천 다리 밑이 부럽다. 이제 와서 바둑, 장기를 배우려니 머리가 빙빙 돈다.

"소지황금출(掃地黃金出)이라, 마당을 쓸면 금이 나온다 했지? 마당을 쓸어도 돈이 안 나온단 말이다."

"이놈아, 공것 바라다가 대머리 벗어지겠다."

그러면서 둘은 허허 웃었다. 마음이 꼬일 때 주 노인은 담배 한 모금 생각이 간절하다. 그러나 손주들과 약속이 있고 애들 보기에 민망스러워 꾹 참는다.

이들은 좋은 세상 맞아 더 살고 싶었다. 나이 육십이 되었을 때는 칠십은 살았으면 했다. 고희 잔치도 푸짐하게 치렀다. 그러나 그게 아니었다. 죽음은 두렵다. 더 살고 싶었다. 지나간 세월이 주마등 같다.

"주가야. 자고이래 인생 칠십 고래희(人生七十古來稀)라 했지. 우리 많이 살았다. 많이 살았어."

황 노인은 삐그덕거리는 의자에 텁석 앉는다. 넘어가는 해를 지그시 바라보며 무정세월을 원망한다.

"개구리 올챙이 적 생각이 안 난다고 했다만 어렸을 때 고추 잡고 물장구치던 생각이 간절하다. 이놈아."

"황가야, 꼭 이놈아 저놈아라고 불러야겠니? 자라나는 애들 배울라."

"알았다. 알았어. 맹꽁아. 우린 범상한 사람이 아니지."

우스갯소리 하면서 어머니 젖 먹던 생각을 했다.

"난 말이야. 천둥 번개가 칠 적에 말이다. 하늘이 무서워 어머니 치마폭 열고 대갈통 디밀던 일이 그립구나."

"허허, 그뿐인가? 난 말이야 총각 시절, 댕기 머리하고 징검다리 건너던 꽃분이 생각이 간절하다."

여우비인가? 늑대 비인가? 이발소 유리창에 부딪히는 장대비 소리가 요란하다. 이들은 과거, 현재, 미래를 고루 먹고 산다.

"황가야, 요즈음 유행어인 와사보생(臥死步生)이란 말 들어봤냐? 부지런히 움직여야 산다. 움직거려야 원수 같은 변비도 안 생기고 다리몽둥이가 성하단 말이다."

늙은이들 변비 얘기도 나왔다. 이들은 들말 어린이 놀이터에 이렇게 꽃도 가꾸고 허허거리며 산다.

"큰일들 하셨습니다."

길 가던 이만규 동장한테 술대접도 받았다. 이만규 동장은 자녀 잘 두고 의리가 있는 사람이었다. 그렇다고 동장 앞에서 기고만장하다든가 그런 것은 전혀 없었다. 오직 겸허할 뿐이었다. 이른 봄철이라 도회의 길가에도 백목련, 개나리가 기지개를 켰다. 오늘도 둘은 경로당의 경사진 지붕 밑에서 잡초를 뽑았다.

"주가야, 일 끝나면 수원 집에 들러 돼지 수육하고 탁배기 한 잔은 꼭이다."

황 노인은 굳은 혀를 쩝쩝거렸다. 꺽다리 황 노인은 매사에 앞장서는 편이고 난쟁이 주 노인은 뒤따르는 편이었다. 빈자소인(貧者小人)이라는 말도 잘 썼다.

골목길 이발사

"황가야, 넌 돈 많으니 부럽다."

"억만금이 있으면 뭣 하겠노? 등 긁어 줄 마누라가 없는걸."

마누라 타령이다. 그러면서 황 노인은 닭똥 같은 눈물을 훔쳤다. 황 노인은 평소 금슬이 좋았었다. 주 노인은 늙은 마누라가 시퍼렇게 살아 있으니 감지덕지였다.

황 노인의 부인은 작년에 세상을 떠났다.

"나 죽으면 새장가 들어요."

황 노인은 죽어가던 아내 모습을 회상하고 있었다.

"세상 사는 데 있어서 술과 편지 답장은 꼭 하라는 말이 있지?"

"암, 암, 옳은 말이렸다. 그래야 끈끈한 된 박 끈이 끊어지지 않지. 나도 샀으나 너도 한 잔은 사야 한다. 꽁생원 말은 듣지 말아야 한다."

맞장구였다. 이들은 민요에서 추임새와 같다. 비위를 맞춰 준다고나 할까? 서로의 대화법이요, 변치 않는 우정의 불문율이었다. 주점에 들러 둘은 실컷 마셨다.

며칠 뒤였다.

"주가 놈은 마누라 껴안고 자다가 늦잠이 들었나? 아침 해가 서산에 넘어가겠다."

일찍 이발소에 들어선 황 노인이 투정을 부리던 참에 주 노인이 들어섰다. 둘은 이발소에서 좀 떨어진 쓰레기 집하장 둘레를 쓸었다. 파지 줍는 서진빌라 노파가 쓰레기 봉지를 헤집고 있었다.

"무엇 꺼내려 해요?"

"예, 봉지에 깡통이 가득 들어있어요."

한 식구처럼 협조해 주었다. 상부상조였다. 돈도 되고 재활용의 일환으로 좋은 일이다. 남들이 보기에 덩달아 쓰레기 인생이 된 것 같다. 경로당에서 바둑 두던 김 노인, 서 노인도 짬을 내어 일손을 도우러 나왔다.

"건양다경에 소지황금출(掃地黃金出)이야."

옛말에 마당을 쓸면 황금이 나온다는 속담이 있다. 이웃사촌 송병열 씨가 한턱내서 얼근하여 귀가했다. 다음에는 문주현, 박광웅 씨가 쏜단다. 사람은 주고받는 정으로 보듬으며 사는가 보다. 황 노인, 주 노인은 이다음에 이들에게는 공짜 이발을 약속했다. 오늘은 이발소에서 파리채를 날렸다. 어정어정 시간을 보내는데 박덕흠 통장이 붕어빵 봉지를 내밀었다. 꿀맛이다.

갓골 동네는 상부상조의 시범 마을로 지정되어 대통령상을 받는단다. 한국 방송 텔레비전 '인간 시대'에도 이들의 생활상이 방송되리라고 누군가 귀띔했다.

주민대표 정도영 씨가 황 노인, 주 노인의 공적서를 작성하여 동회를 거쳐 시에 표창 상신했다.

하늘에 뭉게구름 두둥실, 두 노인이 하늘을 바라보는 중에 초등학생 둘이 들이닥쳤다.

"할아버지, 이발 잘하신다면서요? 저도 해주세요?"

"이놈들 귀엽기도 해라. 장차 대통령감이다."

"정말이에요?"

"암 정말이구 말구."

오늘은 아이들 두 명을 이발하여 공치는 날을 모면했다. 저녁나절 이발소 문을 닫으면서 둘은 흐뭇했다. 순진한 아이들과 대화를 나누면서 순박한 동심의 세계를 맛봤기 때문이다.
　이튿날이다.
　"네 이름 뭐지?"
　"김주형이에요."
　"고놈 똘똘하게 생겼구나. 이름자 그대로 세상을 저울질만 하면서 살면 손해 볼 때가 있느니라. 태산같이 믿음직한 사람이 돼야 한다. 넌 희망이 뭐냐?"
　"대학교 교수나, 외교관, 그렇지 않으면 공무원이 되겠습니다."
　아이는 올빼미 눈처럼 치켜뜨고 소신을 밝힌다.
　주 노인은 집으로 돌아왔다. 며느리가 반겨 맞이했다.
　"아버님, 옛날의 이발사로 돌아가셔서 십 년은 젊어지셨어요."
　착한 며느리의 농담에 주 노인은 기분 만점이었다.
　"암, 암, 그렇구말구."
　"늘 그 소리이다.
　"아버님 면도는 위험합니다. 조심하세요."
　"나도 면도할 때 늘 조심이다."
　골목길 이발소는 다른 이발소와 멀리 떨어졌다. 이발료 때문에 이발 협회와 시비는 없었다. 좋은 일 하면서 젊은 이발사한테 망신이나 안 당할지? 그러나 '구더기 무서워 장 못 담글까?'
　"아버님, 앞으로 딱 2년만 하세요. 이발은 치매에도 좋고 복 받을 일이라 하지만 딱 2년이에요."
　착한 자부의 간절한 충언이었다.
　꽃 피고 새 우는 두 번째 봄이다. 이발소 주변에 봄맞이 대청소를 해야 한다. 어린이 놀이터와 경로당 화단에 야생화를 심고 물도 주었다.

"할아버지들 고마워요."

동네 젊은이들이 볼 때마다 인사를 한다. 이런 재미로 이들은 살고 있는 것이다. 백 세까지는 살아서 대통령의 청려장(靑藜杖)도 받아야지."

두 노인의 소원이었다. 청려장은 장수 노인에게 주는 축하의 지팡이를 말한다. 단단한 명아주 나무로 만들었다. 점심나절 술자리에 합석했다.

"오늘은 가랑비가 내려서 술 한 잔은 딱인걸요?"

걸걸한 이웃들도 합석했다.

"얼씨구절씨구 들어간다 작년에 왔던 각설이 죽지도 않고 또 왔네"

노익장이 사회 봉사상을 받은 2년 뒤의 일이었다. 이들은 늘 일상생활의 소금이 되고 싶었다. 조금이라도 이웃을 돕고 싶었다. 무위도식은 죽어도 싫었다. 두 노인은 집 주위에 묶어 나자빠진 나대지(裸垈地)를 팔아넘겼다. 장학금으로 일부를 내놓았다. 해마다 2월 1일이면 수여한다. 이름하여 만두레 장학금이었다. 이렇듯 골목길 이발소에는 햇살 가득 서광이 충만했다. 두 노인은 경로당, 이발소, 놀이터를 두루 돌아다니며 생활 터전으로 노년의 행복을 만끽한다. 국가 발전의 초석이 된 것이다.

"황가야, 우리 죽는 얘기는 하지 말자. 눈 오면 눈 맞고 비 오면 비 맞으며 유유자적 살아가기다. 죽는 말을 하루에 한 번 하면 한 번 죽

골목길 이발사

고, 열 번 말하면 하루에 열 번 죽는 거란다."
　주 노인은 세상의 이치를 통달한 양 말했다.
"주가야, 좋은 말이다. 사람 사는 게 다 이런 거지. 별것 있느냐?"
　이들도 나이 들어 힘이 빠지고 거동이 만만치 않았다.
"신체발부(身體髮膚)는 수지 부모라 했으니 몸보신 잘해야지."
　둘은 늘 다짐이었다. 둘은 시간을 내어 가까운 도솔산에 올랐다. 서녘 하늘에 넘어가는 황혼의 햇살을 먹구름이 가린다.
"눈이 오려나? 내일은 일찍 일어나 행길을 쓸자."
　갓골 동네에 보기 드문 노인들의 선행이었다. 소문은 널리 퍼졌다. 요즈음 갓골 마을 아낙네들은 쓰레기 종량제 봉투를 애용한다. 두 노인의 철통같은 감독 덕분이다. 갓골 마을에 초저녁부터 사각사각 함박눈이 조용히 내린다. 흙먼지 가득한 세상을 덮어주는 서설(瑞雪)이다. 골목길 이발소와 갓골 놀이터는 이들의 화양연화였다.

증권 파동

무릇 인간이란 인생길을 걷다 보면 사행(斜行)길이 있다. 어찌 올곧은 길만 걸을 수 있겠는가?

주식 투자에서 보너스가 있는 배당식 투자! 말만 들어도 어깨가 으쓱으쓱한 정수 씨이다. 퇴직금도 있겠다. 한몫하고 싶었다. 잘 되면 호박넝쿨이 집안으로 굴러들어 올 것만 같았다.

매사가 잘 풀릴 것만 같다. 정수 씨, 그는 주식에 대해 문외한이라고 할 수 있겠지만 퇴직 후에 할 일 없어 관심이 컸다.

주식 시장은 국가나 개인에 있어서 경제 활동의 장이다. 인간이란 무슨 일이나 한두 번쯤 도전을 꿈꾸는 사회적 동물이 아닌가? 복권을 산다든지 부동산에 투자 행위이다. 용기 있고 배짱 있는 자들의 행위일 것이다.

"증권 파세요. 증권 팔아요."

대한민국 초창기 학생 시절에 길거리에 가방을 멘 증권(채권) 상인도 보았다.

결국은 퇴직 후에 주식에 빠졌다가 집 날리고 산목숨과 바꾸려 했다. 주식 때문에 호된 낭패를 당한다. 이제는 주식에의 유혹으로 벼랑 끝에 몰린 자가 됐다.
"정수 씨, 그 사람 미쳤어. 주식에 주(株)자도 모르는 작자가 어쩌다 주식에 빠져 집 팔아먹고. 안됐어. 쯧쯧."
주위에서 쑥덕거렸다.
"재운만 따르면 해봄 직도 하지. 일확천금도 할 수 있고 회사의 주주로 한몫 잡는 것이 주식 시장 아닌가?"
주식에 대하여 잘 알지도 못하면서 이러쿵저러쿵 말하는 자도 있었다.
"암, 과부 쟁변이라도 내서 참여하고 싶구만."
사람들은 투기가 아니고 투자의 개념으로 생각했다. 한량들은 편안하게 돈을 벌 수 있는 대박이라 생각했다. 큰코다칠 말이다.
여유 자금만 있으면 발을 디밀고 한번 뭉개보고 싶은 게 주식 시장이라 했다.
"그게 아니야! 열 중의 아홉 끝 숫자는 운수 대통이고 한끝은 기(起)인지라."
"운수 좋아하네. 밑져야 본전이겠지."
주식에 대해서 떠들어대는 말들이다. 이해할 수 없는 말들이다. 이런저런 얘기를 들은 정수 씨였다.
한 번쯤은 도전해 봄 직한 일이라고 허벅지를 긁었다. 이불 속에서 며칠을 끙끙거렸다. 기와집 열두 채를 지었다 헐었다 했다. 과연 하늘의 무지개를 잡을 수 있을까?
"여보, 무슨 꿍꿍이속이요? 잠도 안 자고요?"
정수 씨의 아내 박 여사도 심란했다. 열 길 물속의 깊이는 알아도 한 길 사람 속은 모른다고 했다. 무위도식 놀고먹는 주제에 무슨 꿍꿍이속이 있는 것만 같다. 아무래도 집안을 홀딱 뒤집어 놓을 것만 같은 불길한 예감이 들었다.

그러다가 정수 씨는 가족들 모르게 용단을 내렸다. 주식 투자에 돌격대원이 된 것이다. 은행 퇴직 후 놀다가 꼭 일 년 만의 거사였다. 주식 시장에 등록을 필했고 주식을 사들였다. 이리하여 주식 시장의 단골 고객이 된다. 김밥을 싸 들고 한동안 객장에 나가 정보 상황을 기록했다. 같은 길을 걷는 지인도 객장에서 사귀었다. 주식에 동행자인 듯하면 다가가서

"안녕하십니까? 요즈음 주식의 동향이 어떻습니까? 좀 가르쳐 주십시오."

정수 씨는 주식에 대한 열성분자가 돼버렸다. 불치하문(不恥下問) 격이다.

"선생님은 연말에 주식 배당금도 받지 않았습니까?"

주식 투자자인 듯한 자에게 볼멘소리로 한 방 맞았다. 낯모르는 자였다. 주식의 세계에서 자신만의 비책을 함부로 발설하지 않는다는 걸 이제야 알았다. 주식 거래자로서 짜릿한 전율을 맛본다.

오늘은 기분 만점, 그럴만한 일이 있었다. 한여름 시원한 폭포수가 가슴을 쏴대는 것 같다. 모르는 걸 알았기 때문이다.

그러다 며칠이 못 가서 시원한 물살이 뼈마디에 부딪혀 상승하다가 곤두박질치는 것 같다. 주식 시장의 판도였다. 그러나 이해득실 관계에서 결과는 공실(호둘)이었다. 여유 자금을 둥글리라는 뜻이지 고금리 빚은 내지 말라는 말이다.

주식 시장도 살아야만 된다. 그래야 기업체가 살고 국가 경제가 윤택해지는 게 아닐까? 고객에게 마냥 이득만 줄 수는 없을 것이다. 당연하다. 그러니 여유 자금만 있으면 주식에 투자해 봄 직도 가하다는 이론이다. 누이 좋고 매부 좋은 격이다.

정수 씨는 집에서 마냥 죽치고 앉아 있을 수는 없었다. 경제적인 활동을 하고 싶었다. 그래서 경제 신문을 뒤지는 등 주접을 떨었다. 굴지의 ㅅ 회사 주식을 사들였다. 연말에 배당금도 톱톱이 준다는 정보도 입수했다. 그러나 ㅅ 주식은 오르락내리락 평형상태를 유지하다가 3년 만에 급락했다. 낭패였다.

"아이고 나 죽는다."

정수 씨는 반 미친 사람처럼 길거리를 헤맸다. 이럴 줄 몰랐다. 주식을 사들인 게 한두 군데가 아니다.

퇴직금도 날리고 가족들 모르게 사채도 얻어 투자한 것이 거덜이 났다.

"정수 씨의 눈매가 고약해졌어. 독수리의 눈빛이야. 밤낮 주식 거래의 표적 판을 쏴 보더니만 말뚝 싸지."

주위에서 수군덕거렸다.

"에끼, 이 사람 동정은 못 할망정 쪽박은 깨지 말아요."

"언젠가는 대박을 터뜨릴 날도 오겠지."

정수 씨를 가운데에 놓고 왈가왈부하는 이웃의 비난과 조소(嘲笑)가 난무했다. 여하튼 주식에 빠져든 게 잘못이다. 경험 부족이 화를 불러들인 것이다.

"은행에 다닐 적에는 어지간히 된 척을 하더니만. 이젠 쪽박을 찼어."

세상인심이 다 이런가 보았다.

정수 씨는 올곧은 은행가였다. 돈뭉치를 품에 안고 살았다. 부정한 행동을 멀리했다. 그의 옆에만 가도 돈 냄새가 화약 냄새처럼 풍겼다. 정수 씨는 은행을 퇴사할 때에 일시금으로 퇴직금을 받았다.

일부는 필요한 만큼 가사에 쓰고 큰돈은 정기 예탁으로 매월 이자를 받았다. 그러나 금리는 떨어지고 그래서 그 원금을 아내 몰래 해약한 것이다. 일부는 보통예금으로 돌리고 곶감 고치 빼 먹듯 했다.

각설하고 주식 시장은 시세 판단을 잘해야 한단다. 통찰력, 결단력, 인내심을 갖고 지켜보면 언젠가는 대박을? 그러나 도중하차는 자살행위와 같다.

주식 투자는 결국에 도긴개긴이란다. 결과는 유일까? 무일까? 태반이 남가일몽(南柯一夢)의 헛된 꿈이요. 하늘의 무지개를 잡으려 함이라 했다. 이것이 주위에서 들은 주식에 대한 일가견이요. 판단이었다. 그러나 운수 대통할 수도 있단다.

정수 씨는 두서너 해를 주식 투자에 매달렸다. 회사에 경영주가 된 듯 우쭐도 했었다.

'나도 회사의 지분을 차지한 경영주란 말이야!'

정수 씨가 ㅅ 증권에 오백만 원 투자한 것이 이번에는 3개월 만에 큰돈을 거머쥐게 됐었다. 쾌재였다. 그러나 3년 만에 원금을 다 날렸단다. 하늘이 시뻘겋게만 보였다.

이판사판 몇 푼 안 되는 적금도 깨고, 또 사채까지 얻어서 죽기 살기로 재도전했었다. 가족들 모르게 집도 저당 잡혀 은행에서 돈도 끌어들였다. 결과는 뻔했다.

주식의 급락으로 정수 씨는 폐인이 됐다. 공황 장애에 우울증까지 걸려 뇌는 마비되고 병원에서도 쫓겨나는 신세가 됐다. 알거지가 된 것이다. 머리 싸매고 며칠을 누웠다.

주식은 재무 표를 잘 보고 유망주 회사의 초대형 공모주를 사들여야 된다. 투자자는 이익을 볼 수 있지만 손해를 볼 수 있다는 것이다. 예리한 통찰력도 있어야 한다. 공모주 투자는 투자 자금 3% 이내에서만 투자하고 때로는 뇌리(腦裏)의 스톱 단추를 과단성 있게 눌러야만 한다. 그래야 성공한다는 말이다. 불문율이었다. 뜨겁게 달구는 공모주의 열기가 국가 경제를 활성화한다.

"투자한 주가가 반토막으로 급락할 때에 이성은 마비되고 뇌의 피질은 욕망으로 가득 채워지지요."

주식에 능통한 자들은 이렇게 말한다. 틀린 말이 아니다. 정수 씨는 이를 이겨내지 못한 것이다. 시운(時運)도 따라야 한다. 정수 씨는 목을 매기로 작정했다.

"에이, 죽을 놈의 팔자!"

극단의 선택을 결심했다. 방 한구석에 처박아 둔 부모님의 영정 사진이 아들의 꼴을 쏘아보고 있었다.

"이 불충불효한 놈아, 꼴좋다."

아버님의 준엄하신 꾸지람이 들리는 듯하다.

은행 다닐 적에는 화이트칼라에 검은 머릿결은 자르르, 멋 내고 다녔다. 살짝 흘린 배퉁이에 잰걸음이었다. 다들 부러워했다. 그러나 요즘은 냉전 상태이다. 정수 씨는 나이 들어 낯빛도 누르죽죽하고 목잔등도 자글자글 가늘어졌다.

"나가요. 나가. 꼴 보기 싫어요. 남들은 비행기 타고 해외여행 다니는 데 남의집사는 내 팔자가 뭐유? 남 보기가 창피하단 말이에요."

 밤낮 마누라의 항아리 깨지는 소리가 귀를 깬다.

 "에이, 나가서 콱 죽을란다."

 정수 씨는 제정신이 아니었다. 담배 한 모금 길게 빨고 죽기로 마음을 정했다. 고층 건물에서 뛰어내려 죽기는 싫고 고향 산천 야산에 가서 목매어 죽을란다. 죽을 날짜를 달력에 점찍어 놨다. 웬일인지 한 달은 더 살고 싶었다.

 깊은 산속에 빈집이 있으면 자연인이 되어 초근목피로 연명하고 싶었다. 그러나 다 뜻대로 되지 않는 일이었다.

 오후 한나절의 햇볕이 따갑다. 정수 씨는 부잣집의 외아들로 호강스럽게 자랐다. 아내인 금영혜 여사도 여염집의 고운 낭자였다. 아랫동네 위 동네에서 갑돌이와 갑순이처럼 살았다. 영혜 여사는 처녀 시절 식자들에게 영애(令愛)라는 칭호도 들었다. 돈 많은 은행가의 외동아들한테로 시집간다고 다들 부러워했었다. 그런데 낭군이 마음 잘못 먹어 요 모양 요 꼴로 거지 신세가 된 것이다.

 '적선지가(積善之家)는 필유여경(必有餘慶)이요.'라는 말이 있다. 금영혜 여사는 시집와서 후덕한 마음으로 살았다.

 그러나 파산하고 나니 그게 아니었다. 정수 씨는 마누라 등쌀에 견디다 못해 아무도 모르게 옷가지를 싸 들고 가출을 결행했다. 지인(知人)들이 뜸한 곳이다.

 호반의 도시 충북 제천에서였다. 집을 나가 아파트 건축 공사장에서 잡부 일을 하다가 못된 놈한테 얻어맞고 얼굴에 피멍이 들었다. 경찰서에서 연락이 와 집에서 알고 아들이 병원으로 찾아와 집으로 갔다. 성경에 탕아가 돌아온 격이다.

두 달여가 지났다. 작심한바 부여 고향의 선형에 가서 목매 자결하기로 했다. 그 안에 칠십 고희를 맞이했다.

정수 씨는 고희 잔치 자리에서 뜨거운 눈물을 흘렸다. 가족들 앞에서 이런 말을 했었다.

"인생이란 일장춘몽이요. 한낱 물거품 같구나. 내 나이 칠십, 인생 칠십 고래희(人生七十古來稀)라 했다지. 오래 살아 천덕꾸러기가 됐구나. 이젠 죽을 날만 남은 것 같구나. 아무쪼록 너희들은 나의 전철을 밟지 말고 올곧게 살아 주기 바랄 뿐이다. 욕속부달(欲速不達)이라 나에게 욕심만 과했지. 실수의 연발이었구나. 염치없다."

듣고만 있던 자녀들은 시리 죽은 누에 같았다. 정수 씨는 밖에 나가 달을 보며 시조 한 수를 읊는다.

"청산리 벽계수야 쉬이 감을 자랑 마라 일도 창해하면 돌아오기 어려우니…."

자신의 팔자타령이다. 자결할 날짜를 곰곰이 생각했다. 불자들이 절을 찾는 초하루나 보름날은 가급적 피하리라. 사람들의 눈에 쉽게 띄기 때문이다.

계획된 죽을 날짜에 부모님의 선형을 찾았다. 주도면밀한 계획이었다. 큼직한 빈 깡통 하나에 소주병도 등산용 가방에 챙겼다. 목맬 끈은 혁대로 충분하리라. 산속이 노송으로 꽉 차서 몸을 숨기기가 좋을 성싶었다. 유언장 두 장을 써서 한 장은 집에다 숨겨 놓고 한 장은 주머니에 넣었다. 옷 입은 채로 시신의 매장 문제 때문이다. 아무래도 부모님의 산소 옆자리가 편안하리라 여겼기 때문이다.

정수 씨는 부인한테도 행방을 말하지 않고 집을 나섰다. 두 시간 만에 부여에 있는 산소에 도착했다. 8대 조부모 이하 부모님에까지 절을 올렸다.

"너, 요놈! 겨우 죽으러 왔느냐? 그것은 절대로 안 된다."

합장한 부모님의 봉분 속에서 벼락같은 호통이 하늘을 찌를 듯하다. 물론 환청이었다.

"아버지, 어머님, 불초자식을 용서하세요. 살아보려고 했으나 망신살만 뻗치고 모든 게 제 잘못이었습니다."

엎드려 황소처럼 한 시간을 울었다. 산소 앞에 백 년 묵은 주목이 바람결에 고개를 끄덕인다. 쾌히 허락한다는 뜻 같다. 묘소 옆에 가지 많은 큼직한 소나무 아래에서 2홉짜리 소주 세 병을 마셨다. 단단한 가지에 혁대로 목을 둘렀다. 끈의 이음매는 목 뒤쪽으로 했다. 그래야 숨통이 쉽게 끊어지기 때문이다. 발밑에 올려놓은 깡통을 발로 차버리면 그만이다. 죽음은 순간이다. 몸부림도 칠 것이다. 한 많은 이 세상 소풍 왔다가 잘 간다. "객" 개처럼 혓바닥 내밀고 몽정(夢精)을 한단다. 죽는 순간 쾌감의 극치라 했다. 그 누가 지어낸 말인가? 실제일까?

'나 죽으면 써 놓은 편지를 보고 자식들이 찾아와 묻어 주겠지?'

꼭 실행하리라. 이때 우렁찬 환청이 하늘을 깼다. 바람결에 아버님의 큰 목소리이다.

"이 못난 자석아 그까짓 돈 몇 푼 때문에 죽으려느냐? 너를 어떻게 키웠는지 아느냐? 이 못된 놈아. 냉큼 집으로 돌아가 마음을 정리하거라. 살면 좋은 날이 올 것이다."

아버님의 계시이다. 마음이 바뀌었다. 빈 깡통을 차버리지 않고 발디딤을 한 채 밧줄 끈을 풀었다. 이를 엿보던 참새 녀석들이 '뽀르르' 웃는다. 살기도 어렵고 죽기도 어렵다.

아버님의 말씀 때문에 살기로 했다. 아버님 산소 옆에서 소주를 들이마셨다. 한숨 자고 죄인처럼 귀가했다. 허허허 하늘이 웃을 일이다.

풀이 죽은 누에처럼 집으로 왔다. 안방에 들어서니 시집간 딸 넷하고 아들이 모였다. 어두운 표정들이었다.

"아버지, 어디 갔다 오셨어요?"

큰딸 정애, 둘째 정옥, 셋째 정화, 막내 정희였다. 넷은 윗목에서 도사리고 앉아 슬며시 들어오는 부친의 얼굴을 넌지시 살핀다. 외아들 인수 군도 참석했다. 여장부 소리를 듣는 셋째 정화가 걱정스러운 얼굴로 말을 꺼냈다. 그녀는 현직 경찰관이다.

"아버님, 어디 갔다 오셨어요? 온종일 기다렸단 말이에요."

자녀들은 정수 씨의 눈치를 요리조리 살핀다. 고향 선형으로 죽으러 갔다 오는지는 몰랐다.

"아버님, 너무 심려 마세요. 저희가 빚을 갚아 드리겠어요. 그러니 다른 생각은 마세요."

자녀들은 부모의 두 손목을 힘껏 잡았다. 따뜻한 손목이다. 정수 씨는 세상에 다시 태어난 기분이다. 딸들이 채무를 떠안기 위해 적금을 들어 갚아준단다. 정수 씨는 감격의 눈물을 흘렸다. 저희도 살기 어려운데 참으로 염치없는 일이었다. 정수 씨의 죽은 목숨이 살아났다. 그래도 집에 눌러만 있기가 염치없었다. 무료한 일상이었다. 이젠 주식에 주자도 듣기 싫었다.

'에따, 명행 씨에게 들은 중국행 보따리 장사나 해야겠다. 그게 마누라의 눈길을 피하는 길이니라. 명행 씨에게 들은 보따리 장사 얘기이다. 뱃삯과 자는 것 먹는 것 모두를 상단(商團)의 팀장이 해결해 준단다. 그러다가 여차하면 바닷물에 몸을 던져 쥐도 새도 모르게 죽고 싶었다. 죽음에 대한 정수 씨의 심정은 변함이 없었다.

정수 씨는 일제강점기 때의 목포 출신으로 극작가였던 김우진이 존경스러웠다. 애들같이 엉뚱한 생각을 해보았다. 저 달 보며 말이다.

'아래도 한세상, 저래도 한세상' '사의 찬미'를 부르던 윤심덕과 김우진, 그들은 부관 연락선을 타고 귀국하다가 현해탄에 몸을 던져 죽은 사건이다. 나이 들어 그들의 쓰라린 심정을 이해할 만하다.

대서특필로 신문에 보도될 일은 없을 것이다. 쓸데없는 잡생각이었다.

정수 씨는 그날 밤 대전 유등천 다리 밑으로 나갔다. 바람도 쐴 겸 장기 한판 생각이 나서였다. 마침 대작자가 있어 한판을 벌이는데 중국행 보따리 장사 얘기가 옆자리에서 붂어졌다.

"중국 다니는 보따리 장사가 좋다 하오, 돈 벌고 너른 중국 대륙 구경하며 시간 보내기가 십상이라오."

팔자가 늘어진다는 말에 정수 씨는 솔깃했다. 어서 집을 나가야지.

정수 씨는 발설한 당사자를 붙들고 중국에 다니는 보따리 장사의 경위를 낱낱이 물었다. 건강에 이상이 없으면 나이 불문. 여권과 중국 사증(査證)만 받으면 군산항에서 일, 화, 목 3회에 걸쳐 중국으로 들어간단다. 편도 12시간, 망망대해를 누빌 만하단다. 장고(長考) 끝에 실행에 옮기기로 했다. 시청에 들러 여권 신청을, 여행사를 통해 중국 비자를 받았다. 옷 몇 벌과 생활 도구를 챙겨서 중국행 앞잡이 명행 씨의 뒤를 강아지처럼 따라다녔다.

군산 국제항에는 궁전 같은 '씨다호 페리호'가 장엄하게 멈춰있다. 중국 산둥반도 석도 가는 배였다.

"울며 헤진 군산항을 뒤돌아보며 연락선 난간머리 흘러온 달빛 이별만은 어렵더라 이별만은 슬프더라"

항구를 출발할 때 옆에서 콧노래로 그 누군가 불러주는 건가? 심금을 울렸다.

선실 식당에서 4천 원짜리 석식을 먹은 후 정수 씨는 어두운 갑판으로 나왔다. 부웅부웅, 뱃고동 울리며 배는 떠난다. 가족을 버리고 떠나는 것 같아 회심한 생각이 들었다. 상인과 여행객들이 뒤엉켜 갑판 위에서 밤바다를 즐긴다. 빠알간 집어등을 켠 우리의 고깃배들이 황해의 밤바다를 누비고 있었다. 조업하는 장면이 꽃 대궐의 윤무 같다. 나의 조국 대한민국이 장하다. 집을 나와 배 타기를 잘한 것 같다. 이 모두가 정수 씨에게 증권의 여파이다.

정수 씨에게 죽음의 미련은 꼬리를 달고 다녔다. 이 한 몸 썩어빠진 몸뚱어리, 추풍낙엽처럼 바닷속에 날려 흔적조차 없이 사라지는 게 좋을 성싶었다. 정수 씨는 중국산 연태 고량주 두 잔을 거푸 들고 얼떨결에 갑판으로 다시 나갔다. 검은 파도는 철썩철썩, 하마처럼 큰 입을 떡 벌려 정수 씨를 잡아먹으려고 쏴쏴 거린다. 섬찟하다 못해 으스스 떨렸다.

마음을 바꾸었다. 검은 밤바다가 두렵다. 마누라한테 시달림을 받으면서 사는 데까지 살아보자. 오기도 생겼고 죽기는 싫었다. 정수 씨의 몸에서 짭조름한 소금 냄새가 풍겼다. 중국과 군산을 왕래하면서 보름 동안이나 배를 탔다. 진절머리는 나지 않고 다닐 만했다. 큰맘 먹고 아내의 보약 한 제를 지어 귀국했다. 보약 한 제 때문에 대문 열기가 떳떳했다.

"여보 나 왔소. 나 왔단 말이요."

출세하여 금의환향(錦衣還鄉)하는 기분이었다. 보약 때문이었다.

"당신 어서 와요."

삽살개처럼 꼬릴 흔들며 아내는 팔을 벌리며 뛰어나왔다. 최대의 환영이었다. 사람의 마음이란 이렇게 변하고 변하는 모양이다.

남편이 집을 나가니 남편 귀한 줄을 알고, 남편은 남편대로 아내 귀한 걸 알게 된 것이다. 정수 씨에게 증권파동이 인생의 대전환점이 된 셈이다. 무릇 동물에겐 귀소본능(歸巢本能)이 있다. 미우나 고우나 가정에 마누라가 있으니 좋다.

"임자, 당신 몸보신시키려고 돈 아껴 보약 한 제 져왔소이다."

아내한테 대뜸 고했다. 한약 얘기로 심성 사나운 금영혜 여사의 낭군 대하는 태도는 백 점!

"여보, 고생하셨지요?"

집 나가라고 지랄 방귀 뀔 때는 언제이고? 보약 사 왔다 하니 좋아서 매달릴 제는 언제인고? 정수 씨의 느낌이다.

"여보, 배 타면서 당신 생각 많이 하였소. 칭다오 짝퉁 시장에서 영양탕 한 그릇을 한국 돈 2천 원에 사 먹었단 말이요."

"잘했군요. 잘했어요."

정수 씨는 중국 갔다 온 얘기를 풍을 치며 늘어놨다. 그래도 아내가 집을 지키고 있어 든든하고 큰 버팀목이라고 여겼다.

"그러면 또 다녀오시구랴. 당신이 집에 없는 게 나도 편해요. 잡기(雜技)에 빠지지 말고요."

아내의 태도가 감초 맛이다. 정수 씨는 집에서 며칠 묵고 군산 국제항에서 석도 행 배에 또 올랐다. 보따리 장사 동료들이 반가이 맞아 주었다. 매점에 들러 어묵에다가 소주 한 잔도 들이켰다. 석도 행 씨다호는 군산항을 출발했다. 연안 부두에 이별의 항구 노래는 없었다.

"바둑 친구 또 만났네! 그려."

중국 석도 숙소에서 따이공 동료 몇몇이 돈을 걸었다. 석도 항 새벽시장에 들러 낙지와 문어를 사다가 회를 쳐 연태 고량주에 포식을 했다. 인간도처유청산(人間到處有靑山)이라 했겠다. 사람은 사람 속에 사니 좋았다.

정수 씨는 이곳에서 인생의 쾌재를 맛보았다. 소무역상들의 숙소에 들어서면 밤새도록 인생 역정을 쏟아 놓는다. 남자만의 세계에서 음담패설도 섞음 섞음, 배꼽을 쥐고 웃는다.

"내년에는 압록강 건너 중국 단둥을 가봐야지. 중국 떼놈들과 한 판을 벌여야지."

입담 좋은 서울각쟁이 준철 씨의 말이다. 신의주 압록강 건너 중국 단둥은 교역의 중심 도시이다. 북한 사람도 많았다.

이렇게 너른 세상 구경을 하게 된 것은 자신이 겪은 주식 파동의 덕이다. 정수 씨는 죽기 전 중국 단둥 가는 게 꿈이었다. 자결하지 않기를 잘했다. 중국의 젖줄 양자강도 건너보고 산둥반도 태산에 올라 공자처럼 천하를 굽어보고 싶었다.

정수 씨에게 주식 투자는 인생역정의 이야기가 됐다. 또 세월이 흘렀다. 전화위복(轉禍爲福)이라고 할 수는 없다. 하지만 정수 씨는 일생에서 하고 싶은 일을 했으니 여한이 없었다. 주식 투자는 실패로 돌아갔지만 말이다. 그는 죽지 않고 떳떳이 살았다. 주식 투자는 국가 산업 발전의 축이 된다. 지난날의 편린(片鱗), 주식으로 만신창이(滿身瘡痍)가 된 정수 씨의 얼룩진 마음을 알만하다.

"난 보따리장수가 아니고, 소무역상이야. 살아 있으매 배 타고 중국의 고색창연한 풍광도 볼 수 있단 말이다."

주식으로 일그러진 정수 씨의 머리 위에 단비가 내렸다. 그리고 이내 개었다.

빨간 저녁노을이 동녘 하늘의 황홀한 무지개와 함께 빨간 미소를 뿌렸다. 정수 씨는 가족들의 정과 사랑, 인내하는 맘으로 되살아났다.

입양아 순이

"나는 나는 집도 없는 고아랍니다."

바람 부는 날 보육원에서 어린 소녀 순이가 창가에서 부르던 노래다. 청승맞은 가사이다. 고아 소녀 순이는 커가면서 부모님 생각이 더욱 간절하였다.

그럴 때면 이 노래를 남몰래 부르고 눈물을 삼켰다. 이젠 낭랑 십팔 세 다 큰 처녀이다. 부모가 누구인지 알 턱이 없다. 어린 시절을 영아원에서 양육을 받다가 유성 천양원으로 옮겨 생활했다는 점이다. 천양원 앞뜨락이 내 집의 전부였다.

소녀는 박순이라는 이름으로 불렸으며 생년월일 등 호적 정리는 천양원에서 일괄 처리해 주었단다. 물론 법령에 의해서이다. 내 나라가 고마웠다.

순이는 동화책에 나오는 '빨간 머리 앤'처럼 풍부한 상상력과 고집스러움을 안고 보육원에서 커 왔다. 붙임성도 있었다. 고집스러움이란 자기의 주관이 또렷하다는 얘기가 아닐까?

한 번은 원생들과 유성장에 들렀다. 시장 바닥에서 들은 말이다.

"보육원 아이들은 살살 눈치만 보며 여간하여 웃음이 없지."

시장 바닥에서 어머니들의 험악한 얘기를 흘려들었다. 잘 보고 한 말이다. 더러는 그런 아이들이 있기도 하다.

순이에게 가장 듣기 싫은 말이기도 하다. 시장 바닥 마트 앞에서 여자아이 하나를 세워 놓고 어른들이 말장난을 치는 게 아닌가?

"아니, 우리 보육원의 영옥이 아닌가?"

"어머님들, 우리는 다 그런 게 아니어요. 우리도 정직하단 말이에요."

잽싸게 한마디 던졌다. 울고 있는 그 아이는 천양원 원생이었다. 울보에 콧물쟁이로 이름난 영옥이었다. 지적 수준도 낮은 편이다. 어쩌다 과자가 먹고 싶어 상점에서 훔치다 들킨 것 같다.

"아주머니 죄송해요."

순이는 호주머니에서 천 원을 꺼내서 과자 값을 건넸다.

"다시는 그런 짓 하면 안 된다."

순이가 어린 영옥이의 어깨를 토닥이며 타일렀다. 보육원 학생 중에는 반항적이고 도벽성이 있는 아이들이 더러 있다. 부모의 사랑 결핍 때문이었다.

순이는 어른들이 마구잡이로 지껄여대는 소리가 듣기 싫었다.

"우리 보육원생을 비난하는 소리를 들으면 싸움이라도 할 것이야."

정의감의 발로였다.

천생의 고아 소녀 순이는 천성이 명랑하며 매사에 수용적이었다. 평소에 근면 성실했으며 주위에서 원생들이 언니처럼 따라주었다.

"이젠 열흘이 있으면 정든 천양원을 떠나야 한다."

이렇게 착한 순이에게 보육 기간이 만료가 된 것이다. 생각할수록 눈물이 앞을 가렸다. 보육원의 규정이 만 18세가 끝나는 해에는 보육원을 떠나야만 된다. 사회에 나가 자립 생활을 하는 것이다. 고등학교도 보육원에서 보내준다.

원생들이 온실 속에 있다가 바람 부는 사회 속으로 나가는 것이다. 햇병아리를 키워 마당으로 내모는 격이다. 또 그렇게 해야 한다. 보육원에서 그 외는 책임을 져주지 않았다. 사회에 나가 문제가 생기면 청소년 치료감호 기관에 보내진다. 그렇지 않기를 바랄 뿐이다.

천양원을 나오면 순이는 갈 곳이 정해져 있다. 순이가 다니고 있는 유성 장로교회 서준원 목사님의 소개로 천안으로 가게 됐다. 심성이 고운 홀로 사는 부잣집 할머니라고 소개받았으며 천양원에서 여러 번 대면한 적이 있었다.

"참하고 곱게 생겼구나. 우리 집에 오면 딸로 여기고 내년에는 대학까지 보내주겠다."

보육원 사무실에서 대면하여 천안 할머님과 나누던 얘기이다. 호적에 입양 딸로 입적한다는 얘기는 안 나왔다. 순이는 보육원을 떠나는 섭섭함과 생활환경이 바뀌는 점에서 지레 겁도 났다.

약속한 대로 범이 할머님 댁에서 살게 됐다. 천안은 물설고 산 설은 곳이었다. 새로운 환경에서 둘이 살다 보니 그게 아니었다.

대화가 부족하고 순이는 눈치만 보며 살았다. 냉큼 맘속을 서로가 터놓지 않는 것이다.

"언년아, 찬물 좀 떠오너라."

할멈은 순이를 언년이라 부르며 창칼처럼 부려 먹었다. 자기 뜻

에 맞지 않으면

"얹혀사는 주제에 꼴값을 떠네."

할멈은 마구잡이 욕지거리이다. 허구한 날 내뱉는 고약한 말투였다. 습관이었다. 할멈은 교회를 다니지만, 성령이 몸에 배지 못한 것 같았다. 오지 말아야 할 곳을 온 꼴이다.

"참아야지, 참아야지."

순이는 인내로 하루하루를 살았다. 지난 생활은 다 그리웠다. 자나 깨나 유성 천양원에서의 생활을 잊지 못했다.

"아이들은 부모의 사랑을 먹고 자란다."

그 말을 자주 듣곤 했다.

순이는 천양원을 나오기 전에 오백만 원의 사회 정착금을 받았다. 그리고 3년 동안 30만 원의 자립 수당을 받는다. 그 돈을 생명과 같이 아꼈다.

"할머님 댁에서 가정부 생활로 번 돈과 그를 밑천 삼아 자립 생활을 해야지."

2019년부터 우리나라는 사회 복지 제도가 정착됐다. 보육원에서의 고교 3년은 학업을 익히고 퇴소 준비 기간이었다. 사회 적응에 대하여 정보를 입수하고 할 일을 찾아야 했다. 그래서 이번에 천안 범이 할머님 댁으로 들어왔던 것이다.

순이는 미국이나 영국, 벨기에 같은 해외 입양도 생각했다. 조국을 등지기 싫었다.

우리나라에서는 사회 보육 시설을 떠나야 할 아이들이 매년 이천오백 명 내지 삼천 명에 이른다고 한다. 커가면서 부모에 대한 원망과 극도의 자괴감에 빠져 극단적 선택을 하는 자도 있었다. 그건 바람직하지 못하며 최악의 상태라고 순이는 경외시했다.

'사회에 나가면 꿈과 희망을 안고 긍정적으로 살아가야지.'

그게 소망이었다.

'아기 때부터 입양할 부모님을 만나 살았으면 좋았는데?'

그러나 그렇지를 못했다. 때를 놓친 것이다.

순이가 영아(嬰兒) 때에 위탁부모 슬하에서 자라다가 맡겨진 곳은 유성의 천양원이다. 유성 천양원은 독실한 천주교인이신 강학인 할머님이 설립하셨다. 의인이셨다.

지금의 천양원 양화순 원장님은 원생들을 친자식처럼 보살피셨다. 어린 원생들이 생활하는 공간을 내 집처럼 꾸미고 그림 같은 그 집에서 아이들은 꿈과 희망을 먹고 자랐다.

사회 자선단체인 보육원 원아를 돕는 기관도 많았다. 예를 들면 친부모를 찾아주고, 재정적 지원을 해주며 입양을 주선해 주는 봉사 기관이었다. 대표적인 예가 '홀트 아동복지재단'이다. 그 재단은 어둠을 밝히는 인류의 횃불이었다.

홀트 복지재단을 통해서 미국, 영국, 독일로 해외 입양 가는 예가 많다. 순이도 그런 절차를 밟고 싶었으나 나이도 차고 고국을 등지기는 싫었다.

순이가 천양원을 떠날 때 며칠을 이불 속에서 엎치락뒤치락했다. 정든 보모들 하며 친동생 같은 원생들을 두고 천양원을 떠날 날이 코앞에 닥쳤기 때문이다.

순이가 쓰던 탁상 위의 희미한 조명등, 손때가 묻은 책상머리, 체온이 머문 침구류 등 잘 있거라, 잘 있어. 방문의 문고리 하나에도 담뿍 정을 들이고 떠난다고 생각하니 눈물이 비 오듯 했다. 순이는 이불을 칭칭 감고 울었다.

내일이면 범이 할머님 댁으로 가야 한다. 천안 불당동이란다. 범이 할멈은 파 뿌리 같은 하얀 머리에 주름살이 자글자글했다. 안경도 내리써서 괴이쩍게 보였다. 마귀할멈 같은 몰골이었다.

동화책에 나오는 '빨간 머리 앤'처럼 자신이 넉살 좋고 애교도 떨어야 하는데…. 영 자신이 없었다.

순이가 유성 천양원을 떠나는 날 가랑비가 내리고 있었다. 원생들은 비를 맞으며 모두 나와서 손을 흔들어 주었다. 지난날의 생각에 가슴 저리다.

천안 범이 할머님은 부유하게 살고 있었다. 고작 강아지 한 마리를 품에 안고 있었다. 집이 크고 잔디가 깔린 너른 정원에 푸른 관상수가 키 자랑을 했지만 어쩐지 고적해 보였다. 할아버지는 일찍 돌아가시고 슬하에 자녀가 없단다.

"이 방이 네 방이다."

방문을 여는 순간 퀘퀘한 곰팡이 냄새가 코를 찔렀다. 찢어진 노란 커튼 자락이 스며든 바람결에 흔들렸다.

나중에 안 일이지만 범이 할멈은 남편한테 상속받은 재산이 엄청 많단다. 그러나 손에 쥘 줄만 알았지 돈을 쓸 줄을 모르는 구두쇠 할멈이라고 소문이 자자했다.

순이는 이런 집에 들어가 수양딸 노릇에 살림하는 대가로 급료를 받기로 약정이 됐다. 그런데 그 일이 잘 실천이 안 됐다. 범이 할머님 댁에서 대학 얘기는 접었다. 천양원을 떠나기 전 들은 얘기이다.

"그곳에 가면 친할머니처럼 여기고 잘해 드려라."

양화순 원장님의 거듭 분부 말씀이었다. 천안까지 양 원장님이 바래다주셨다.

"원장님 고마웠습니다. 은혜 잊지 않겠어요."

순이는 천안 범이 할머니 댁에서 1년을 숨죽여 살았다. 입양 딸로 입적은 하지 않았으며 수양딸로 행세했다. 열심히 살림을 도왔다. 지독한 구두쇠 할망구였다. 그러나 급료는 알뜰히 챙겼다.

순이는 매월 받는 일정 액수의 급료를 저축하고 가까이에 있는 미용 학원에 다녔다. 생업의 터전을 닦기 위함이었다.

"아이고 혼자 살 때가 마음 편하고 좋았지."

할멈은 가끔 이런 말을 흘렸다. 듣기 싫은 말이다.

"내가 분명히 금반지 다섯 개를 문갑에 두었는데 한 개가 축났단 말이여."

하루는 뜬금없이 트집을 잡는 것이었다. 터무니없는 몽덕이었다. 그렇다고 범이 할멈이 치매를 앓는 망령 들린 노인도 아니었다.

'내가 도둑년이란 말인가?'

며칠을 두고 울먹이다가 범이 할머니 댁을 나올 수밖에 없었다. 순이의 짓은 절대로 아니었다. 할멈이 마귀할멈처럼 두려웠다. 내쫓기 위한 모략인지도 모른다. 순이는 할멈과 정붙여 살려고 했는데 이럴 수도 저럴 수도 없었다. 뿌리칠 때 뿌리쳐야 한다. 그 집을 나오기로 맘먹었다.

'대전 서준원 목사님께 전화를 드릴까?' 도둑년으로 몰린 자신이

가여웠다. 어쩔 수 없이 범이 할멈 집을 나와 천안 역전 근처의 여인숙에서 한없이 울었다. 그곳에서 며칠을 묵다가 교차로를 보고 천안의 중심부에 있는 한정식집에 취업을 했다. 한정식집은 반찬의 가지 수가 많아 새벽부터 부지런을 떨어야 한다. 순이는 뜨내기 신세가 된 것이다. 그러던 중에 단골손님인 육십 대 초반의 깔끔한 금은방 할아범을 만났다. 지인의 소개로 그 집에서 숙식을 하며 수양딸처럼 지내게 됐다. 순이에게 두 번째의 인간 접목이다. 이북이 고향이라며 소규모의 금은방을 경영하며 지독한 홀아비로 통했다.

'전생에 금붙이하고 인연인가? 말이 금은방 아저씨이지 쇠똥 냄새나는 스크루지야.'

방바닥의 천장을 바라보면서 순이는 자신의 팔자를 탄식했다. 금은방 할아범 댁에서 1년을 지내는 동안 그런대로 정이 들었다. 명분상 그 집의 손녀딸이 되었다. 금덩어리를 만지니 금동 할아범이라고 순이가 혹을 붙였다.

"우리 손녀가 있으니 집에 더운 바람이 부는구나."

늘 칭찬이었다. 그도 그럴 것이 순이는 금방을 오가며 쉬지 않고 현관 마루와 방바닥을 매일 쓸고 닦았다. 번들번들 윤이 났다.

그런데 묘한 일이 벌어졌다. 밤이면 금동 할아범이 능구렁이가 되어 문지방을 넘나드는 것이다. 큰 베개를 들고 도둑고양이처럼 순이 방에 살금살금 들어와 넘실댔다. 몰상식한 일이었다.

"순이야, 날이 춥구나. 사지가 욱신거린다. 가까이 와서 주물러 다구."

할아범은 시도 때도 없이 안마를 요구했다. 그리고 날이 갈수록 작태가 더했다. 시골 흙벽돌집에 황구렁이가 방으로 기어드는 격이었다. 순이는 떨리고 불안했다. 이런 일은 끊이지를 않았다. 그러나 참고 견뎠다.

천고마비의 계절 늦가을이다.

"순이야, 바람도 쐴 겸 금산에 인삼 사러 갈래? 요즈음 인삼 축제란다."

할아범의 청이었다. 순이는 금동 할아범과 금산에 갔다. 맛있는 것도 사 먹고 금산 구경 한번 잘했다. 금산은 농지마다 검은 장막을 씌우고 검은 인삼밭 천지였다. 비닐하우스 안에는 토닥토닥 깻잎도 자란단다.

'미래의 고향, 희망의 땅' 금산을 다녀온 뒤부터 순이의 마음이 바뀌었다. 금산이 아른거렸다.

순이는 금동 할아범 댁을 뛰쳐나오고 싶었으며 충남의 끄트머리에 있는 금산에 가서 인삼 장사를 하고 싶었다.

인삼밭에서 자투리 인삼을 쓸어 담아 뭉텡이 돈을 만졌으면 하는 가슴 벅찬 의욕이 생겼다. 인삼 소비자들이 전국 각처에서 구름처럼 모여든단다.

가게마다 즐비하게 진열된 수삼, 건삼, 흑삼, 홍삼이 돈다발로 보였다. 특히 투명한 유리병 속에 담은 인체 모양의 인삼이 풍만한 여신처럼 느껴졌다. 인간 군상처럼 용트림하는 신묘한 인삼의 그 매력에 빠졌다.

'투명한 유리병에 인삼을 담아서 팔면 좋겠다. 인삼 전문 업체를 열면 돈방석에 앉을 거야!'

정착금 5백만 원과 벌어들인 돈다발이 통장에 고스란히 살아 숨쉰다.

순이는 천안 금동 할아범 댁으로 돌아와 하루의 소감을 일기에 담았다. 금산 인삼 시장을 두루 탐색하는 과정에서 삶에 대한 의욕이 용솟음쳤다. 잠잠한 며칠이 지났다.

"순이야, 내일은 나가서 불고기나 실컷 먹자꾸나."

금동 할아범은 순이의 마음을 애써 사려는 듯했다. 웬일일까? 더한 꿍꿍이속이 있을 것 같다. 애지중지 소중히 간직한 젖무덤을 송충이처럼 더듬을 것만 같다. 기겁할 일이다. 추야장 깊은 밤 부슬부슬 비 내리는 까만 밤이었다.

"순이야, 비는 오고 진종일 오금이 쑤시는구나."

팔다리를 주물러 달라는 것이다. 금동 할아범은 염치도 없이 안마를 요구한다. 넌지시 건너다보는 할아범의 눈시울이 삵처럼 보인다. 안마해 주는 순이의 몸을 슬그머니 끌어안으려 한다.

"어서 이리 오너라."

그게 싫었다. 그럴 때마다 순이는 강원도 치악산의 옛이야기가 떠올랐다. 나그네와 구렁이 산까치에 얽힌 설화이다. 종에 머리를 지쳐 종소리를 낸 은혜 갚은 까치 얘기이다. 금동 할아범이 치악산의 구렁이처럼 역겨웠다. 그날은 시장의 가게 문을 닫는 날이다. 빨래를 해서 줄에 널었다. 순이가 자기 방에서 문틈으로 밖을 보니 할아범은 블라우스에 코를 대고 날름거렸다. 반미치광이에 변태 성욕자 같았다. 빨리 이 집을 뛰쳐나가고 싶었다.

집 없고 부모 없는 설움이 다 이런가 보다. 요즈음 밤마다 보육원

꿈을 꿨다. 원생들과 둘러앉아 도란도란 얘기하던 모습이다. 순이는 일기장에 시 한 수를 썼다.

　순이는 금동 할아범의 집을 나가기로 작심을 하고 금산을 다녀오기로 했다. 혼자서 무작정 금산행 버스에 올랐다. 가슴이 뻥 뚫릴 것만 같다. 시원한 바람 마시며 산등성의 뭉게구름을 쳐다보며 금산 쪽에 오니, 밀레의 그림 같은 전원 풍경에 하얀 앞치마 둘러 깻잎 따는 여인네들의 모습이 정겨웠다.

　'나도 아줌마들과 깻잎 따는 일이나 할까?' 그런 생각도 든다. 우선 금산읍에 도착하여 길가에 놓인 교차로를 훑어봤다. 인삼 일, 깻잎 따는 일 등 일거리가 지천이다. 손끝만 움직이면 돈이 될 듯했다. 배가 고파 순대 국밥집을 찾았다.

　점심시간이라 손님으로 붐볐다.

　"젊은 인부 구하기가 힘드는구만."

　식당에서 손님들의 왁자지껄한 대화였다. 자세한 얘기를 들으니 농기계로 인삼을 캐는 과정에서 품질별로 몸체가 두 토막 세 토막이 나서 인삼을 선별하고 흙을 떨어내는 막일이란다. 어디 그뿐인가? 이름하여 인삼의 자투리인 이삭이다. 몸체가 잘린 자투리 뿌리가 흙 속에 흰 굼벵이처럼 누워 일거리를 더한단다. 버리기도 아깝단다. 이걸 고르는 막일이란다. 그런데 일손이 턱없이 부족하다는 것이다. 메뚜기도 한철이란다. 건삼을 판매하는 일, 홍삼, 흑삼을 만드는 과정 등 그 일에 참여하고 싶었다. 용기를 내어 그들의 옆에 가까이 다가섰다.

　"옆에서 말씀 잘 들었습니다. 이삭 줍는 일이라면 소녀도 가서 도와드릴까요?"

순이는 용기를 내서 참견을 했다.

"꽃같이 고운 아씨가 손때 묻으려고요?"

식당 안에서 이분들의 대화를 통해서 인삼에 대한 지식을 얻었다. 그날은 그렇게 하루를 보내고 느지막이 천안으로 돌아와 금동 할아범에게 인삼 얘기를 했다. 듣기 싫다는 눈치였다.

"집 나갈 생각 말고 가게에 나와서 계산이나 해다오."

벌 먹은 말투였다.

그러나 할아범의 결론은 네 뜻대로 하라는 눈치였다. 순이는 깊은 시름에 빠졌다. 이리할까? 저리할까 어떤 일이 잘하는 일인지 모르겠다. 결국 여러 달의 급료를 받고 금동 할아범 댁을 용감히 뛰쳐나왔다.

"할아버지 만수무강하세요."

"기회가 닿거들랑 또 오너라."

할아범은 여운을 남겼으며 순이는 큰절을 올리고 나왔다.

그날은 새벽안개가 자욱이 낀 날이었다. 무작정 금산으로 달려와 여인숙에서 기거하며 마땅한 일자리를 찾았다. '쑥골 인삼집'이라는 곳에 소개를 받아 일하게 됐다. 그 집에서 숙식을 하고 밭에 나가 인부들과 인삼을 캤다. 마구 대들었다. 뒷전에서 이삭 줍는 일이 쏠쏠했다. 쪼그려 앉아 일을 하니 오금이 저렸다.

그새 천안 금동 할아범이 물어물어 금산에 오셨다. 반가웠다.

"매달 급료를 후하게 올려줄 테니 다시 돌아오너라."

간곡한 부탁이었다. 그러나 이미 돌아선 발길 번의(翻意)는 난감했다. 거절할 때에 냉정히 뿌리쳐야 했다. 할아범의 행실이 바르지 못하기 때문이다. '값싼 동정이 대사를 그르친다.'라는 그 말을 익혀 들었기 때문이다.

금산 '쑥골 인삼집'에서의 점원 생활은 순이에게 인생의 새 출발이었다. 거상이었다. 순탄한 길이 열릴 것 같았다. 한가로울 때 인삼의 몸체로 꽃을 만들어 병에 담는 일도 흥미로웠다.

인삼 장사하는 분들은 서로가 경쟁을 떠나서 정보를 교환하고 모두들 이웃사촌이었다. 인삼을 늘어놓고 가게는 대부분 칸막이도 없었다. 호객 행위도 없었다. 토속적인 방언으로 네캉내캉 터놓고 장사를 한다.

그리고 물건은 엄격한 정찰, 정품제이며 정담도 나누고 상부상조한다. 금산의 후한 풍토였다. 보육원에서 나와 따뜻한 인간애를 배우는 것이다. 그게 좋았다.

쑥골 인삼집에서 인삼의 생산, 판매, 홍삼, 흑삼 만드는 과정 등 제반 식견을 쌓았다.

'정품, 정찰, 친절'이라는 여섯 글자를 순이는 쑥골 인삼집 가게 문에 써 붙여 주고 금언으로 삼았다. 좋은 글귀라고 칭찬을 받았으며 다다익선이었다.

쑥골 인삼집에서 일하는 동안 주인집은 6년근 뿌리를 근방에서 차떼기로 사 왔다. 며칠을 닦아서 햇볕에 말렸다.

"소싯적에는 인삼을 머리에 이고 시골에 돌아다니며 장사를 했지."

그렇게 하여 가게를 차렸다는 주인아주머니의 얘기였다. 경북 풍기에서도 인삼 장사를 했단다. 배울 점이 많았다.

"인삼은 소비성이 많아 망할 염려는 없지."

명절쯤에 주인아저씨의 트럭에 인삼을 가득 싣고 대전 서남부 터미널 길목에서 인삼을 팔았다. 순이도 따라가서 염가 판매를 했다. 상품성이 좀 떨어진 물건이었지만 소비자들은 알고도 속고, 모르고도 속았다.

"명함을 받아 가세요. 속았다면 반품하러 오세요."

소문을 듣고 그다음 날도 대전 서남부 정류소 부근으로 사람들이 몰렸다. 그날은 섣달그믐이라 찬바람이 몹시 불었다. 역시 사람은 사람 속에 살아야 할까 보다.

순이는 쑥골 인삼집에 돌아와 거울 앞에서 자신의 얼굴을 내밀었다.

"순이야, 부모 없는 자식 널 사랑한다. 아프지 말고 살자."

거울에다 얼굴을 디밀고 자신을 위로했다. 부모 형제 없는 혈혈단신인 자신에게 정을 주는 주위 사람들이 고마웠다. 그리고 두둑하게 돈이 있으니, 삶에 자신감이 있었다.

"자괴감에 젖지 말고, 자신이 자신을 사랑해야 한다."

대전 천양원에 있을 때 양화순 원장님한테 귀가 시리도록 듣던 자기 사랑 얘기이다.

"나는 나는 집도 없는 고아랍니다. 부모 없는 고아랍니다."

이젠 그런 말 하기도 싫고 생각조차 하기도 싫었다. 한때 순이는 라디오에서 듣던 '이미자의 기러기 아빠'를 좋아했었다.

"산에는 진달래 들엔 개나리 산새도 슬피 우는 노을 진 산골에 엄마 구름 애기 구름 정답게 가는데 엄마는 어디 갔나 어디에 살고 있나 아아 난 외로운 신세 길 잃은 기러기"

달 밝은 밤이면 창가에 홀로 서서 부르던 노래다. 이젠 하루하루 슬픔 속에 젖지 말고 생활의 활력소가 되는 명랑한 노래로 바꿔 부르기로 했다. 그리고 온 우주 만물이 내 품 안의 가족이라고 생각을 바꿨다.

금산 쑥골 인삼집에서 점원 생활을 하다 보니 인삼은 국민 건강에 큰 도움이 되고 일 년 내내 거래량이 많고 순이익이 높아 큰돈을 쥘 수 있다는 자신감을 얻었다. 그래서 인삼에 대한 책자도 사들여 읽고 장사 수완도 길렀다.

보양제인 인삼은 인간들에게 선호도가 높았다. 무어니 해도 장사는 정직, 정품, 정찰(正札)이 제일인가 싶었다. 그래야 신뢰를 얻을 것 같았다. 쑥골 인삼집에서 겨울의 긴긴밤을 혼자 보내기가 심심했다.

인삼 가게 앞 큰길가에서 포장을 치고 붕어빵 장사를 하는 청년과 알게 되어 같이 일하기로 했다. 이름은 김상준, 믿음직스러운 청년이었다. 붕어빵도 굽고 한옆에서 떡볶이 장사를 하기로 했다.

"하늘의 천사님, 눈이 와요."

그날은 눈이 내렸다. 서설(瑞雪)이다. 남녀가 잘 만났다.

일하다 말고 뛰쳐나가 자박자박 눈을 밟았다. 뒤돌아서 발자국을 뒤돌아보며 보며 희망을 가슴에 안았다.

"어마마, 눈 자욱이 흐려지지 않고 그대로 있었으면 좋겠네. 제 발자국 좀 세어 보세요. 같이 밟아 봐요."

생면부지의 고아 출신 김상준 청년을 만나 동업을 하게 된 것은 행운이었다. 서로가 오빠 동생으로 부르기로 약속했다. 그랬더니 든든하고 외롭지 않았다. 하나님이 점지해 준 남녀이다.

길가의 포장마차 장사는 자존심이 상할 것도 없었다. 생업이기 때문이다. '자존심이 밥 먹여 주나?' 맘먹기에 따라 낭만일 수도 있지. 젊은 날의 추억이다. 알고 보니 동업자 김상준 오빠도 보육원 출신이다. 동병상련(同病相憐) 격으로 잘 만났다.

상준 오빠는 전주 풀꽃 보육원에서 자랐으며 이공계 고등학교를 졸업하고 나이가 차 보육원을 나왔다. 순이와 똑같은 처지였다. 낮엔 철공소에서 일하며 밤에는 붕어빵 장사를 한단다. 생활력이 강한 청년이었다.

하늘이 맺어준 인연일까?

"일평생 직업을 보장해 주는 9급 공무원 시험 준비 중이지요."

그는 옆구리에 책을 차고 다닌단다. 공부는 꼭 책상 앞에서 하는 것이 아니란다. 상준 청년은 그 뒤에 공무원이 된다.

순이는 낮에 인삼 가게에서 일하고 밤이면 포장마차로 어김없이 출근했다. 며칠을 같이 일하다 보니 순이는 상준 청년이 친오빠처럼 여겨졌다. 농담도 잘해서 웃을 수 있었다.

포장마차에 더운 공기는 모락모락, 둘만의 얼굴을 보듬는다. 눈 맞춰가며 눈코 뜰 사이 없이 분주했다.

"순이 씨의 해당화 같은 얼굴을 보고 젊은이들이 문전성시를 이뤄요."

그의 칭찬을 들으니 순이는 하늘을 날 듯했다.

"우리 살았을 때 좋은 일 많이 합시다."

오늘은 헌혈차가 늦은 저녁까지 길을 지키고 있었다. 잘 됐다 싶어 둘은 헌혈에 동참했다. 인류애의 정신이다.
"대전 큰 병원에 가면 시신 기증서도 미리 작성하고 싶어요."
서로는 약속을 했다. 헌신적인 착안이다. 순이는 낮에는 인삼 가게에서 저녁에는 포장마차에서 일하고 있었다. 자나 깨나 인삼 가게가 순이에게 큰 꿈이었다.
순이가 금산에 내려온 지 5~6년이 지나 대망의 인삼점을 냈다. 역세권이 좋은 자리이다. 농협에서 융자도 받고 떳떳이 독립을 한 것이다.
'순이 인삼집'이라는 간판을 내걸었으며 문전성시를 이뤘다. 개업하는 날 대전 천양원의 양화순 원장님이 꽃다발을 안고 내방하셨다.
"순이 사장님 축하해요. 우리 순이가 일등 가는 큰 사업가가 되었어요."
이젠 사장 소릴 듣게 됐다. 순이는 큰 힘을 얻었다. 이번에는 건삼, 수삼 파는 옆자리에 진열대를 설치하고 5~6리터의 투명 유리병에 소주를 붓고 인삼병을 제작했다. 살아 숨 쉬는 사람의 형체가 투명한 유리병 속에서 꿈틀거리는 것 같다. 대웅전에 부처님의 나한(羅漢)상 같은 진열이다. 백 년 묵었다는 고가의 산삼(山蔘) 병도 제작했다. 볼수록 신비하고 기기묘묘했다.
"문화 가정의 필수입니다. 거실에 장식하면 환경미화에 만점이에요. 쳐다만 봐도 인삼의 기가 오장육부에 스며들 겁니다."
똑똑하고 재치 있는 말씨로 손님을 끌었다. 그리고 대화 중에 상대방의 인적 사항을 머리에 담았다가 치부(置簿)하여 머리에 담았다. 단골을 확보하려는 상술이었다. 임기응변에도 능소능대한 순이였다. 세계 동서양의 실크로드를 왕래하던 거상(巨商)이 되고 싶었다. 새벽 별을 보고 밤하늘의 달을 보며 바쁘게 일하는 중에도 책을 읽고 시를 썼다. 시를 쓰면 마음이 맑고 풍요롭다. 또 상쾌해진다. 순이는 금산 도서관의 단골이었다. 자아실현을 위해서이다. 그러니 하루의 생활이 즐겁기만 하다.

그러던 중에 금산에 대대적인 인삼 축제가 열렸다. 주위의 권유로 축제에 나가 인삼 아가씨로 뽑혔다. 지인들한테 꽃다발도 받았다. 일생에 최고의 영광의 날이 아닌가? 이 일이 널리 알려져 순이는 유명세를 탄다.

그뿐만이 아니었다. 순이가 인삼 아가씨로 뽑힌 다음 해였다. 금산 인삼 축제 때에 전국 노래자랑 대회가 열렸다. 커다란 인삼 병을 가슴에 안고 순이는 무대에 섰다. 물론 경연 대회에 예선을 통과한 다음이었다.

노래 제목은 이미자의 '그리움은 가슴마다'였다. 구구절절 눈물 어린 감정을 실어 불렀다. 마음 아플 때 부르던 노래였다.

"애타도록 보고파도 찾을 길 없네 오늘도 그려보는 그리운 얼굴 그리움만 쌓이는데 밤하늘에 잔별 같은 수많은 사연 꽃은 지고 세월은 가도 그리움은 가슴마다 사무쳐 오네"

박자, 음정, 감정을 살려 안정된 태도로 불러 대상을 받았으며 큰 박수를 받았다.

그 뒤부터 순이의 인삼 가게는 어머니들로 북새통을 이뤘다. 노래자랑에서 고운 얼굴을 익혔고 위로의 말을 건네주기 위해서이다.

하루는 상준 군을 만나 이런 말을 나눴다.

"우리 밤낮 일만 하지 말고 멋있는 여행이나 다녀오자구요."

"어마마, 좋아요."

순이는 뛸 듯이 기뻐했다.

버스 편으로 영동군 양강면 송호리 휴양 단지는 금산읍에서 이웃이다. 많이들 오시라요.

그곳에서 상준 청년은 순이의 머리에 네잎클로버를 따 행운의 풀꽃을 꽂아주었다.

"당신은 지구상에서 제일 예쁜 나의 공주님이에요."

"그렇다면 상준 씨는 백마 탄 나의 왕자님이지요."

서로는 손을 잡으며 까르르 웃었다. 행복의 한순간이었다.

꽃 피고 새우는 새봄 날, 둘은 결혼식을 올렸다. 주례는 서준원 목사님이셨다. 순이의 축하객은 대전 천양원에서, 신랑 상준의 친지들은 전주 풀꽃 보육원에서 몰려왔다. 금산 시내에서 가깝게 지내는 축하객들로 초만원이었다. 성황리에 결혼식을 마친 신혼부부는 꽃구름 타고 제주도로 신혼여행을 떠났다. 순이는 난생처음 제주도 구경이었다. 하늘이 맺어준 부부였다.

"제주도라, 우리나라에 이렇게 좋은 데가 있었어요?"

감탄사의 연발이었다. 바닷물이 철썩철썩 파도치는 서귀포!

신혼여행지에서 상준은 이런 말을 했다.

"여보, 사랑하는 내 사람, 우리 돈 많이 벌어 홀트아동복지회 같은 자선 기구를 만들자구."

"어머머, 어쩌면 제 마음과 똑같아요. 저도 그게 꿈이에요."

새신랑 김상준이는 꽃 같은 새 새댁을 덥석 안고 긴 뽀뽀를 퍼부었다. 일생일대 최고의 행복한 순간이 아닌가? 부모님도 살아 계시면 저 달을 보시겠지? 마침 둥근달이 창가에서 훔쳐보고 있었다.

신혼여행을 잘 다녀왔다. 둘은 연년생으로 아들딸 낳았으며 순이에게 사업의 번창은 말할 것 없었다. 신랑 상준 군은 공무원이 되어 금산군청에 다니고 있었다. 금산에서 자리 잡은 지 여러 해가 흘렀다. 타향도 정들면 고향, 이젠 완전히 금산 사람이 됐으며 돈도 많이 벌었다.

젊은 부부는 6.25 한국 전쟁 중에 수많은 고아를 살려낸 미국의 홀트 여사를 존경했다. 홀트 여사의 인류애 정신을 살려 자애원이라 명명한 보육원을 차렸다. 보육원 원장이 된 것이다. 금산 시내의 양지바른 하얀 그림 같은 집이었다. 고아로 자란 김상준 청년과 박순이 양은 성공한 인생이었다.

자녀도 아들 둘에, 딸 둘 4남매를 둔 대가족이었다. 둘은 입양아 남매였다. 친자식과 똑같이 길렀다. 가족이 많아 서로 부딪히며 번족하게 사는 게 소망이었다. 기를 북돋고 면역력을 키우는 인삼 가게도 계속 이어갔다. 무정세월은 유수와 같이 흘러 보육원 운영도 잘 됐으며 자녀들은 부모님께 지극한 효도를 했다. 이들의 일생이 남가일몽(南柯一夢)의 헛된 꿈이 아니었다. 세상만사가 새옹지마(塞翁之馬)라 했지만 그렇지 않았다. 둘은 짝을 잘 만났다. 성공한 인생이다.

상속 이변

"저기 가는 저 양반들아, 자기 재물은 꼭 끌어안고 살아야 돼요. 그렇지 않으면 자기 신세 망치기 십상이야! 소생 만복이 이 사람이 그렇게 못했으니 내가 골백번 미친놈이지. 미쳐도 보통 미친놈이 아니란 말일세."

올해 나이 칠십팔 세, 고만복 씨는 틈만 있으면 주위 사람들한테 이렇게 역설하곤 했다. 고생 고생하여 악착같이 돈을 모았지만, 굳건히 재산을 지켜내지 못했다. 후회막급이다. 한때는 돈을 모아 소나무 숲이 우거진 임야도 사들였다. 부모님이 살던 충남 예산 수철리 고향에서의 일이다. 이것저것 따지지도 않고 등기권을 양아들한테 일찌감치 넘겨주었다. 홀가분했지만 그게 탈이었다. 증여자인 본인이 멀쩡하니 살아있으니, 상속이 아니라 증여(贈與)란 말이 맞을 것 같다. 양아들이 엄청나게 잘해 줄 것으로 믿었다. 그러나 오산이었다. 증여 이변이랄까? 상속 이변이랄까? 처음 약속과는 달리 냉랭했다. 자기 손에 쥐니 마음이 달라졌다.

만복 씨의 고달픈 인생 이야기가 전개된다. 만복 씨는 어지간히 복이 없었다. 손톱으로 바위 긁듯 고생 고생하여 사들인 시골 면 소재지의 점포(店鋪) 겸 살던 집 한 채를 재혼한 마누라 때문에 홀라당 날렸다. 문방구를 겸하던 점포는 한때 문전성시였다. 역세권이 좋았다. 장사를 잘하다가 솔깃한 후처의 말만 듣고 점포를 팔아넘기고 대도시인 대전으로 이사를 갔다. 망할 징조였다. 고기도 놀던 물이 좋다고 이사는 함부로 하는 게 아니다. 만복 씨는 면 소재지 점포를 팔아먹은 일을 두고두고 후회했으며 아무리 울어 봐도 소용없었다. 이렇게 해서 늘그막에 양로원 신세가 되었다. 양로원 신세가 된 만복 씨는 이렇게 울분을 토했다.

"소생은 양로원 6학년 고만복이요, 인생은 고해라! 남은 인생 빨리 졸업하고 빨리 하늘나라로 가고 싶은 게 소원입니다. 주마등 같은 인생 역정(人生 歷程)이 하도 서러워 주위 사람들에게 몇 마디 지껄여대고 눈을 감으렵니다."

세상이 말세요. 부모 자식 사이의 천륜! 어찌 이럴 수가 있단 말입니까? 본인은 충청도 충효의 고장 예산에서 문벌(文閥) 있는 집에서 태어나 금자동아 은자동아 자라났습니다. 제주 삼성혈에서 태어났다는 고, 양, 부 씨 중의 제주 고씨 집안의 대종손입니다. 부모님께서 복 많이 받고 무탈하게 살라고 만복(萬福)이란 이름을 지어주셨고 바로 밑에 동생도 오래 살라고 만수(萬壽)라는 이름을 지어주셨답니다. 그러나 동생은 복이 없어 청춘에 요절했으며, 일제강점기에 빚보증으로 부모님은 재산을 날렸습니다. 아우만 살았어도 내 팔자가 요 모양 요 꼴로 꼬이지는 않았을 텐데 말입니다.

사람 팔자 시간문제라고 했지요. 풍진세상(風塵世上)을 만난 탓이지요. 지지리도 못난 저 만복이는 노년에 기막힌 따라지신세가 됐

상속 이변

습니다. 지나는 사람들을 붙잡고 하소연하고 싶었습니다.

"사람 좀 살려 주십시오."

하고 말입니다.

하늘도 무심한 것 같소이다. 땅을 치며 통곡한들 무슨 소용이 있 겠소만, 알토란같은 내 재산 다 날려 보내고 자기 관리 하나 못한 나 자신이 만시지탄(晩時之歎)이외다.

사람이 누구한테나 청탁을 받을 적에는 냉철히 판단하여 결정을 내려야 한다는 걸 이제야 절실히 깨닫게 되었습니다. 맺고 끊는 맛 이 분명해지라는 얘기겠지요. 노생(老生)의 인생 역정은 이러합니 다.

1940년대에 내 나이 20대이었던가요? 일제강점기 때 강제징용을 피해 중국 만주 땅으로 단신 피신을 했지요. 미천한 놈 망명(亡命) 이랄 건 없습니다. 중국 만주 하얼빈에서 잘나가는 피혁 회사에서 근무하게 되었어요. 안타깝게도 젊은 놈이 타국에서 장질부사에 걸 려 병원 신세를 졌습니다. 병원에서 어여쁜 조선족 간호사와 눈이 맞았어요. 사랑의 싹이 자랐어요. 퇴원 후에 쪽방에서 물 한 사발 떠 놓고 실타래를 손목에 감으며 백년가약을 맺었습니다.

"죽도록 사랑합시다."

진한 눈 맞춤을 하며 신혼의 새 출발을 했습니다.

"잘생긴 선남선녀야, 싱호아!"

주위의 중국인들도 우리 내외를 부러워했어요. 원앙새 한 쌍 단 꿀처럼 비비고 살았습니다. 그러다가 조국은 해방을 맞았습니다.

'해방된 역마차는 태극기를 날리며' 유행가의 가사처럼 1945년

8.15 해방을 맞이하여 펄펄 뛰며 좋아했습니다. 그러나 그것도 잠깐, 한반도에 38선이 그어지지 않았습니까? 우리의 원하는 바는 아니었습니다. 애걸 복통할 일이었지요. 중국 하얼빈은 겨울이 길고 추웠어요. 안중근 의사께서 일본 총리대신 이등박문을 저격했던 하얼빈 하면 다 알 것입니다.

"조국이 해방됐으니 그리운 고국으로 갑시다."

우리 부부는 살림을 정리하고 압록강을 건너 38선을 넘어오게 됐지요.

임진강 나루터에서의 기막힌 일도 있었어요. 깜깜한 밤. 38선을 지키던 소련군이 이 몸을 나무 기둥에 묶어 둔 채 아내를 납치해서 돌려가며 겁탈을 했어요. 그때의 끔찍한 일을 회상하면 사지가 벌벌 떨립니다. 속수무책이었습니다. 난세에 아녀자들의 정절이 문제가 되겠습니까? 시국을 잘못 만난 탓이지요.

"면목 없어요."

아내는 울면서 이렇게 말하는 것이었습니다. 38선 임진강에 더러운 몸을 던져 자결하겠다는 것입니다. 아내를 다독거리고 내 조국 대한민국의 품 안으로 들어왔지요. 반겨주는 이가 없었어요.

"선지자(先知者)는 환고향(還故鄕)하지 않는다."

옛말대로 본인은 충청도 예산 고향 땅으로 가기가 싫어 발 닿는 데 아무 데나 정착을 했습죠.

부모님도 돌아가시고 떡두꺼비 같은 아들놈 하나라도 안고 왔으면 고향을 찾았겠지만 멀리 도망간 놈이라 염치가 없었으니까요.

중국에서 모은 돈으로 이름도 생소한 충청도 연기군 모처의 면 소재지의 점포를 인수하였지요. 신혼의 행복을 만끽하며 지악스럽게 일했습니다. 사람의 왕래도 잦고 학교가 가까워 문구류와 잡화를 팔았어요. 지서, 면사무소, 우체국, 술도가 등 기관이 있으며 서울, 부산도 갈 수 있는 국도변 삼거리입니다.

원한의 6.25 전쟁도 이곳에서 겪었지요. 문제는 우리 부부에게 자식이 들어서지 않는 것이었어요. 한약재도 달여 먹이고, 무당 데려다 푸닥거리도 했지만, 마누라 뱃속에 황금 돼지가 눌러앉아 있는지 꿈쩍 않는 거예요. 나이가 들수록 초조했지요. 그러나 아내에게 불평하지 않고 위로의 말로만 일관했습죠. 이렇게 서로가 아끼고 존경했습니다.

"여보, 무자식이 상팔자라오. 그까짓 자식 없으면 대수요? 속이나 달구는 속 건더기 자식이 태어나면 어찌하겠소? 자식은 있어도 걱정, 없어도 걱정이래요."

이러다가 예산에 사는 친조카 자식을 양아들로 입적시켰어요.

처음에는 친부모처럼 잘 대해주었습니다.

"여보, 이젠 돈을 모았으니, 밭떼기나 사들여 떵떵거리고 삽시다."

상의한 끝에 반달만 한 문전옥답 논마지기도 사들이고, 임야도 5천 평을 사들였지요. 고향 산천 선형이 있는 충남 예산 근교였습니다. 좌청룡 우백호에 양택(陽宅), 좋은 묏자리에 적송도 우거져 풍광 만점이었습니다. 그 무렵 충남 예산의 장조카는 미망인이 된 어머니와 평범하게 살고 있었어요.

둘째 성년이 된 조카를 양아들로 입적하고 물권(物權)의 등기를 내준 관계로 집안은 왕래도 잦고 우애가 돈독했어요. 집안에 더운 바람이 불었습니다. 좋은 일도 했으니 내 인생에서 일단은 성공이었습니다.

불행이 닥쳐왔습니다. 세월이 흘러 사랑하던 아내가 시름시름 앓다가 위암으로 죽었습니다. 중간 상처(中間喪妻)는 패가망신 그대로였습니다. 만주 벌판에서 산전수전(山戰水戰) 다 겪은 아내였습니다. 위장병에 좋다는 약제를 다 써보았으나 허탕이었습니다.

"나는 어떡하라구? 나 어떡하라구?"

사랑하는 아내는 달랑 나만 놔두고 저 혼자 하늘나라로 갔습니다. 소생은 졸지에 처량한 홀아비 신세가 됐어요.

아내가 세상을 뜨고 나니 썰렁한 방에는 냉기가 돌고 사람 사는 게 아니었습니다. 소생의 나이 한창 50대, 아내의 나이 45세. 아내 잃은 서러움에 밤이면 천정만 바라보고 엉엉 울었습죠. 하늘은 온통 잿빛 구름이었어요. 사람이란 외로움이 가장 무서운가 봐요. 고독사도 두려웠습니다.

아내의 3년 상을 치르고 대전에 사는 50대의 과수댁을 중매로 맞아들였지요. 대전에서 술장사를 한 여인이었습니다. 시집오자 갖은 아양을 떨며 잘해 주었습니다.

이놈의 여편네가 못된 습관이 배었는지 밥 먹을 때는 염치 불고 반주(飯酒) 한 잔은 필수였습니다. 가게에 손님이 와서 마루에 궁둥이라도 붙이고 갔다면 그 자리를 뺀질뺀질하게 쓸고 닦는 거였습니다. 유별나게 깔끔을 떨었어요. 시골 사람들한테 쇠똥 냄새가 난다는 거예요.

"시골 사람들은 엉덩이에 쇠똥을 묻히고 다니나?"
"여보, 맑은 물에는 물고기가 꼬이지 않는다고 했어요. 그게 무슨 짓이요?"

충고를 했지만 이놈의 여편네 막무가내였습니다. 재혼한 지 첫해는 나긋나긋 말도 잘 듣더니만 세월이 가니 남편을 거꾸로 매달고 다니려 했어요. 잠자리도 피하고 이 사람 만복이 죽을 지경이었습니다. 소죽은 귀신이 들어온 것 같았어요.

"여보, 장사도 잘 안되고 집 팔아 큰 도시로 이사 가요. 시골은 답답해서 싫어요. 이사 가요."

달달 볶아대는 겁니다. 열 번이 아니고 백 번 찍어 안 넘어가는 나무 있겠습니까?

아내의 성화에 지쳐서 잘나가던 점포를 팔고 대전에다 전세를 얻었습니다. 대전 시민이 됐습죠. 친구도 없는 외로운 신세, 배운 게 없어 집에서 천장만 쳐다보기도 지쳤습니다. 전세 얻고 남은 돈만 야금야금 파먹게 됐지요. 예산 전처의 산소에 들어 황소 같은 울음을 터뜨리고 울고 온답니다.

나도 집에만 있기가 지겨워요. 날마다 더해가는 후처의 투정에 미칠 지경이었습니다. 세 살 버릇 여든 간다더니 이놈의 여편네는 분세수하고 밤낮 까질러만 다닙니다. 소싯적부터 배웠다는 춤바람이 도진 거지요.

"아뿔싸, 이것 야단났구나."

아무리 말려도 소용없었습니다. 예쁘장한 여인이 춤바람이 났다 하면 마늘 접에 통마늘 꿰듯이 사내놈들을 옆구리에 주렁주렁 매달고 다닌다지요? 안 가고 못 배기는 집안 망조(亡兆)가 든다는데?

남의 여자들은 살아보려고 발버둥 친다던데 내가 염복(艶福)이 없는지? 그게 아니었어요. 남은 돈 곶감 고치 빼 먹듯 빼먹고 살림 밑천은 바닥이 나고 낭패였어요.

"네가 잘했니? 내가 잘했다."

집안은 전쟁터, 상다리가 날아가고 밤낮 부부 싸움이 그칠 날이 없었지요. 우리집 여편네 진한 분세수에 잘랑잘랑한 스란치마 늘여 입고 물 찬 제비처럼 나가는 꼬락서니를 뒤에서 보면 눈에서 불이 났습니다. 이제 와서 남편 따위는 안하무인이었어요. 낮 열두 시에 나가면 자정 넘어 들어오니 만복이 이 사람 환장할 지경이었습니다.

'좋다. 일찌감치 헤어지자.' 결심했습니다. 조강지처 생각에 눈물 납니다.

그런 와중에 화장품 장사하는 후처의 딸애가 사정사정하는 것이었어요.

"아버지, 1년 안에 꼭 갚겠으니, 장사 밑천 오백만 원만 빌려주세요."

애걸복걸했어요. 마음 약한 이 사람 홀딱 넘어갔습니다. 증서도 없이 선뜻 돈을 내준 게 탈이었지요. 수양딸은 거금을 빌려 간 뒤로는 360도 사람이 변했어요. 함흥차사입니다. 명분이 부녀지간인데 죽입니까? 살립니까?

이 사람 만복이는 머리 싸매고 몸져누웠는데 후처는 여전히 나 몰라라 하는 것입니다. 야속했소이다.

그러던 차에 설상가상으로 예산 양아들이 찾아와 염치 좋게 손을 벌리는 것이었어요.

상속 이변

"아버지 집 판 돈 남았지요? 사업 자금 좀 보태 주세요."
대뜸 한다는 말이 고작 그것이었습죠.
"아들아, 미안하구나. 도회지에 살다 보니 씀새는 많고 어쩔 수 없구나."
그래도 안쓰러워 몇 푼 남은 비자금 반을 뚝 잘라주고 타일러 보냈지요. 이놈도 한 번 가더니 함흥차사(咸興差使)였습니다.
"두고 보라지?"
양아들에게 돈 준 걸 눈치챈 마누라가 생난리를 피는 거였어요? 사는 게 살얼음판을 걷는 것 같았습니다.
"못된 년 같으니라구!"
'마누라 잘못 만나면 평생 원수요. 이웃 잘못 만나면 1년 원수'라는 말이 있지요?
저, 만복이, 후처와 갈라서기로 단단히 결심했습니다. 작심을 하니 후련했습죠.
서로가 원하던 이혼이기 때문에 위자료는 없었고 서로가 빈털터리로 쪽박 차고 물러설 수밖에 없었습니다.
세상만사 새옹지마(塞翁之馬)라 달면 삼키고 쓰면 뱉어버리는, 감탄고토(甘吞苦吐) 그대로였습니다.
본인은 마누라의 집을 뛰쳐나와 세 평짜리 허름한 방 한 칸을 사글세로 얻었습니다.
남의 집 셋방에서 나 혼자 살자니 외롭고 쓸쓸했어요. 아픈 데만 생기고 밤에는 애꿎은 담배 연기만 뿜어대며 천정만 쳐다보며 눕기만 하니 욕창이 생기고 항문에 치질이 도졌어요. 원수니, 악수니 해

도 부부가 같이 살던 때가 좋았어요. 주인과 같이 쓰는 마당가의 재래식 화장실에 피를 적셨더니

"방을 비워 주세요. 추접해서 같이 못 살겠어요."

대뜸 퍼붓는 주인댁의 야멸찬 말에 잠이 안 왔습니다. 계약 기간은 남았지만, 주인의 야멸찬 눈초리를 피하기가 거북스러웠습니다.

대전을 떠나 예산 양아들한테 몸을 의탁하고 싶었습니다. 생의 마지막 보루 같았습니다. 봄이 되면 증여해 준 야산에다가 초막이나 짓고 염소나 토끼를 키우면서 여생을 마치고 싶었습니다.

심사숙고 끝에 대전 근교에 사는 당숙을 찾아가 하소연을 했습죠.

"그렇다면 동행을 해 드리지요."

단단히 약속하고 예산의 양아들 집을 찾았지요. 기대가 크면 실망이 크다고 했던가요? 복 없는 만복이 이 사람 되게 망신만 당했어요. 마당에서 빨래를 널던 계수씨의 사람 대하는 태도가 냉랭했어요. 쳐다도 안 보는 거였어요. 멀리 찾아간 사람 밥 한 끼도 주지 않고, 기껏 한다는 소리가

"젊은 년하고 깨가 쏟아지게 살다가 무슨 염치로 오셨어요. 어서 그년한테 돌아가세요."

당분간 같이 살자 했더니 쥐약 먹은 개처럼 펄쩍펄쩍 뛰는 것이었습니다. 문전박대도 유만부동이지 닭 쫓듯 쫓기어 두말도 못하고 문전박대당한 채 대전으로 돌아왔습니다. 세상에 이럴 수 있습니까? 돌아와서 방바닥에 얼굴을 묻고 엉엉 울었어요.

'내가 공짜로 산다는 거요? 내가 사준 땅 팔아서 내놔요. 내 땅 내놔요.'

증여해 준 땅이 아까웠습니다. 고래고래 소리 지르고 싶었지만 참았습니다. 재산 반환 소송도 생각했지만, 인륜상 있을 수 없는 일이라 포기하기로 했지요.

예산의 형수는 마음씨가 꽃 같았는데 형이 병으로 죽자 많이 변했습니다. 내가 인덕이 없는 탓도 있겠지요. 복 없는 사람 가진 것 다 날리고 빈 껍질이 되었으니, 앞길이 막막하였지요. 굉장한 욕설이지만 새 마누라를 씹어 먹어도 시원치 않을 것 같았어요.

대전으로 돌아와 며칠을 안 먹고 뜬눈으로 밤을 지새웠더니 치질과 어지럼증이 더하여 하루하루 사는 게 고통스러웠습니다. 죽을 것만 같았어요. 마지막 길인 국영 양로원을 수소문했습니다. 자격 여건과 수속이 복잡했지만, 동사무소에서 수속을 잘 밟아주어 대전 근교의 양로원으로 가게 되었습니다. 이제부턴 양로원이라 하지 말고 요양원이라고 합시다.

대전 중구 어남동 참사랑 요양원에는 내 또래의 외로운 노인들이 수두룩한데 그런대로 지낼만합니다. 재워 주고 먹을 것 입을 것 다 해결해 줍니다. 예쁘장한 노금선 원장님이 순시하며 성심성의껏 대해줍니다. 마당가에는 도랑이 있어 가재가 서식하는 맑은 물이 흐르고 쇄석(碎石)이 깔린 잔디 위에서 지난날의 얘기도 나누고 내 집 같았습니다.

6인실로 배정을 받았습니다. 눈만 감으면 중국 만주 벌판에서 생활하던 옛 생각이 주마등처럼 떠올라 괴로웠습니다. 세상 떠난 조강지처 생각으로 눈물 흘리외이다.

양로원에 오니 죽을 말년에 호강스럽기도 하고 인간쓰레기 매몰장에 온 것 같아 서글프기도 했어요. 사회에서 한자리했다고 우쭐거렸다가는 눈총 받기 십상입니다. 별의별 사람이 다 있습니다. 자괴감과 자학에 괴로웠습니다.

이래도 한세상 저래도 한세상, 모든 걸 내려놓고 '하루살이' 벌레같이 살기로 했습니다. 몸의 기능이 약화되고 활동량이 적으니, 다리에 힘이 없고 변비증에 걸려 미치고 환장할 지경이었습니다. 똥 싸고 오줌 싸며 피고름도 찔찔 흐르고 욕창도 생겼어요. 어지럼증, 난청에 인간 종합병원입니다. 어쩔 수 없지요. 부모를 산에 내다 버렸다는 고려 시대의 고려장(高麗葬)을 이해할 것만 같습니다. 인명천시를 느껴보외다. 요양원은 애들의 보육원과 같았어요.

"내일은 아들딸들이 위문을 온다오."

양로원 노생들은 눈치 하나는 빤했으며 멀뚱멀뚱 방안의 벽만 쳐다보며 이 생각 저 생각으로 삽니다. 모두가 산전수전을 겪은 사람들이지요.

모든 생명체는 귀소본능(歸巢本能)이 있는 것 같아요. 하나같이 두고 온 집과 자식을 그리워합니다.

새봄이 되니 대전시 중구 어남동 참사랑 요양원에 벚꽃이 만개했습니다. 옛 생각에 눈물집니다. 전처도 그립고, 후처의 배신행위에 일구월심 이가 갈렸어요. 그러나 이제 어쩌랴? 팔자려니 여기고 모든 것 다 내려놓으니, 마음이 편하고 밥맛도 좋아졌어요. 몸은 늙었으나 마음은 이팔청춘!

"노생 여러분! 자기 재산을 생명처럼 사수하세요. 죽을 때까지요. 가진 것 다 넘겨주고 나면 그날이 당신의 제삿날인 줄 아쇼."

'자기 재산과 자기 관리'를 잘해야 한다는 생활 철학을 일구월심 말하고 싶어요. 특히 피붙이들에게 보증을 선다든가 재물이 넘겨지면 되돌려 받기는 영 그른 줄 아서요. 날개 꺾인 독수리 보았지요? 그 꼴이 되는 겁니다. 공수래공수거가 무슨 개뼈다귀 같은 얘기요? 인간지사 새옹지마가 무슨 말라비틀어진 장작개비란 말이요? 내 재산은 함부로 내두르지 말아요. 유혹에 넘어가지 말아야 해요. 노송 동지(老松同志) 여러분 아시겠지요?

요양원에 입양된 지 한 달이 지났습니다. 휴게실에 모였어요.

"김가야, 이가야, 네캉 내캉 우리 친구 하자."

입담 좋고 낙천적으로 산다는 경상도 노인 정도영 씨가 말을 건네왔습니다.

"그것, 참 좋은 얘기랑께."

기백 있는 전라도 노인이 응답했습니다. 나도 가만히 있을 수 없었습니다.

"기막힌 얘기유."

나의 충청도 사투리에 모두는 껄껄댔습니다.

"만복이 친구가 1등이랑께. 양로원의 규칙도 잘 지키고 깔끔하려고 노력하닝께 우등생이여, 우등상을 줘야 해여."

그래서 또 웃었어요. 오늘은 나에게 기분 좋은 하루였습니다.

"이젠 가슴 아팠던 지난날은 잊으럽니다."

요양원의 창밖에 벚꽃잎이 날립니다. 어젯밤 꿈에 어머님의 모습을 봤습니다. 기분이 좋습니다.

"아들아, 다음에 극락세계로 와서 같이 살자꾸나."

어머님이 늙은 아들을 데리고 저승으로 가려는 모양 같습니다. 허허! 늙은 이 몸은 요양원 규칙을 잘 지켜 동료들이 요양원 우등생으로 봐주니 영광이 아니겠습니까?

복 없는 만복이, 이 사람, 세상만사 다 내려놓고 하늘나라로 갈 날만 기다려집니다. 지지리도 못난 이 사람, 인생극장의 막은 이만 내리려 합니다. 사람은 앞날의 팔자를 알 수 없는 것 같아요.

사랑의 열정

서가에 혼자 앉아 책을 읽거나 산책을 할 때에 라디오에서 흐르는 '베토벤의 엘리제를 위하여'를 들으면 자신이 괜시리 우울해질 때가 있다. 사랑의 열병에 절망과 실의에 빠져 애통해하는 베토벤에게 무한한 동정심이 가기 때문이다. 그는 그 누굴 죽도록 사랑했던가? 그 누굴 절절히 사랑했으면 만인의 심금을 울리는 애달픈 사랑의 명곡을 탄생시킨 걸까?

피아노에서 흘러나오는 따따따 딴…. 3, 4분짜리의 명곡! 자지러질 듯한 분노와 절규, 폭풍 노도가 몰아칠 듯한 광란! 그 누구에게 애증(愛憎)의 상처를 하소연하는 사자 후 같은 외침이 아닌가? 들어보라는 듯한 절규 아닌가?

세기의 악성(樂聖), 베토벤은 피아노에 앉으면 악보를 제쳐 놓고 떠오르는 영감(靈感) 하나로 건반을 두들겨 팰 때가 많았다. 즉흥 연주자로서의 손가락이 춤추듯 청중을 매료시켜 흥분의 도가니로 몰아넣는다. 하늘이 낳은 음악의 귀재였다.

그런 베토벤이 염복(艶福)이 없어 사랑을 갈구하던 여인네들한테는 쪽쪽 배반을 당했다. 절망과 실의, 자존심이 깎여 혼자 울었다.

그도 인간인지라 결혼하여 단 꿀 같은 가정도 꾸미고 싶었다. 그런 바램, 그러나 행운의 여신은 따라주지 않았다.

가난과 병고의 고달픔 속에서 피아노 협주곡인 '운명, 전원, 영웅, 합창' 교향곡 등을 무수히 낳았다. 세계적인 유명세를 치른 걸작들이 이런 와중에서 태동한 것이다. 그의 '월광 소나타 곡'도 유명세를 타지만 지금도 시중에 흘러나오는 '엘리제를 위하여'는 세인의 주목과 사랑을 받는다. 그의 음악은 한결같이 운명을 탓하며 저항적이었다. 교습을 받으러 온 명문가의 아가씨들은 선생을 한결같이 연모했다. 은쟁반 위에 옥구슬 구르듯 날뛰는 피아노 연주에 반했다. 사람에 반한 것이 아니라 음악에 반한 것이다.

베토벤은 독일에서 태어났다. 꿈을 키우기 위해 음악의 도시 오스트리아의 빈으로 이주했다. 각고의 노력 끝에 만인의 사랑을 받으며 악성으로 우뚝 선다. 빈에 궁정극장의 피아노 연주자로, 관현악단의 지휘자로, 분주한 나날을 보낸다. 모차르트와 하이든, 괴테와도 이때에 교유했다. 그의 머릿속에는 오로지 음악뿐, 음악 하나를 세상에 안고 태어난 것 같았다.

그러나 그의 내면적인 실생활은 음악의 선률처럼 매끄럽지 못했다. 선생을 찾은 아가씨들은 경악을 금치 못했다. 홀아비 신세에 집도 절도 없었다. 성격이 까다로워 집주인과 마찰을 빚어 이사를 밥 먹듯 했고, 누추한 다락방에는 작곡하다 버려진 휴지 조각이 널브러져 있었다. 거기에다가 꾀죄죄한 옷가지들, 푸석푸석한 머릿결, 어렸을 때 천연두를 앓은 붉은 화색의 곰보 얼굴! 가난과 질서 없는 그의 생활 태도에 명문가의 딸들은 고개를 저었다.

그렇지만 베토벤은 그걸 느끼지 못한다. 오로지 음악 하나만 믿고 마음 내키는 여성에게 연정의 화살을 쏘아댔으나 역부족이었다. 정조준하여 쏴댄 화살촉은 과녁에서 되돌아와 베토벤의 가슴팍에 되꽂히는 격이었다. 그만치 상처가 컸다는 얘기다.

그중에서도 사랑하고 아끼던 테레제와의 달콤한 보금자리를 꿈꿨다. 그러나 명문가의 따님이자 돈 많은 가정인지라 부모의 반대에 부딪혀 퇴짜를 맞는다. 그래서 사랑하던 테레제와도 사랑의 열매를 맺지 못했으니 얼마나 가슴이 아팠을까? 한동안은 눈물로 세월을 보냈다.

그 뒤에 밝고 명랑한 줄리에타를 만난다. 그와의 첫 상면은 그가 빈의 궁정극장에서 자작곡을 연주하던 전성기였다. 테레제도 참석했다. 사랑했던 테레제와의 해후(邂逅)에 베토벤은 감격했고 눈물을 삼키었다. 그녀는 17세의 4촌 여동생 줄리에타를 소개한다.

"선생님을 존경해요. 저에게 피아노를 잘 가르쳐 주세요. 저를 위해서 작곡도요?"

당돌하게 말하는 줄리에타는 5월의 라일락처럼 꽃향기를 뿜어냈다. 그 속에 나니는 벌 나비처럼 천진하고 행복해 보였다. 자나 깨나 베토벤은 연인이었던 테레제를 잊을 수가 없었다. 그런데 뜻하지 않게 상봉한 것이다.

테레제에 대한 대리 만족으로 줄리에타에게 정성을 쏟으며 사랑도 주고받으며 자작곡을 바쳤다. '피아노 소나타 27번' 월광곡이라고 했던가? 그러나 작곡 경위가 분명치 않다. 베토벤은 산책을 즐겼다. 산책 중에 그 곡을 우연히 듣는다. 외롭게 사는 눈먼 소녀를 위하여 작곡했다는 설도 있지만 줄리에타를 위해 작곡한 것으로 정평이 있다.

"나의 사랑 줄리에타여, 결혼해 줘요."

베토벤은 간곡히 청혼했으며 미래를 약속하고 불같은 사랑을 나누었다. 음악이 사랑을 맺어준 것이다.

아뿔싸! 베토벤의 괴벽과 가난에 질려 줄리에타의 사랑이 식는다. 절교를 선언! 되돌아서고 만다. 남은 건 청천벽력, 절망과 실의뿐, 하늘이 노랗고 세상이 저주스러웠다. 철석같이 믿었던 연인에게 배반을 당했으니, 동정이 간다. 실제 베토벤은 테레제나 줄리에타에게 희망을 걸었다. 혼자만의 꿈에 나래를 폈던 것이다. 그러나 하늘의 무지개를 잡을 수 있는가? 줄리에타 어머니는 오만스럽게 베토벤을 불렀다. 위로의 말이 아니었다. 차디찬 말이었다.

"선생과 결혼은 절대 안 돼요. 나이와 신분의 차이도 있고요. 내 딸을 맡길 수 없어요."

칼날 같은 단호한 거절이었다. 줄리에타는 잘 됐다 싶었는지 뾰로통하여 옆에서 지켜만 볼 뿐이었다. 흘긴 눈빛이었다.

"어머니, 베토벤 선생을 사랑해요. 죽든 살든 상관 말아요."

줄리에타가 옆에서 이런 말만 했어도 사태는 돌변했을지 모른다. 오히려 잘 됐다 싶은 눈치였다. 자존심이 강한 베토벤은 지난날에 실연을 안겨 준 테레제도 밉고, 줄리에타도 원망스러웠다. 나를 좋아했던 그녀와 진정코 행복한 가정을 꾸리려 했는데…. 순간 하늘이 노래졌다.

"너희 아니면 세상에 여자들이 없겠니?"

울분을 참으며 집으로 돌아왔다. 그러나 사랑은 하나였다. 제정신이 아니었다.

집에 와서 방벽에 머리를 지치며 황소 같은 울음을 터뜨렸다. 옆에서 위로해 줄 자는 피아노밖에 없었다. 단말마(斷末魔)적인 괴로움에 피아노를 두들겨 댄 것으로 안다. '베토벤의 엘리제를 위하여'이다. 저절로 곡이 나왔다. 이참에 먼 시골로 들어가 처박혀 살까? 자결도 생각했다. 그러나 생각을 고쳐먹었다.

"나에게는 음악이 있다. 아끼는 피아노가 있단 말이야!"

절규였다. 음악이 베토벤을 살린 것이다. 베토벤은 요동치는 울분을 가눌 수 없었다.

피아노 앞에 앉아 쓰라린 아픔을 건반으로 두들겨 패고 또 팼다. 이 찰나에 작곡한 '엘리제를 위하여'란 명곡은 만인의 심금을 울리는 3, 4분짜리의 피아노곡이다.

이 곡의 악보는 세상에 바로 나오지는 않았다. 몇 년 뒤에 우연히 세상에 나온다. 들으면 들을수록 심금을 울리는 곡이다. 죽도록 사랑했던 테레제, 줄리에타와의 사랑이 없었더라면 이런 걸작이 세상에 나올 수 있었을까? 비련의 사랑 때문에 나온 곡이다. 전화위복이다. 베토벤은 터질 듯한 울분을 달래기 위해 건반을 두들기며, 얼마나 울었는지 모른다. 옆에서 눈물을 닦아줄 사람도 없었다.

그래도 베토벤은 미련이 있어 줄리에타가 용서를 빌고 돌아올 줄 믿었다. 그러나 이탈리아 명문가 출신 귀공자와 전격적인 결혼을 한다. 마지막으로 줄리에타의 얼굴을 보려고 베토벤은 결혼식장으로 달려간다. 멀리서 꽃마차 타고 희희낙락 신혼여행 가는 줄리에타를 훔쳐보며 뜨거운 눈물을 뿌렸다. 불꽃같이 피어오르는 연정을 억눌렀어야 한다. 그 뒤부터 베토벤은 우울증에, 귓속은 난청의 악화로 괴로운 삶이었다. 옛사랑을 못 잊어 괴로워했다.

"내 운명의 목을 내 손으로 비틀어 놓고야 말겠다."

하고 외쳤다.

그 뒤에 운명 교향곡도 이런 고통 속에서 나왔다. 강인한 의지력이 그를 살린 것이리라.

그 당시 베토벤은 친조카의 입양 문제라던가 친가의 가정 문제로 엎친 데 덮친 격이었다.

세기의 악성(樂聖)! 그에게 유일한 동반자는 작곡과 피아노였다. 울분의 돌파구였다. 오선지를 들고 굳게 다문 입술에 빠알간 스카프를 두른 49세 때의 초상화가 증명해 준다. 음악 교과서에 실린 사진이다.

아무튼 사랑은 적당한 거리를 두고 해야 한다. 독점이 아니라 공동 분배이다. 서로가 격에 맞아야 한다. 그래서 불가에서 말하길 '사람을 너무 사랑하지도 말고 미워하지도 말라' 하지 않았던가? 그에게 여자는 멀고 멀었다. 이렇듯 생의 역경이 없었더라면 선생은 그 많은 명곡을 낳을 수 있었을까?

나폴레옹을 위해서 작곡했다가 찢어버린 영웅 교향곡도 그렇다. 정의로운 성격이 불같았다.

베토벤은 올라가지도 못할 높은 나무를 무리하게 올라가려다가 귀족의 명품 아가씨들에게 치명타만 당한 꼴이 됐다. 그래서 뱀처럼 칭칭 감긴 똬리 인생이다. 선생은 애초부터 애송이 같은 철없는 그녀들한테 연정을 품지 말아야 했다. 맺지 못할 인연으로 일평생 괴롭게 살지는 않았을 것이다.

이백 년이 흐르도록 풀리지 않는 수수께끼는 '엘리제를 위하여'란 곡 이름이다. 운명의 장난인가? 사촌지간이었던 연인 테레제와 줄리에타 중에 누굴 지목하여 작곡했는지가 불투명하다는 점이다. 줄리에타를 엘리제로 곡명을 바꿔 나타낸 것도 같다는 것이다. 엘리제란 이름이 불투명하다는 것이다. 그러나 그 곡은 줄리에타한테 퇴짜를 맞고 작곡한 것이 분명한 것 같다.

베토벤은 한창 일할 나이 50대에 세상을 떠났다. 그의 사후에 여인의 초상화와 연서가 낡은 책상 서랍에서 나왔다.

'불멸의 내 사랑이여, 나의 분신이여'라고 갈겨쓴 연서와 여인의 초상화가 쌀랑한 방 서랍 속에서 울고 있더란다. 누구라는 상대자의 뚜렷한 지칭은 없었다. 그러나 초상화는 테레제의 것을 소중히 간직하고 있었다.

편지는 베토벤의 영원한 사랑, 테레제에게 갈겨쓴 것 같았다.

'아, 아! 오늘은 엘리제를 위하여'에 심취해 봐야겠다. 실연당한 베토벤을 위로할 명언은 사전에도 없을 것이다.

나에게도 학창 시절 존경하는 음악 선생님이 계셨다. 선생님은 음악 수업의 도입 단계로 피아노 앞에 앉으시면 열정 같은 '베토벤의 엘리제를 위하여'를 들려주시던 김용래(金用來) 은사님이시다.

도입 단계로 본 수업 시간 전 '동심초', '선구자' '오 나의 태양' '돌아오라 소렌토로'를 범창해 주시던 선생님의 청아하신 목소릴 다시 듣고 싶다. 그러나 세월은 가버렸다.

오, 베토벤 선생이여! 사랑하오. 못 이룰 사랑으로 당신의 마음은 찢어질 듯하련만 그로 하여 음악의 태동은 지금까지도 만인의 심금을 울리고 있다. 지구가 도는 한 당신의 이름은 영원히 태양의 둘레를 돌고 돌 것이외다.

골령골의 호곡 소리

한나절 주기 매미가 폭염에 휘감겨 극성맞게 울어댄다. 대전 산내지역 인사 김춘웅 씨는 이곳 산내 골령골의 음침한 산 계곡을 응시하며 지난날 전쟁과 격동기의 한 맺힌 과거사를 반추해 본다. 그의 눈빛은 어두웠다. 어쩌다 요 모양 요 꼴이 된 걸까?

"아, 피맺힌 동족상잔의 비극이여, 대체 뭣이 정의이며 뭣이 위선이더냐? 국가는 국민의 인권 수호의 마지막 보루이며 수호자 아닌가?"

그런데 이를 제대로 지키지 못한 것이다. 6.25 한국전쟁 때에 내 나라는 내 국민을 내 손으로 죽였다. 대전 낭월동 골령골의 피에 젖은 잔혹사이다. 길게 구덩이를 파서 사람을 처넣고 소나기 퍼붓듯 총으로 갈겨댔다.

"우릴 이렇게 죽이는 것이냐?"

죽는 자의 피맺힌 절규였다. 1950년 6.25 한국전쟁의 초기에 대전 낭월동 산내는 깊은 산속의 절간처럼 적막했다. 그곳에서의 가슴 아팠던 과거사이다. 그 누가 누구의 가슴팍에 총부리를 겨눈 것이냐? 그것은 국가가 자국의 국민에게 총부리를 겨눈 것이다. 형제가 형제에게 총부리를 겨눴던 것이다. 수인들은 죽음을 감수할 뿐이었다. 물론 명분은 있었다. 국가 반역행위를 했다는 것이다. 이 엄청난 사건에 주위에서 노닐던 산새들도 기겁하여 날아갔다.

"양양한 앞길을 바라볼 때 혈관에 파도치는 애국의 깃발 넓고 넓은 사나이 마음 생명도 다 버리고 희망도 없다…."

군 트럭에 엎드려 실려 오던 배우고 익힌 젊은 수인들은 죽음을 예감했는지 형장에 다가오자, 고개를 들어 학도가를 열창했다. 마지막 절규였다. 학도가를 부르는 중, 군경의 군화에 채였다. 골령골의 살상 현장을 확인하려고 군 헬리콥터도 독수리처럼 빙빙 돌았다.

대전광역시 동구 낭월동 산내 골령골은 수목이 울창하고 산지로 둘러싸인 분지이다. 충북 옥천과 금산으로 통하는 세 갈래 길의 안쪽에 있다. 민가도 드물고 시설물도 별로 없는 대전 도회의 외곽 지대였다. 관계 부처에서는 음습한 이곳을 형 집행 장소로 택한 것이다.

"아이고 이놈들아! 내 아들 내놔라. 무슨 죄가 있다고 내 아들을 잡아갔단 말이냐? 천벌을 받을 놈들아!"

치맛자락 날리며 군용 트럭의 맨 뒤를 따르는 한 여인이 있었다. 그녀의 통곡 소리만이 하늘을 갈랐다. 비통한 이 사실을 알게 된 여인은 머리도 풀어 헤쳤다. 나이 오십, 낭월동에 사는 청양 댁이다. 그녀에게는 금쪽같은 아들 둘이 있었다.

6.25전쟁이 나기 전에 큰아들 범산이가 대전교도소에 수감됐다. 가난이 죄인지라 공산주의 사상에 물들여진 좌익분자로 몰려 잡혀간 것이다. 남로당 공산주의자라는 낙인이 찍힌 것이다. 청양 댁은 아들이 교도소에서 나와 골령골에서 총살될 것이라는 소문을 들었

다. 군 트럭이 뽀얀 먼지를 뿜으며 수감자들을 짐짝처럼 실어 골령골로 실어 나르고 있었다. 소, 돼지를 실은 짐짝처럼 트럭에 실려 왔다. 수인들은 고개도 들지 못하고 무릎 아래로 머리를 숙였기 때문에 서로를 찾을 수도 없었다. 민간인들은 길거리에 서 있지도 못했다. 그런데도 청양 댁은 두 다리를 뻗고 날 죽이라고 군 트럭의 길을 막았다. 기가 막힌 일이었다. 양민 학살 행위의 전초전이었다. 결국 아들은 예서 죽었다. 골령골로 죽으러 오는 자들은 진정 우리의 적이란 말인가? 좌익 활동이 뭣이고 우익 활동이 뭣이냐? 또 빨갱이가 뭣이냐? 좌파가 무엇이고 우파가 뭣이냐? 무지몽매했던 국민에게 생전 듣지도 보지도 못한 생소한 말들이다. 이들은 모두가 벌거숭이 몸뚱어리에 빨강 물로 물들인 원숭이 똥구멍 같은 불한당(不漢黨)이란 말인가? 살인강도 짓을 한 것도 아니었다. 그 무슨 몹쓸 짓을 해서 대명천지에 두 손을 꽁꽁 묶여 죽으러 오게 된 것인가? 애국정신은 순수했다. 그러나 이들 중에 양민을 선동하였으며 지서를 습격하고 포악한 행위를 한 자도 많았다.

1950년 국토의 중심지 대전교도소는 사상범들의 수감소였다. 전라도 여순 반란 사건, 제주도 4.3사건, 해방 후 남로당 공산주의 보도 연맹원, 반국가적인 요주 인물들의 수감소였다. 일반 죄수들도 끼어 있었단다.

1945년 조국이 해방되고 38선이 가로막혀 한반도는 반쪽이 됐다. 북한은 소련이, 남한은 미군이 진출하여 신탁통치라는 명분으로 이 땅을 지배했다.

그건 우리가 원하는 바가 아니었다. 좌익이냐? 우익이냐? 국민은 혼란스러웠다. 물고기 낚는 그물 옆에서 서성거리다가 운수 사납게 어망에 걸려든 자도 있었다. 고래 싸움에 새우 등 터진 격이다. 명태를 잡으려던 어망에 명태만 걸려드는가? 잡동사니도 걸려들 수 있지 않은가? 사상범들을 긴박한 상황에 일일이 재판에 회부할 수도 없었다.

"국가는 인권 수호의 최후 보루이어야 한다. 더욱이 민주주의 국가에서 말이다."

그러나 지켜지지 않았다.

대전 낭월동 양민 학살 사건은 분명히 이승만 정부에 의해 저질러진 잔혹 행위이다. 국가의 존망지추에 어쩔 수 없는 일이란다.

그러나 몰아 떼기 즉결 처분만이 최상의 방법이었을까? 이제 와서 왈가왈부 책임을 물을 수도 없다는 얘기이다. 세월도 갔으니 다만 가신 분들의 넋을 위로하고 서로가 용서와 화합의 길을 찾아야 한다는 얘기이다. 옳은 말이다.

"해방된 역마차는 태극기를 날리며, 자유를 싣고 가는 서울 거리냐?"

1945년 8월 15일 조국은 해방이 됐다. 해방이 되고 이 땅은 양분화되면서 미, 소의 신탁 통치 체제가 됐다. 우파냐, 좌파냐? 넌 빨갱이다. 난 아니다. 민심은 이데올로기적인 4분 5열이 가중돼 가고 있었다. 38선으로 갈라지면서 생겨난 신조어이다. 통탄할 일이었다. 손바닥만 한 땅덩어리 하나 놓고 열강의 각축전이 벌어진 것이다.

이때 소련 연해주와 사할린, 중국 만주 땅에서 동포들은 만세를 부르며 귀국했다. 우리 동포 중에는 운수 사납게 소련 시베리아 벌목장으로 끌려가기도 하고 소련 사할린에서 오도 가도 못하는 자도 부지기수였다. 한반도는 미국을 앞세운 민주주의 체제와 소련을 앞세운 공산주의 체제로 각축전을 벌이는 동토(凍土)의 땅이 되었다.

"우린 미소의 신탁통치를 결사반대한다."

소용없었다. 북쪽은 소련이, 남쪽은 미국이 들이닥쳤다. 진정 우리를 위한 것인가? 세계 평화를 위한 것인가? 자국의 이득을 위한 열강의 횡포였다.

"신탁통치를 반대한다. 신탁통치를 반대한다!"

"미국을 믿지 말아라. 소련 놈들한테 속지 말자."

전국은 늘 분규 상태로 시끄러웠다.

소련의 사주를 받은 북한은 김일성의 일인 독재체제 아래에 공산주의 국가로 굳어져 가고 있었다. 마르크스 공산주의 이론의 실천이었다.

하지만 남한은 자유민주주의 체제 아래에 1948년 5월 10일 역사적인 총선거를 치렀다. 간접선거 방식으로 국회에서 이승만 씨를 대한민국 초대 대통령으로 선출한다. 그 뒤 미군정도 물러가고 남한이라도 민주주의 국가 체재가 성립되었던 것이다. 그러나 북한 공산화 사상과의 대립이었다.

"앉아서 배불리 먹는 지주 놈들의 땅을 빼앗아야 합니다. 그걸 가난한 소작인에게 나눠주면 모두가 배불리 먹고 평등하게 살 수 있습니다."

공산화 사상이다. 어떻게 물들었는지 빨갱이들은 군중 속에 파고 들어 외치고 다녔다. 이렇듯 사상범들은 선량한 자들을 유혹했다. 공산주의 이론을 찬양했다.

  1948년 제주도 4.3 사건과 전라도 여순 반란 사건이 터졌다. 남한에 남로당 공산주의자들이 잠입하여 만행을 저질렀다. 민심을 자극하여 공산화를 책동했다. 그자들을 잡아들여 대전교도소에 수감했던 것이다. 6.25 전쟁이 터졌다. 북한 괴뢰군은 물밀듯이 남침했다. 서울이 함락되고 한강 다리가 폭파되는 등 정부는 수도를 대전으로 옮겼다. 대전교도소에 수감된 반민족 행위자들의 우선 처리가 골치였다. 이럴 수도 저럴 수도 없는 진퇴양난이었다.

  이들을 풀어주자니 사회는 큰 혼란에 빠지리라는 계산이었다.

  "그들을 내놓으면 독사를 풀어 놓는 격이오. 굶주린 사자를 동물원 밖으로 내쫓는 격이란 말이오."

  정부는 이 문제를 놓고 심각한 고민에 빠졌다. 실무를 맡은 법무부, 내무부, 국방부 장관의 고민이었다.

  "이들을 빨리 처치해야 합니다. 풀어주면 안 됩니다. 조국의 백척간두(百尺竿頭)에 어쩔 수 없어요. 공산군이 대전을 탈환하여 교도소를 때려 부수기 전 빨리 처리해야 합니다. 급해요, 급해."

  이래서 대통령에게 품의가 됐다.

  "알아서들 하시오. 난들 어찌하겠소?"

  대통령의 말이다. 범법자를 수감하고 있는 대전교도소 소장은 더더욱 황급했다. 풍전등화가 따로 있겠는가? 수감자들이 무기고를 부수고 폭동을 일으킬 것 같았다. 일촉즉발이다.

  "조선인민공화국 만세!"

인민 해방을 외치며 시내로 나가 살상 행위에 방화를 일삼을 것이다.
"물고기를 잡으려면 괸 물을 없애야 할 것이요."
그래서 결론은 수감된 용공 분자들을 죽여 없애자는 결론이었다.
"안 돼요. 몽땅 죽이진 말고 다른 방법으로 선처하시오."
대통령이 이렇게만 지시했던들 판도는 달라졌을 것이다.
형 집행부가 결성되었다. 대전에 있는 군경 합동 반으로 구성됐다. 현장에서 죽여 매장하기 좋은 장소를 염탐했다. 대전 중심부의 남서쪽 낭월동 산내 골령골이 선정되었다. 그곳은 인가가 많지 않고 분지로 된 깊숙한 땅이었다.
"괴뢰군이 대전에 들이닥치기 전 빨리 집행을 해야 합니다."
국방장관은 어두운 낯빛으로 성화를 부렸다. 이 무렵 공산 괴뢰군은 대전 가까이에 들이닥치고 있었다.
낭월동 골령골에 군부의 지프차와 경찰관 차가 개미 떼 집 옮기듯 모습을 드러냈다. 대체 산속에서 무슨 일이 일어난 걸까? 형집행장에 낭월동 주민도 동원되었다. 길고 긴 음습한 무덤을 횡대로 미리 파는 일이 있었다.
"대체 무슨 일이여?"
"난들 알겠는가?"
동네 사람들은 떨고 있었다. 며칠 뒤에 군 트럭 행렬이 뿌연 흙먼지를 뿜으며 연락부절이다. 누런 작업복도 입고 푸른 수의를 입은 수형자들을 가득 태우고 줄줄이 들이닥쳤다. 포승줄에 묶인 채 머리는 가리쟁이 밑으로 처박힌 상태이다. 시간도 길지 않았다. 지체할

시간도 없는지 골령골에 들어서자 콩 볶는 소리가 요란을 쳤다. 즉결 처분이었다. 비명도 없었다. 오로지 타다닥 총소리가 지천을 뿌릴 뿐이었다. 어쩌다 군가 소리가 애달프게 들렸다. 그 누군가가 용감히 불러주는 노래일까?

"원수와 싸워서 죽은 쟁쟁히 가슴속 울려온다 동무야 잘 자거라"

떳떳하게 죽는다는 뜻이겠지만 애간장을 녹이는 군가였다. 군경은 형을 집행하기 전 낭월동을 휘젓고 다녔다.

"부락 이름이 뭐요? 젊은이들의 도움을 받아야겠소. 삽과 곡괭이를 갖고 집합하시오. 비협조자는 의법 조치하겠소."

무시무시한 말이다. 군경 합동 반은 동네 이장을 앞세워 일할 수 있는 젊은이들을 찾아 부락을 두더지처럼 헤집고 다녔다. 시체를 매장하기 위한 구덩이를 파고 매몰하는 작업이다. 이 판국에 비협조자가 있으면 무조건 반역자로 몰았다.

이 작업은 군경, 주민, 수감자들의 합동 작전이었다. 나무뿌리가 뒤엉키고 돌덩이가 무더기로 나오는 음습한 구덩이였다. 흙구덩이의 깊이는 불과 2~3미터, 가로의 길이는 긴 밧줄 같은 수십 미터, 무소불위 강행군이었다.

"당신들 비협조로 나오면 빨갱이로 몰아 총살이요."

군경의 엄포는 대단했다. 말리는 주인보다 시키는 종놈이 더 무서웠다.

이 사건에 얽힌 슬픈 이야기이다.

이때 낭월동 마을에 의좋은 쌍둥이 형제가 살고 있었다. 형제는 연리지(連理枝)처럼 붙어살았다.

　이름은 정범산, 정호산, 장가도 안 들은 20대 후반의 꽃다운 나이였다. 호랑이처럼 강하게 살라고 큰아들은 범산, 둘째 아들은 호산이라고 아버지는 이름을 붙였다. 고등교육도 마쳤다.

　형 범산이는 친구의 꾐에 빠져 반국가 좌익 활동에 가담했다. 지서에 잡혀갔다가 대전교도소에 수감됐다. 전쟁 직전이다.

　"애국의 노력 봉사를 해야겠소."

　동생 호산은 집에 있다가 구덩이 파는 일을 하러 골령골로 끌려갔다. 따지고 보면 내 손으로 형을 묻기 위한 작업이다.

　동생 호산은 우애 있고 다혈질인 성격이었다. 형이 죽는 일을 그대로 좌시할 수 없었다. 형 죽고 나 죽자 하는 식이었다. 서부활극 같은 모험 작전을 써서 형을 구해내고 싶었다.

　'이웃집은 잘 사는데 내 집은 못 사는 가난이 싫단 말이야.'

　형은 늘 그런 말을 했다. 공평하게 산다는 공산주의 사상에 현혹되고 있던 것이다. 국가의 체제상 용서할 수 없는 일이었다.

　동생 호산은 골령골 부역에 선발되어 나흘 동안 구덩이를 팠다. 일하면서 지형 정찰도 했다. 형 범산을 구해내기 위한 작전이었다. 뿌연 먼지를 뿜으며 줄줄이 들어오는 차에 형은 냉큼 보이지 않았다. 들어오는 대로 파리 잡듯 총을 쏴대어 흙구덩이 속으로 밀어 매몰 처분시켰다. 병든 소, 돼지 처분하는 식이다. 핏물이 도랑물처럼 흐르며 목불인견(目不忍見), 눈 뜨고 못 볼 일이다.

　"내 가만히 있을 수 없다. 형을 꼭 살려내야 한다."

　'형이 오면 총을 빼앗아 몇 놈 죽이고 형을 번개처럼 구해낼 것

이다.'

호산은 시골 유랑극장에서 봤던 미국 서부활극의 명장면을 연출하고 싶었다. 참나무로 만든 몽둥이를 땅속에 몰래 묻었다. 혁대에 숨겨 온 칼자루도 묻었다. 어떤 수를 써서라도 형을 구출하여 바람같이 뒷산으로 도망칠 계획이다. 죽어도 같이 죽는 것이다.

수인들을 가득 실은 트럭의 행렬이 뽀얀 먼지를 뿜으며 연달아 골령골로 들어서고 있었다.

푸른 수의를 입은 자, 작업복을 걸친 자, 수인들은 포승줄로 묶였으며 머리는 바깥을 못 보게 무릎 사이로 숙이고 있었다. 부러진 도끼자루였다. 긴 웅덩이 앞에 도착하자마자 머리를 땅에 처박고 일렬 횡대로 꿇어 엎드리게 했다.

"너희들은 조국을 위해 죽는 것이다. 떳떳이 가거라."

집행관의 말 한마디였다. 기관총으로 머리와 등을 향하여 난사했다.

"아이쿠 어머니."

하얀 골이 튀어나오고 벌건 피를 뿜으며 사지를 뻗었다. 주위에는 온통 피바다였다. 총소리는 쉽게 그치지를 않았다. 이들은 나라를 증오하며 죽어갔다.

"원수와 싸워서 죽은 쟁쟁히 가슴속 울려온다 동무야 잘 자거라"

그 누가 여유 있고 배짱 좋게 불러주는 군가인가? 죽어가면서 군가를 부르는 자도 있었다. 세뇌 공작이 잘된 골수분자 사상범이었다.

"최후의 결전을 받으러 가자. 생사자 운명의 판결이다."

예서 제서 인민군 군가가 터져 나왔다.

"이 개새끼들 빨리 죽지 못해 환장을 했나?"

군경은 인민군 군가를 부르는 자들에게 먼저 기관총을 난사했다. 조금이라도 몸체가 꿈틀거리면 확인 사살도 가했다. 이렇게들 죽어간 것이다. 누구를 위해서 죽어간 것이냐?

"여보시오. 국군 양반, 마지막 소원이요. 담배 한 개비만 물려주시오. 하늘에 가서 은혜를 갚겠소이다."

국군 헌병은 화랑 담배 한 개비를 물려주었다. 심성이 착한 자였다. 죄수는 포승줄에 묶인 채 두 손을 입에 대고 단 꿀처럼 빤다. 어렸을 때 엄마의 젖꼭지처럼…. 마지막 환희이다. 그는 담배 연기 속에 무슨 생각을 했을까? 이렇게 개죽음을 당하려고 이 세상에 태어난 것일까? 그리고 조국을 원망했을 것이다.

"우린 한 핏줄, 한 형제인데 무슨 죄가 있다고 죽여 생매장까지 한단 말이오? 살려 주시오, 살려 주시오. 우리가 잘못이 아니라 국가를 잘못 만난 죄올시다."

이들은 자신들의 행위를 정당화하고 있었다.

교회 신자는 '낯빛보다 더 밝은 천당'을, 불교 신자는 '나무아미타불'을 염송하는 소리도 들렸다. 죽음 앞의 마지막 절규였다.

"어머니, 어머니!"

어머니를 부르는 소리…. 드르륵드르륵 기관총 소리는 연신 산천을 울린다. 뽀얀 먼지가 구름처럼 계곡을 덮었다. 죽음의 트럭은 밀리고 있었다. 총소리는 멈추지 않았다.

호산 청년은 작업하다 말고 트럭 맨 뒤에 머리를 박고 들어오는 형의 모습을 보았다. 틀림없는 형이었다. 형이 고개를 언뜻 쳐든 사이에 호산은 형의 얼굴을 흘끗 본 것이다. 형은 늦게 도착한 편이다. 이럴 때 어둠이라도 닥쳤으면….

'형! 형!'

하늘이 떠나가도록 형을 부르고 싶었다. 그러나 일부러 모른 척했다. 형은 동생을 볼 수 없었다.

형을 태운 차는 골령골 동남쪽 맨 뒤편의 고랑으로 들어오고 있었다. 차는 멈추고 수인들은 하차하고 있었다. 형도 제 발로 내리고 있었다. 마침 호산의 가까이에 하차하였다. 쏜살같이 달려들어 칼로 포승줄을 잘랐다. 순식간의 일이었다. 트럭 뒤로 형을 끌고 뒷산으로 도망치기 전 가까이에서 총을 들고 서 있는 국방군의 어깨를 몽둥이로 내리쳤다. 그리고 총을 빼앗았다. 뒷산 쪽으로 도망쳤다. 호산은 쫓아오는 군경들을 향하여 총을 난사했다. 총검술은 익혀둔 바 있다. 그 바람에 국군도 몇 명이 쓰러졌다. 형제는 이판사판 같이 죽자는 결행이었다. 순간적인 일이었다. 군경의 집중 사격을 받았다. 형제는 벌집처럼 총을 맞아 그 자리에서 장렬한 죽음을 맞았다.

"이 개새끼들."

집행자들을 군화발로 형제의 시신을 밟아 뭉갰다. 지극한 형제애였다. 한날한시에 낳았으니 죽는 것도 한날한시였다.

이리하여 낭월동 산내의 의좋은 범산, 호산 형제의 시신은 골령골에서 찬 이슬을 맞으며 나란히 묻혔다. 골령골의 원혼이 된 것이다. 이 사실을 어머님이 나중에 알았다.

금과옥조로 키운 아들 둘을 졸지에 잃은 노모는 미치광이가 되었다. 머리를 풀어 헤치고 낭월동 거리를 누볐다. 짚단으로 사람의 형상을 만들어 목줄을 끌고 다녔다. 아들 둘을 죽인 자의 원혼의 형상이란다.

"내 아들 내놔라. 우리 아들 어디다 숨겼어?"

호통을 치면서 사람 모형의 짚단을 두들겨 팼다. 낭떠러지 절벽에 올라가 허공에 두 손을 날리며 아들의 이름을 불렀다. 형제의 어머니는 이러다가 추운 겨울날 길거리에서 비명횡사했다. 사람들은 동정 어린 눈길로 쳐다만 볼 뿐이다.

골령골은 긴 죽음의 계곡이다.

소낙비가 퍼부으면 시체의 썩은 물이 땅속에서 스며 나와 고랑에 흐른다. 밤이면 시커먼 귀신이 튀어나와

"살려 주시오. 살려 주시오."

비명을 지른단다. 환상 환청일까? 이들이 죽을 때에 나라는 죽음의 명분도 밝히지 않았다. 그럴 여유도 없었다.

"대한민국 만세! 조선인민공화국 만세!"

를 죽어가면서 외치는 자도 있었다. 양극화 현상이다.

"이를 어쩌란 말이냐? 어쩌란 말이냐?"

한국 전쟁은 분명코 동족상잔, 민족의 잔혹사였다. 국가는 국민의 보루(堡壘)여야 한다. 그런데 그렇지 못한 것 같았다. 대체 이들에게 무슨 무거운 큰 죄가 있었던 걸까? 시운을 잘못 만난 탓이 아닐까? 정부는 국가의 체제라는 명분 아래에 무자비한 살상 행위를 저질러도 되는 걸까?

춘웅 씨는 세계 2차대전 때 나치의 범법 행위를 상기했다. 무소불위 권력을 휘두르던 책임자들에게 죄는 없는 걸까?

국가가 책임져야 한다. 그러나 이제 와서 어쩔 수 없다. 죄과에 대하여 대답할 자도 없다. 이들에게 서로가 시국을 잘못 만난 탓이리라.

사건의 진상조사는 시간문제요, 국력의 소비가 아닐까? 골령골에서 이들이 죽어갈 때

"사나이가 조국을 위해 한 번 죽지, 두 번 죽냐?"

삶을 포기한 채 죽음을 달게 받는 자도 있었다. 살려고 몸부림친들 무슨 소용이 있었겠느냐? 긴박한 국가의 위기에서 말이다.

그 무렵 골령골에서 천오백 명 정도의 수인들이 죽었단다. 국가 기록문에도 개인 명단이 없는 것으로 알고 있다. 전쟁의 와중에 개인의 명단을 작성할 겨를도 없었다.

대한민국 헌법 10조에 '모든 국민은 인간으로서의 존엄과 가치를 가지며, 행복을 추구할 권리를 가진다. 국가는 개인이 가지는 불가침의 기본적 인권을 확인하고 이를 보장할 의무를 진다.'라고 명시돼 있다.

인권과 생명의 존엄성을 역설한 법조문이다. 그러나 이를 지키지 않았다. 골령골 사건이 일어날 무렵 인민군은 금강을 건너 대전을 향하여 치닫고 국군은 대구 쪽으로 밀리고 있었다. 그야말로 풍전등화요, 긴박한 상황이었다.

정부는 1950년 6월 27일과 7월 16일, 약 20일간 대전을 임시 수도로 정했다. 경북 왜관의 다부동 전투는 치열했다. 낙동강을 거점으로 한 우리의 방어선은 일단 성공했다. 그렇지 않으면 모두가 남해의 물귀신이 될 판이다.

당시에 골령골은 양민 학살 사건 이후로 시신 썩는 악취가 비바람

에 날려 진동을 했다. 전쟁 중에 좌익(左翼) 분자들에 의한 대전교 도소 우물에 우익(右翼) 인사의 생매장 사건도 울분을 토하게 한다.

"산내 골령골 사건에 미군도 개재된 것 같아요."

죽음 앞에서 양담배를 피워대며 희희낙락거리던 미군도 현장에서 봤다는 고령 노인의 증언이다. 이젠 통곡 소리도 사라졌다. '산천은 의구한데 인걸은 간데없네.' 70년의 긴 세월이 흘렀다.

"아이고 내 새끼야. 네가 죽다니 웬 말이냐? 이 천벌을 받을 놈들아, 차라리 나를 데려가지."

그 당시 전국의 각처에서 골령골을 찾아와 땅을 치며 통곡하던 유가족도 많았단다.

"여보, 어디에 묻혔소? 나라가 잘못하여 지은 죄를 왜 당신이 몽덕을 쓰고 죽었단 말이요? 원통하고 분하여라."

사실 그렇다. 나라가 멀쩡하면 죽을 턱이 없다. 멀쩡한 청장년들이 시국을 잘못 만난 탓이다.

그러나 아직 끝이 아니다. 죽은 자들의 원혼을 국민이 잠재워야 한다. 이래서 정부와 지역 단체는 낭월동 골령골 지역에 평화공원을 조성하고 그들의 위령제를 계획하고 있다. 다행한 일이다. 지금은 사회봉사 단체에서 유골 수습 중이다. 유전인자를 검사하여 유족 측에게 유골을 인계하는 방법도 있겠지만 세월이 흘러 확인하기도 쉽지 않으리라.

그 당시 희생당한 정범산, 정호산 의좋은 형제는 하늘나라에서 못다 한 정분을 나누고 있는지? 시신 수습 과정에서 형제들의 똑같은 가죽 구두가 나왔단다. 형제의 가죽 구두를 평화공원에 전시했으면 한다. 지금 백세가 다 된 낭월동 홍팔순 할머님의 얘기도 눈시울을 적시게 한다.

"양양한 앞길을 내다볼 때에 혈관에 파도치는 애국의 깃발 넓고 넓은 사나이 마음 생명도 다 버리고 희망도 없다"

굴곡진 시대에 피 끓는 젊은이들은 이 노래를 즐겨 불렀다. 젊은 이들은 희망이 없었다. 희망이 있었다면 오로지 조국의 평화 통일뿐이었다. 이 노래로 그들은 폭발하는 울분을 달랬다.

"시집온 지 일 년 만에 전쟁이 터졌어요, 사상범이라고 낙인찍힌 시동생을 숨겨 줬다고 지서에서 나와 신랑까지 끌고 가 골령골에서 죽였어요. 이젠 눈물도 안 나와요."

홍팔순 할멈은 갓 시집온 새댁이었고 시동생은 장성한 총각이라 했다. 남로당에 가입하여 공작 활동을 한 자들이 있었다. 이름하여 빨갱이로 이름 붙여진 간첩 활동자들이다. 시동생도 이에 가담했으며 남편은 시동생을 숨겨준 죄로 잡혀갔다.

"우린 하나가 돼야 해요. 빈부의 격차를 줄이고 똑같이 사는 사회가 되어야 합니다. 자본주의 미 제국주의를 몰아내고 같은 이념의 국가로 통일해야 합니다."

사상범들이 주장하는 이데올로기적 사상 논리였다. 이른바 한반도의 적화 통일을 꿈꾸던 공산주의자들의 외침이었다. 이들은 자본주의를 무시했으며 동네 청장년들을 공개적으로 설득했다.

무정세월은 흘러 어언 반세기. 대전의 산내 골령골은 아무 일 없었다는 듯 새들은 울고 나뭇가지에 훈훈한 바람이 분다.

"여보게들, 혼령들의 호곡 소리 들어 봤나? 이들은 시국을 잘못 만난 거야. 암, 시국을 잘못 만났지."
　이젠 그 말도 하는 자가 없다.
　사건 직후 한동안 비 오는 밤이면 골령골에 "휘휘" 바람 소리를 내며 도깨비불이 왔다 갔다 했었단다. 흙 바깥에 튀쳐나온 인골에 물리적 작용이 일어난 것이다. 사람의 뼈에 있는 비금속의 인(燐) 성분에 물이 묻어 빛을 내는 것이다.
　그래서 밤이면 사람들은 도깨비가 무서워 골령골을 피해서 왕래했다. 이곳에서 더 살 수 없다고 이사 간 자도 있었다. 밤이면 원귀들의 아우성이 들리는 듯했단다. 누가 꾸며낸 환시 환청일까?
　"내 분명히 봤네. 산 넘어 옥천 갔다 오다가 밤이 늦었지. 하얀 물체가 날 보고 쫓아오는 거야. 날 살려! 죽자 살자 도망쳐 왔지."
　허풍인가 대풍인가? 허풍쟁이 박달구 씨의 뻥튀기 말이었다. 이래서 멀쩡하던 산내 골령골은 사건 직후 한동안 죽은 동네가 됐었다. 시신 썩는 냄새가 진동하고 시체의 썩은 물이 땅속에서 새어 나온다는 것이다.

　지금 정부에서는 그들의 유해를 발굴하고 있다. 누런 뼈들이 뒤엉켜 얼기설기 흩어져 있다. 통한의 눈물을 흘리는 듯하다. 찢어진 작업복, 찢어진 구두짝, 가죽 혁대 등 유물도 즐비하게 출토된단다.
　"세상에서 가장 긴 무덤이야. 아직도 6~7기의 긴 무덤이 더 있을 것 같아요."
　당시에 죽음을 목격한 주민들의 증언이다. 천오백 명 정도가 죽었을 것이라는 얘기이다. 6.25 전쟁 중에 민간인 학살 사건은 전남

나주, 함평, 보성, 해남, 충남 서산에서도 저질러졌다.

지금도 철원 노동 정사를 둘러보면 공산주의자들의 잔악한 만행을 엿볼 수 있다. 군관, 농경 지주들을 잡아다가 감금하고 처형한 곳이다. 악명 높은 건물이 보존되어 과거사를 말한다.

아, 아, 민족상잔의 비극이여! 나라에서는 낭월동 무덤 자리에 평화공원을 조성한단다. 화해의 장으로 그들의 넋을 위로하고 명복을 빌 계획이다. 조국의 평화와 번영을 빌 뿐이다.

"잘하는 일이지요. 잘하는 일이고 말구요."

모두가 찬사를 아끼지 않는다. 눈물 젖은 과거사!

온 국민은 이들의 흘린 피를 거울삼아 화해해야 한다. 평화공원을 꼭 만들어야 한다. 모두가 한반도의 자유와 평화 통일, 민주주의의 번영을 위해서 노력해야 할 것이다.

지나던 과객이 시 한 수를 읊었다.

대체, 뭣이 진실이고 뭣이 정의이더냐?
골령골 지나 옥천 길은 차디차다.
스치는 비애의 바람 소리런가?
가신 님들의 호곡 소리인가?
부슬부슬 가랑비만 내린다.
손등에 묻어나는 빗물은 가신 님의 피눈물이겠지.

오, 임들이시여!

시국을 잘못 만났소이다. 이 풍진(風塵)세상
시국을 잘못 만났소이다. 난세를 만났던 거예요.
환란 속에 살았던 거예요.
이 땅에 평화가 깃든 땅이었다면
어찌, 당신들이 죽어야만 했겠소?
시국을 잘못 만난 탓이요.

하늘을 가르는 천둥소리에 놀란다.
나는 억울하다. 나는 나라를 걱정했다.
우리는 조국을 위해 피를 흘렸소.
임들의 목맨 하소연이던가?

임들이시여! 그 당시 나라는 어쩔 수 없었다오.
북한 공산군은 물밀듯 닥쳐오고 조국은 풍전등화였소.
용서하시오. 가름하시오.
이젠, 당신들의 흘린 피로 조국은 번영을 누리고 있다오.
굽어살피소서
용서하시오. 용서하시오.
국민은 당신들의 흘린 피를 잊지 않고 있소이다.

임들이시여, 임들이시여!
잠깐의 평안은 잠자는 것이요
영원의 평안은 영면이외다.

오, 하나님이시여, 임들의 혼령을 잠재워 주소서
임들의 혼령을 평안히 잠재워 주소서
달도 하나, 해도 하나, 우린 민족도 하나
삼가, 가신 임들의 명복을 빕니다.

불효자는 웁니다

　사실이다. 사실 이런 일이 오래전 우리 주변에 있었다. 아버님을 하늘나라로 떠나보내고 불효자는 울었다. 불효자는 땅을 치며 울었다. 아버지를 강물에 투신, 고귀한 생을 마감하게 했으니, 큰 죄를 저지른 것이다.
　"불러 봐도 울어 봐도 못 오실 아버님을 원통해 불러 보고 땅을 치며 통곡해요 다시 못 올 아버지여 불초한 이 자식은 생전에 지은 죄를 엎드려 빕니다"
　인구 씨의 큰아들 현두 씨는 천성이 효자였다. 그러나 생활환경이 그를 옥죄었다. 오늘 현두 씨는 억 배기로 술을 퍼마셨다. 아버지 생각 때문이었다. 강물에 빠져 자결하신 아버지께 죄스럽고 지인들한테 얼굴을 들 수 없었다. 맏아들로서 씻지 못할 큰 죄를 저지른 것이다. 술만 들면 '불러 봐도 울어 봐도' 이 노래를 흥얼거렸다.
　가을의 낙엽이 뚝뚝 떨어지는 날 현두 씨는 마음의 안정을 찾을 수 없어 아버님 묘소를 찾았다. 술 한 잔 부어 놓고 땅을 치며 통곡을 한다. 운다고 돌아올쏘냐. 날씨가 차니 지하에 누워 계신 아버님 생각이 더욱 간절하였다. 그러나 이제 와서 후회한들 무슨 소용 있으랴. 맏이로서 아버님을 제대로 모시지 못한 게 한스럽다. 불초하여 아버님이 극한의 선택까지 이르게 한 것이 자신의 책임이요. 가슴에 대못을 박았다. 흙 잔디를 움켜잡고 봉분 앞에서 울고 또 울어본다.

'황우산 수풀 지나 아버님 얼굴 뵈오니, 솔바람은 스르락 아버님의 목소린 양 들리고, 올봄에 심어 가꾼 들국화 송이는 팔 벌려 자식을 반기더라.'

시 한 수를 지었다. 아버님 그 좋아하시던 알사탕 받쳐 들고 엎드려 목 놓아 울랴만 눈물은 메마르고 아버님 모습만 가물가물하였다. 어머님은 나이 40에 위암으로 돌아가셨다. 일찍이 아버님은 재혼도 마다하고 삼 형제를 금과 옥으로 키우셨다. 그런데 삼 형제는 아버님의 은공을 몰랐던 것이다.

삼 형제가 살아온 내력을 살펴보자. 인생역정(人生歷程)이다. 자살하기 전 팔십이 다 된 인구 씨는 세상 사는 게 재미가 없었다. 인생의 허무함을 절절히 느낀 것이다. 그러나 아들 삼 형제가 옆에 있으니 부러울 것이 없었다.

큰아들네 집에서 살다가 막내네 집에서 얹혀살았다. 삼 형제의 합의 아래 그렇게 한 것이다. 그럴만한 이유가 있었다. 막내아들이 새파란 아내를 놔두고 군에 입대했기 때문이다. 보호하는 차원에서 같이 살게 된 것이다. 처음에는 잘했다 싶었다. 그러더니만 불효를 하는 것이었다.

사람이 늙으면 세 가지가 필수라 했는데 인구 씨는 그걸 갖추지 못했다. 늙은 마누라, 늙은 개, 돈, 돈이었다. 그걸 갖추지 못하였던 게다. 친구도 물론 중요하다. 익자삼우(益者三友)요, 손자삼우(損者三友)란 말도 있다지만 다 소용없는 얘기였다. 적적하게 사는 인구 씨를 위로하는 진실한 친구는 별로 없었다.

물질 만능인 현대 사회에서 나 없으면 그만이다. 감탄고토(甘呑苦吐)다. 쥐어짜는 구두쇠 기질이 있는 인구 씨를 주위에서는 별로 좋아하지 않았다. 그래서 인구 씨는 더욱 외로웠다.

"죽음도 제 가고 싶을 때 가는 것이 떳떳하지."

인구 씨의 말버릇이었다. 인생은 고해라 박 노인은 나이 먹으니 기거동작도 귀찮고 세상 살기가 싫었다.

그래서 용감하게 죽음을 선택한다. 인구 씨의 80회 생일, 폭염이 기승을 부리는 여름철이다. 친지들이 다 모였다. 부인이 없는 생일 잔치는 겨울의 앙상한 나뭇가지처럼 허전했다. 박 노인의 낯빛이 어두웠다.

축배의 육자배기도 흘러나오고 술잔도 오갔다. 그날 좋은 얘기보다는 가정사 얘기가 오갔다. 웃음꽃이 피는 화기애애한 분위기는 찾아볼 수 없었다. 삼 형제들은 거나하게 취했다. 언쟁이 벌어졌다. 급기야는 상다리가 엎어지고 반찬 그릇이 날아갔다. 보다 못한 인구 씨의 해괴망측한 짓이었다. 그날 인구 씨는 제정신이 아니었다. 아들 삼 형제가 부친 앞에서 삿대질을 하며 욕지거리가 오고 갔다. 보다 못한 인구 씨는 떨고 일어섰다.

"너희들 이렇게 싸우려면 나 목매어 팍 죽을란다. 고얀 놈들 같으니라구."

막내가 툭툭 튀고 나섰다.

"아버지, 그까짓 집 사줬으면 다입니까? 큰형은 큰아들 노릇을 똑바로 해야지요. 전 죽어도 아버님 못 모시겠어요. 책임 못 져요."

막내의 강력한 항변이었다. 둘째는 둘째대로 가운데서 불평불만이었다. 재산 때문이다.

"둘째라고 하여 아버님의 혜택을 받은 게 뭐 있어요."

둘째도 대들었다. 그래서 인구 씨는 생일 다음 날 극단적인 선택을 취한 것이다.

인구 씨는 영영 하늘나라로 갔다. 팔순 잔치도 제대로 못 먹고 간 것이다. 인구 씨가 살아 있을 때 얘기이다. 경로당에서는 늘 이런 말이 오갔다.

"축하하네. 자네는 복도 많으니. 어쩌면 그렇게 참하고 예쁜 막내며느리를 맞이했는가?"

"암, 마누라 없는 신세에 일평생 의지하려고 착한 며느릿감을 내 손으로 고른 거지."

인구 씨는 이렇게 막내를 칭찬했었다. 막내며느리는 후덕하고 심성이 고왔다. 금상첨화(錦上添花)격이다.

그러나 세월이 사람을 변하게 했다. 쓴맛 단맛을 보게 된 막내 내외는 마음이 돌변했다. 애숭이 각시 적에는 시아버님이 옆에 계셔서 든든한 버팀목 같다고 긍정적인 생각을 했지만 막상 시아버지를 그느르다 보니 불편했다. 위 동서를 둘이나 두고 왜 막내가 혼자 고생하느냐는 식이었다.

막내며느리는 인구 씨의 처가 동네 청송 심씨 가문에서 데려왔다. 멋진 아파트나 양옥 한 채를 사 주는 조건으로 규수를 골랐다. 막내는 큰 도회지에서 살게 됐다고 좋아했다.

"인구 씨 막내아들 성두 군이 군대 가기 전에 혼례를 치르자고 하여 내가 발 벗고 나선 게 아닌가."

중매를 선 박덕흠 씨의 우쭐거리는 말투였다. 그 바람에 그날 둘이서는 대포 한 잔을 기울였다.

그래서 인구 씨는 셋째 막내아들을 입대하기 전에 잽싸게 결혼시켰던 것이다. 다른 곳에 빼앗길까 봐 지레 겁먹고 일찍 결혼시킨 것이다.

시아버지 되는 인구 씨는 꽃 같은 며느리를 혼자 놔두고 군인을 보내자니 불안했다. 나이 어린 막내며느리를 크나큰 집에 혼자 놔둘 수가 없었다. 보살핌이 필요했다. 어두운 밤중에 더벅머리 총각 놈이 들쳐 메고 도망갈 것만 같았다.

"막내야, 혼자 놔두기 안쓰러워 같이 살란다. 너희들 의사는 어떠하냐? 불편하지 않겠느냐?"

민주적으로 의사 타진을 했었다. 막내 내외는 늙은 아버지를 모시는 것이 복 받을 일이요, 잘한 일이라고 생각했다.

"아버님 별말씀을 다 하셔요. 아버님과 함께 살면 든든하지요. 아버님이 좋은 집도 사 주셨잖아요?"

막내 내외는 아버지와 동거하는 것을 처음에는 찬성하였다.

이걸 은근히 바라던 큰아들 둘째 아들 내외는 뒤에서 쾌재를 불렀다. 거치장스러운 늙은 아버지를 모시지 않아도 되기 때문이다.

이래서 인구 씨는 짐 싸 들고 막내네 집으로 거처를 옮긴 것이다. 막내며느리는 좋은 옷과 고기반찬에 시아버지를 극구 대접했다. 막내는 시간도 남아돌아 인근 미용 학원에 다녔다. 떡두꺼비 같은 손자도 안아 보게 되어 즐거웠다. 그러다가 막내아들이 만기 제대를 했다. 아들은 취직이 되어 시내버스 운전을 하게 됐다. 내외의 눈치가 달라졌다. 자유가 없다는 것이다. 애기도 키우랴, 미장원에도 나가랴, 얽매인 생활을 한다는 걸 느꼈다. 아버지가 계셔 불편했다. 꼬박꼬박 시아버지 빨래하랴, 삼시 세끼 밥상을 올려야 하는 등 따분했다.

"나 집에 빨리 돌아가서 늙은이 밥 차려 줘야 돼. 늦으면 날벼락이란 말이야."

막내며느리의 고약한 말투다. 동네 미장원을 들락거리더니 시시덕거릴 줄도 알고 말솜씨가 거칠어졌다. 며느리는 볼일 보다가도 집의 시아버지 때문에, 집에 가기가 바빴다. 시간이 늦으면 시아버지의 눈초리가 곱지 않아 부담감이 증폭했다.

"아녀자가 나들이를 자주 하면 쪽박이 깨져 물이 새는 법이다."

인구 씨는 늘 이렇게 타일렀다. 갈수록 며느리는 신랑한테 시아버지에 대한 불평이다. 드디어 내외의 이불속 모의가 이뤄졌다. 시아버지를 큰아들한테 추출하기 위함이다.

"며칠만 친정에 가 있어. 밥은 내가 끓여 먹을 테니까."

가재는 게 편이라고 막내아들은 마누라 편을 들었다. 마누라 치마폭에 빠진 것이다. 며느리는 친정으로 갔다. 인구 씨는 큰아들네 집에 가지 않고 막내의 집에서 죽치고 있었다. 그러다가 막내며느리가 땡감 씹은 얼굴로 친정에서 돌아왔다. 시아버지 추출 작전은 일단 실패였다. 그리고 며칠을 냉각 상태에서 지냈다.

아들 며느리들은 명절이나 아버지 생일날, 조부모님, 어머님의 기제사 때에 큰아들 네 집에 모인다. 그렇지 않으면 바쁘다는 핑계로 모이지 않는다. 동기간에 우애가 깊지 않기 때문이다. 만나면 재산 싸움이다.

"막내 동서, 우리는 덜 차지했어. 집도 사 주고 연산에 있는 밭도 등기를 내주었으니 아버님 특별히 모셔야 돼."

큰동서의 말이다. 짜증스러운 말이다. 특히 둘째가 중간에서 이간질을 더했다.

"아버님, 친정에서 열흘만 있다가 오겠어요. 큰동서 집에 당분간 가 계셔요."

또 연극이었다. 아닌 밤중에 홍두깨 내미는 식이었다. 먼저도 그러더니 또 그런다.

"그래라. 친정 부모님이 편찮으시다니 잘해 드리고 꼭 닷새만 있다 오너라."

시아버지의 신신당부였다.

이래서 어쩔 수 없이 박 노인은 막내아들네 집을 떠나 논산 큰아들네 집으로 갔다. 연놈들이 시아버지 대하는 태도가 냉랭하다. 막상 죽치고 있어 보니 눈치도 보이고 불편했다. 냉랭했다. 그런데 어인 일인가? 보름이 돼도 막내아들네 집에서 오라는 연락이 없다. 함흥차사(咸興差使)였다. 막내며느리가 친정에서 돌아오지 않는 것이다. 아버지 내쫓으려고 시위를 벌이는 것 같다.

인구 씨는 원래 자존심이 대단한 사람이다.

"네 연놈들 나 떼어 놓으려고 작전을 펴는구나."

이래서 인구 씨는 큰아들네 집에서 눈칫밥 먹으며 버텼다가 천안 둘째 아들네 집으로 향했다. 처음에는 칙사 대접이었다.

"아이고 아버님 어서 오세요. 며칠만 푹 쉬셨다 가세요."

꾹 눌러 계시라는 말은 없었다. 며칠이라는 말에 못을 박았다. 둘째 아들 며느리는 책임이 없단다. 같이 살자고 덤빌까 봐 지레 겁을 먹는 것 같았다. 눈치가 예사롭지 않았다. 며칠 있다 보니 죽으나 사나 막내의 집에 가서 정붙여 살고 싶었다. 손때가 묻은 내가 쓰던 방도 좋고 가까이 지내던 막내 손자녀들에게 정도 더 갔었다. 눈깔사탕 하나라도 더 사 주고 싶었다.

한술 더 떠서 둘째 아들네 손자 놈의 말투가 고약했다. 깊은 정이 들지 않아서였다.

"할아버지 언제 가신대요? 화장실에서 뇌리끼리 한 냄새가 진동을 해요."

살짝 엿들은 말이다. 그런 말을 들은 이상 둘째네 집에서 얹혀살기도 싫었다.

오라는 말은 없어도 짐 보따리를 싸 들고 대전 막내네 집으로 염치없이 되돌아갔다. 발등에 쇳덩어리를 얹어 놓은 것처럼 무거운 발걸음으로 막내아들 집 대문 안에 들어서면서 인구 씨는 이런 생각이 들었다.

'이 집도 내가 사 준 집인데, 줄 때뿐이지. 손톱으로 바윗덩이 긁듯 고생 고생하여 사 준 집인데 말이야.'

그런 생각을 했다.

"인간 지사 새옹지마(塞翁之馬)라, 다 부질없는 짓이지. 막내아들

며느리가 무슨 죄가 있나? 큰아들이 버젓이 살아 있는데 말이야."
 이럴 때 양로원 생각을 했다. 그 무렵 요양원이란 말은 들어보지도 못했다. 인구 씨는 막내의 집 출입문을 열고 죄지은 사람처럼 무겁게 머리를 디밀었다. 그런데 지난날과 다른 점은 막내며느리가 반겨 맞는 기색이 없었다. 저 늙은이 왜 왔느냐 하는 식이다. 인구 씨는 돌아설까 하다가 차마 그럴 수가 없었다. 어쩔 수 없이 비워 뒀던 방문을 열었다. 냉기가 설었다. 시원찮은 저녁 한 끼를 얻어먹었다. 찬물에 기름 돌 듯 따뜻한 안부의 대화가 없었다. 막내며느리의 확고부동한 항거였다.
 "너 이년 당장에 나가거라. 불충불효한 자식 같으니라구."
 할 수도 없었다. 출필고 반필면(出必告 反必面)이라. 지난날에는 어디 가려면 꼭 고하고, 돌아와서는
 "왔습니다. 아버님, 별일 없으셨어요?"
 막내아들 며느리의 생활 규범이었는데 그렇지가 않다. 땡감 씹어 먹은 사람처럼 말소리가 수리목졌다.
 "요 연놈들이 내가 제집에 돌아온 게 싫다는 얘기겠지. 그렇다면 죽어주마."
 박 노인은 독하게 맘먹고 이때부터 죽음을 생각했다. 지난날의 인생 역정이 주마등처럼 스쳐 간다. 도회의 빈터를 얻어 농작물을 가꿔 막내의 살림 보탬에 힘썼고 돈 한 푼이라도 아껴 자식들을 위해 덜 쓰고 저축했는데 이젠 끝장이다.
 "어멈아, 내가 중병 들면 미음과 물만 먹고 한 열흘 살다가 죽을란다. 그래서 돌아왔다."

아들 며느리에게 늘 이렇게 말했었다. 폐를 덜어 주기 위함이었다. 하지만 인구 씨의 내심은 그게 아니었다. 좋은 세상 무병장수하고 싶었다. 그러나 마누라도 하늘나라로 먼저 간 처지에 사는 게 재미가 없었다. 한술 더 떠서 아들 며느리가 냉대를 하니 마음이 편치 않았다. 이럴 때 딸이 꼭 필요한 것인데…. 인구 씨는 죽을 수 있는 방법을 따져 봤다. 이런 무거운 맘으로 막내네 집으로 돌아온 것이다. 막내의 눈치가 예사롭지 않다.

며칠을 찬 방에서 죽치고 있어 보니 며느리 년이 꽃향기처럼 지분 냄새를 풍기며 집을 비운다. 운전하는 아들놈도 며칠째 코빼기도 디밀지 않는다.

"괘씸한 것들 같으니라구."

박 노인은 며칠째 식음을 전폐했다. 그렇다고 해서 둘째나 큰아들이 "아버지." 하며 모시러 오는 것도 아니었다. 모두가 모르는 척이다. 사내들을 누르고 기가 센 며느리들의 초수 같았다.

그러던 중에 인구 씨의 팔순을 맞게 됐다. 여름철 무더위 때이다. 간소한 생일잔치였다.

"큰형님 내외분, 둘째 형님께서 아버님은 책임지셔야 할 것 같아요. 집사람이 일하고 싶다나요."

양쪽의 의견도 듣지 않고 일방적으로 뱉는 막내의 기찬 발언이다.

팔순 잔치를 받고 인구 씨는 생각이 많아졌다. 인생 칠십 고래희(古來稀)라 했다지? 많이 산 것 같다. 자식들에게 폐 안되게 목숨을 끊는 것이 상책일 것 같았다. 말이 문서라고 늘 죽음을 말하던 인구 씨이다. 팔순 잔치가 끝난 바로 이튿날 세상을 등진 것이다. 금강 물에 빠져 죽은 것이다. 그것도 여름 장마에 황토물이 강둑까지 철철 넘칠 때에 빠져 죽은 것이다.

어렵사리 시체를 건져 냈다. 화장을 하지 않고 선산에 어머님과 합장하기로 했다. 마지막 가는 길, 시장에서 꽃상여를 제작했다. 큰 아들네 집에서 상여가 나가는 날, 삼 형제 아들 며느리는 머리 풀고 대성통곡하며 상여의 뒤를 따랐다. 불초한 자식 며느리 때문에 인구 씨는 자결한 것이다.

"어헝 어헝, 이제 가면 언제 오나?"

요령잡이의 선창에

"어헝 딸랑. 어헝 딸랑."

상여꾼들의 응답도 구슬프다.

"간다. 간다. 나는 간다, 이제 가면 언제 오나?"

"궁궐 같은 내 집 두고 뗏장 이불 웬 말이냐?"

북망산천 가는 길에 요령(搖鈴) 소리가 산천초목을 울린다. 꽃상여는 트럭에 실려 청주 박씨 문중의 종산으로 향했다. 인구 씨가 크게 배운 것은 없어도 덕을 쌓아 상여의 뒤를 따르는 문상객이 많았다. 개관인식(蓋棺認識)이라. 사람은 죽어서야 그 사람의 진면목을 알 수 있는 것이다.

인구 씨가 죽던 얘기를 하려 한다. 인구 씨가 강물에 투신한 장소는 대전에서 공주 가는 길, 현충원 지나 삽재를 넘으면 동학사 가는 길이요. 반포를 지나 마티 고개를 넘는다. 갑사로 향하는 길목이다. 길목에 마라귀 청벽이라는 곳이 있는데 민물 매운탕집 등이 즐비하다. 그중에서 '어 씨네 집'은 유명세를 탄다. 물고기 어(魚)자와 딱

궁합이 맞는 곳이다. 그곳에서 구멍가게를 낸 주인의 증언이다. 그곳에서 인구 씨의 시신을 일찍 발견한 것이 천만다행이다. 가게 주인의 증언이었다.

"그날 비가 억수같이 퍼부어 금강물이 철철 넘쳤지요. 허리가 구부정한 노인이 담배 한 갑과 소주 세 병을 사 갖고 강둑으로 내려갔어요. 아무래도 수상쩍어 바로 제가 내려가 봤더니 바윗돌에 고무신을 벗어 놓은 채 사람은 보이지 않았어요. 마시다 만 소주병, 담배꽁초, 나란히 벗어 놓은 신발, 그 옆에 지갑이 빗물에 젖어 놓여 있었습니다."

인구 씨는 늘 하던 얘기대로 물에 빠져 자결했다. 그것도 홍수 져서 철철 넘치는 흙탕물 진 강물에 빠져 죽은 것이다. 결국, 자식들이 죽게 한 것이다.

인구 씨의 마지막 얘기이다. 죽는 순간이 얼마나 괴로웠을까? 단말마(斷末摩)적인 순간이?

인구 씨의 시신은 멀리 떠내려가지 않고 강가의 버드나무 둥치에 걸려 있었다. 가족에게 즉시 신고가 됐고 동네 주민들의 협조로 시신을 쉽게 건져 올렸으니 다행이었다.

사람은 첫발을 잘 들여놔야 한다. 인구 씨는 막내아들과 처음부터 사는 것이 아니었다. 죽으나 사나 큰아들 집에서 눌러살아야 했다. 막내아들네 집에 가서 살지 않았으면 죽지 않았을 것이다. 남의 집 식구가 잘 들어와야 한다.

인구 씨가 세상을 떠난 지 보름째이다. 물에 빠져 죽은 강물에서 넋을 건져 올린단다. 인구 씨의 넋이 하늘에 오르지 못하고 강물에

불효자는 웁니다   265

서 뱅뱅 돌다가 물귀신으로 변하여 사람을 해친다는 것이다. 긴 대나무에 낚싯바늘을 꿰고 언저리에 하얀 광목천을 감았다. 미끼는 염소 고기였다. 물에 빠져 죽은 사람의 넋을 건지는 데에는 염소 고기를 쓴단다. 아들들은 무당이 하라는 대로
"아이구 아버지! 아이구 아버지!"
를 불렀다. 무당은 꽹과릴 치며 너울너울 춤을 추었다.
"용왕님이시여, 수중 궁궐의 대왕님이시여, 넋이라도 극락왕생하게 해주십시오. 얼씨구, 절씨구, 죽은 님의 혼령이 평안히 가도록 밝은 길로 인도하여 주십시오. 꽃구름 타고 극락세계로 인도하여 주십시오."
두 시간여의 굿판을 벌였다. 복채도 두둑이 얹었다.
그날 입소문을 듣고 구경꾼들이 우글거렸다. 인구 씨의 개구쟁이적 친구들 하며 친척들도 모였다. 들고 온 인구 씨의 영정 속에서 인구 씨는 편안히 웃고 있었다.
"요 연놈들아, 내가 죽으니 시원하냐? 앞으로는 우애 있게 지내거라."
이때 어디서 날아왔는지 참새 떼들이 우르르 몰려와 주위를 맴돌았다. 평소에 집 마당에 모이를 흘려주며 미물(微物)들을 가까이하던 인구 씨의 자애로움이다. 불가에서 말하는 물질 보시(報施)를 베푼 인구 씨이다. 영험한 일이었다. 인구 씨의 넋을 건지는 행사는 이렇게 마무리 지었다.

"울어 봐도 불러 봐도 못 오실 아버님을 …."

그 뒤부터 큰아들 현두 씨는 틈만 있으면 먼 하늘 보고 그 노래다. 양심의 일말이다.

"아버님 날 낳으시고 어머님 날 기르시니."

둘째 아들 경두 씨도 정철의 고시조를 읊어 봤다. 자위였다. 큰아들 현두 씨는 아버님 사후에 머리 깎고 인근의 산사를 자주 찾았다. 부모와 자식 사이는 천륜(天倫)으로 맺어진 그걸 늦게 깨달은 것이다.

"나무아미타불 관세음보살."

아버님의 극락왕생을 빌자 함이었다.

연해주(沿海州)의 눈물
임승수 소설집

발 행 일	|	2024년 6월 15일
지 은 이	|	임승수
발 행 인	|	李憲錫
발 행 처	|	오늘의문학사
출판등록	|	제55호(1993년 6월 23일)
주 소	|	대전광역시 동구 대전로 867번길 52(한밭오피스텔 401호)
전화번호	|	(042)624-2980
팩시밀리	|	(042)628-2983
전자우편	|	hs2980@hanmail.net
계좌번호	|	농협 405-02-100848 (이헌석-오늘의 문학사)
카 페	|	cafe.daum.net/gljang (문학사랑 글짱들)
인터넷신문	|	www.k-artnews.kr (한국예술뉴스)

공 급 처	|	한국출판협동조합
주문전화	|	(02)-716-5616
팩시밀리	|	(02)-716-2999

ISBN 979-11-6493-327-3
값 15,000원

ⓒ임승수 2024

* 이 책의 판권은 저작권자와 오늘의문학사에 있습니다.
* 잘못 만들어진 책은 구입하신 서점에서 교환해 드립니다.

* 이 책은 대전광역시와 대전문화재단에서 사업비 일부를 지원받았습니다.